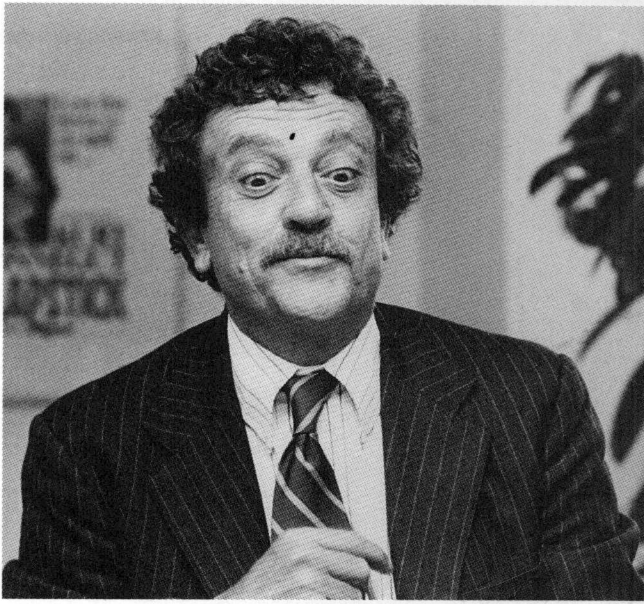

Porträt des Autors: Christine Strub

Kurt Vonnegut, geboren am 11.2.1922 in Indianapolis, Indiana, (USA), studierte zunächst Chemie, bis er 1942 in die US-Armee eintrat. Er geriet während der Ardennenschlacht in deutsche Kriegsgefangenschaft und erlebte den vernichtenden Bombenangriff der Alierten auf Dresden im Kühlraum eines Schlachthofs mit. Der Roman »Schlachthof 5«, den er später darüber schreibt, wird ein Welterfolg. Nach dem Krieg arbeitete Vonnegut als Polizeireporter in Chicago; 1950 wandte er sich hauptberuflich der Schriftstellerei zu, verdiente seinen Lebensunterhalt zunächst durch die Veröffentlichung von Kurzgeschichten in Zeitschriften und Magazinen und durch Lehraufträge an Universitäten.
Vonnegut nennt sich »einen gelernten Schriftsteller«, der durch die harte Schule des amerikanischen Journalismus gegangen ist. Er ist Pazifist und macht sich keine Illustionen über die Wirksamkeit des literarischen Protests, den er mit der »Sprengkraft einer großen Bananencremetorte« vergleicht. Das Strukturprinzip seiner Texte ist der Witz, ihre vornehmliche Eigenart der Galgenhumor.

Kurt Vonnegut

Das Nudelwerk

NIEDERschriften

Aus dem Amerikanischen von Klaus Birkenhauer

RECLAM VERLAG LEIPZIG

ISBN 3-379-01513-X

Quellen- und Rechtsnachweis S.209ff.

Reclam-Bibliothek Band 1513
1. Auflage, 1994
Reihengestaltung: Hans Peter Willberg
Umschlaggestaltung: Petra Lurette Oberberg und Ute Puder
Printed in Germany
Satz: Offizin Haag Drugulin Leipzig
Druck und Binden: Offizin Andersen Nexö Leipzig GmbH
Gesetzt aus Meridien

INHALT

Science Fiction

Vor Jahren arbeitete ich in Schenectady bei General Electric, tagtäglich umgeben von Maschinen und Plänen für Maschinen, und so schrieb ich einen Roman über Menschen und Maschinen, in dem die Maschinen, wie's so geht, häufig besser wegkamen. (Der Roman, *Das höllische System*, erschien als Hardcover und dann im Taschenbuch.) Und die Kritiker schrieben, ich sei ein Science-Fiction-Autor.

Das hatte ich nicht gewußt. Nach meiner Meinung hatte ich einen Roman über das Leben geschrieben, über das, was man so sieht und hört in Schenectady, einer handfesten Industriestadt, die linkisch im miesen Hier und Heute steht. Und seitdem steck ich zähneknirschend im Schubfach »Science Fiction« und will da raus, zumal es manchen seriösen Kritikern als Pißbecken herhalten muß.

Offenbar kommt man immer in dieses Schubfach, sobald man Technik zur Kenntnis nimmt. Nach allgemeiner Auffassung kann niemand ein ernsthafter Schriftsteller sein, wenn er kapiert hat, wie ein Kühlschrank funktioniert; ein Gentleman in der City trägt eben keinen braunen Anzug. Vielleicht ist daran die College-Erziehung schuld. Ich weiß, Literatur-Studenten werden geradezu ermutigt, Physik und Chemie zu verachten und auf die faden, bekloppten, humorlosen, kriegsbesessenen Techniker im Bau gegenüber herabzusehen. Unsre Star-Kritiker haben fast alle Literatur studiert und hegen ihr Unbehagen an der Technik bis heute. Da ist es natürlich, daß sie Science Fiction verachten.

Trotzdem gibt es Leute, die sich mit Wonne als Science-Fiction-Autoren eingeordnet finden und nur mit

Schaudern an den Tag denken, wo sie schlicht als Kurzgeschichtenschreiber oder Romanautoren gelten, die auch mal auf technische und wissenschaftliche Dinge zu sprechen kommen. Sie sind glücklich im Status quo, weil sie dort von ihren Kollegen geliebt werden und geborgen sind wie sonst nur in einer Großfamilie. Science-Fiction-Autoren haben ihre Kongresse, trösten und loben sich wechselseitig, schreiben sich eng getippte Briefe von zwanzig Seiten und mehr, machen vergnügte Sauftouren und sind miteinander vielhundertfach himmelhochjauchzend oder zu Tode betrübt.
Ich habe mich ein bißchen mit ihnen herumgetrieben, und es sind nette, amüsante Kerle, aber jetzt muß ich eine Wahrheit über sie aussprechen, bei der sie steil an die Decke gehen: Es sind Herdenmenschen. Sie bilden eine Art Loge. Wenn sie nicht so viel Spaß an ihrem eignen Verein hätten, gäbe es die Kategorie Science Fiction nicht. Sie schlagen sich ganze Nächte um die Ohren und debattieren, »Was ist Science Fiction wirklich?« Genau so sinnvoll könnte man erörtern, »Was sind Rotarier? Was ist der Internationale Orden der Guttempler?«
Sicher, die Welt sähe ohne solche sinnlose Geselligkeit trauriger aus. Es gäbe viel weniger zu lachen, und nur ein Hundertstel so viele Veröffentlichungen. Denn eines muß man den Verlegern von Science Fiction lassen: Sobald jemand nur ein kleines bißchen schreiben kann, drucken sie ihn wahrscheinlich. Im Goldenen Zeitalter der SF-Magazine, noch gar nicht lange her, bestand ein derartiger Bedarf nach unverzeihlichem Schund, daß die elektrische Schreibmaschine erfunden wurde und ich mir immerhin die Flucht aus Schenectady leisten konnte. Glückliche Tage! Aber heute gibt es nur noch ein Magazin, wo schreibbeflissene Drittsemester etwas einreichen können und über Nacht berühmt werden. Raten Sie mal.

Womit nicht gesagt sein soll, daß die Herausgeber von Science-Fiction-Magazinen, -Anthologien und -Romanen keinen Geschmack hätten. Das stimmt nicht, ich komme noch drauf. Geschmacklosigkeit auf diesem Gebiet muß man andern vorwerfen – 75 Prozent der Schreiber, und 95 Prozent der Leser, und nicht mal Geschmacklosigkeit, sondern, daß sie kindisch geblieben sind. Erwachsene Beziehungskisten, sogar mit Maschinen, haben für die ungewaschene Mehrheit keinerlei Reiz. Alles, was sie von den Naturwissenschaften weiß, stand bis 1933 in *Popular Mechanics*. Alles, was sie von Politik, Wirtschaft, Zeitgeschichte weiß, stand 1941 im *Information Please Almanac*. Und was sie über die Beziehungen zwischen Mann und Frau weiß, hat sie von Comics-Figuren wie Maggie und Jiggs – aus der jugendfreien und der Porno-Version.

Ich hab eine Weile an einer mäßig untypischen Schule mäßig untypische höhere Schüler unterrichtet, und für die Jungens dort war Science Fiction in jeglicher Form täglich Brot. Zwar konnten sie, allesamt frischgewaschen und helle, die Geschichten nie so recht auseinanderhalten, aber fasziniert waren sie, mal abgesehen von der neuen Erfahrung mit Comics ohne Bildchen, vor allem vom ständigen Versprechen einer Zukunft, mit der sie selber, *so wie sie waren*, zu Rande kommen konnten. In solch einer Zukunft würden sie mindestens höhere Mannschafts-Dienstgrade sein – *so wie sie waren*, Pickel, Angst vor Mädchen und alles sonst.
Seltsamerweise fanden sie am amerikanischen Raumfahrtprogramm gar nichts. Und nicht etwa, weil es zu erwachsen für sie gewesen wäre. Im Gegenteil, sie durchschauten vergnügt, daß dumpfe Erwachsene ihres eignen Schlages es betrieben und finanzierten. Aber sie waren Realisten und bezweifelten sehr, je einen Abschluß der Oberschule zu schaffen; und sie wußten,

jeder Narr, der da wirklich hinein wollte, brauchte mindestens einen wissenschaftlichen Grad, und wenn er nach Höherem strebte, einen Doktor.
Die meisten von ihnen haben doch ihren Oberschul-Abschluß geschafft. Und viele lesen jetzt mit heißen Ohren über Zukünfte, Gegenwarten und Vergangenheiten, mit denen niemand zu Rande kommt – *1984, Unsichtbar, Madame Bovary.* Besonders scharf sind sie auf Kafka. Science-Fiction-Verfechter werden sagen: »Klar! Orwell und Ellison und Flaubert und Kafka waren ja auch Science-Fiction-Autoren!« Sowas sagen die oft. Manche entblöden sich nicht, sogar Tolstoi einzugemeinden. Als würde ich plötzlich behaupten, jeder Mensch von Bedeutung sei eigentlich ein Delta Ypsilon, also aus meiner Studentenverbindung, auch wenn er das selber nicht wisse. Kafka wäre ein sehr verzweifelter Delta Ypsilon gewesen.
Aber wohlgemerkt: die Lektoren, Anthologie-Herausgeber und Verleger, die die Science Fiction abgeschottet und am Leben erhalten, sind alle blitzgescheit, aufgeschlossen und höchst belesen. Sie zählen zu den verflixt wenigen Amerikanern, in deren Köpfen sich C. P. Snows *Zwei Kulturen* glücklich verschmelzen; und sie lassen die schlechten Sachen nur deshalb massenhaft durchgehen, weil gute Sachen schwer zu finden sind und weil sie's für ihre Pflicht halten, jeden, selbst den furchtbarsten Schreiber, zu fördern, falls er nur Mumm genug hat, in zwischenmenschliche Gleichungen die Technik einzubringen. Das find ich toll. Sie wünschen sich eben pralle Bilder der neuen Wirklichkeit.
Und von Zeit zu Zeit bekommen sie die sogar. Neben dem (mal abgesehen von Pädagogik-Journalen) scheußlichsten Geschmiere in Amerika bringen sie viele der besten Werke heraus. Und diese paar wirklich glänzenden Geschichten erscheinen bei ihnen trotz mieser

Honorare und einem völlig unreifen Publikum nur, weil die künstliche Kategorie, das Schubfach Science Fiction, für manche guten Schriftsteller immer Heimat bleiben wird. Diese Schriftsteller sind inzwischen älter geworden und dürfen Große Alte Männer genannt werden. Denn Ehrungen bekommen sie, ihre Loge überschüttet sie damit. Und mit Liebe.
Aber die Loge wird zerfallen. Das passiert allen früher oder später. Und dann werden immer mehr Autoren aus dem »Mainstream« (so heißt in der Science-Fiction-Szene die Welt außerhalb des eignen Schubfachs) Technik in ihr Erzählen aufnehmen oder ihr zumindest den Respekt zollen, der einer bösen Stiefmutter gebührt. Unterdessen: Falls Sie Geschichten schreiben, bei denen es an Dialog, Motivierung, Charakterzeichnung und gesundem Menschenverstand noch hapert, seien Sie sich nicht zu schade, ein bißchen Physik oder Chemie hineinzurühren, vielleicht sogar Hexerei, und sie bei einem Science-Fiction-Magazin einzureichen.

(1965)

Kurze Begegnungen auf der Binnenschiffahrtsstraße

Die Motorjacht *Marlin,* 51 Fuß lang und fast schon ein Museumsstück, wurde 1930 für Edsel Ford entworfen. Ihre kantigen Aufbauten aus Mahagoni und Glas, ihre Brücke mit der Windschutzscheibe von einem Stutz-Bearcat-Kabrio und ihr hochgezogener Rumschmuggler-Bug schreien förmlich danach, daß Jimmy Walker und Texas Guinan an Bord kommen. Aber sie dient nun seit neun Jahren Joseph P. Kennedy und seinen zahllosen Nachfahren als strahlendes, luftiges und höchst praktisches Ausflugsschiff. Von Zeit zu Zeit ist sie der Ort politischer Unterredungen von Rang und Gewicht, aber sommers in Hyannis Port sind ihre Passagiere fast nur Kinder.
Die Jacht trägt die Bugnummer 132 und hat seit 1930 acht Eigner gehabt. Sie wurde in Quincy, Massachusetts, von Eldredge-McInnis entworfen und von F. D. Lawley gebaut. Sie wird von zwei mächtigen Chrysler-Imperial-Motoren getrieben, die 225 PS leisten. Und ihre Einbauschränke sind allesamt gestopft voll – mit Wasserskis, Angelruten und herrenlosen Turnschuhen in allen Größen. Unter einem Sitzpolster ist die Familienflagge aufbewahrt – ein weißes Banner mit zwei großen, rosenroten Sternen in der Mitte und neun kleineren Sternen als Reihe darüber.
Der Kapitän der *Marlin,* Frank Wirtanen aus West Barnstaple auf Cape Cod, sagt über seine gegenwärtige Tätigkeit: »Ich glaube, nur jemand, der selber Kinder hat und Kinder wirklich mag, kann in dieser Stellung bleiben, ohne total überzuschnappen.«
Kapitän Wirtanen hat seine Ausbildung auf der Marineakademie von Massachusetts gemacht und fuhr

früher Tanker, im Krieg und im Frieden. Er hat dafür gesorgt, daß alle Decks der Kennedy-Jacht mit Gummimatten und Fangsieben ausgestattet sind, so daß man die Reste von Schokoladenkuchen und Erdnußbutter-Sandwiches mit einem Schlauch und viel Wasser wegspritzen kann.

Dieser Kapitän Wirtanen machte mir vor kurzem den Vorschlag, bei ihm als Einmann-Besatzung anzuheuern, wenn er mit seinem berühmten Schiff auf die alljährliche Fahrt von Hyannis Port nach West Palm Beach ging. Diese Reise machen viele Millionärsjachten einmal im Jahr, aber fast nie mit einem Millionär an Bord.
»Ja, das mach ich«, sagte ich. »In Ordnung.«
Nennen Sie mich Molly Bloom. Nennt mich Ismael.

Ich bin, wo's um Geld geht, ein Trottel. Ich erklärte mich bereit, für sehr wenig Lohn zu arbeiten, plus freies Essen, soviel ich kochen konnte, und das wurde dann doch eine Menge. Ich aß wohl vor allem deshalb so viel, weil ich dauernd Angst hatte, Backbord und Steuerbord zu verwechseln. Denn Frank beharrte darauf, alles und jedes seemännisch zu bezeichnen.
Frank schlief in der Achterkabine, die durch ihre Jalousien an den Fenstern von außen wie eine Luxuskabine aussah, doch in Wirklichkeit der Maschinenraum war, wo Frank sich zwischen den zwei lichtblauen Chrysler-Turbinen eine Hängematte ausgespannt hatte.
Ich schlief in einer schmalen Koje in der Hauptkabine. Da gab es einen zweiflammigen Gasherd, einen uralten Eisschrank, einen Geschirrschrank mit Bleiglastüren, die sich nach außen wölbten, und einen Ausguß von der Größe eines Bowlers.
»Bei allem Respekt vor den Kennedys«, sagte ich, »das hier ergäbe ein gutes Bühnenbild für ein Clifford-

Odets-Melodram über die Wirtschaftskrise, ›Der Vorhang hebt sich über der Küche einer Mietwohnung an der Lower East Side‹.«

Durch das Kabrioverdeck zog es fürchterlich auf der Brücke. Bei einer moderneren Jacht hätte sie eher wie ein Wohnzimmer ausgesehen – Skalen und Steuerhebel integriert in die Stereo- und Fernsehkonsole, der Kompaßständer versteckt in einem Busch künstlichen Immergrüns.
Wir hatten zur Unterhaltung nur ein Radio. Es konnte zwar alle Sender empfangen, aber die interessierten Frank nicht. Seine Lieblings-Show war das Notruf-Band. Und von da pfiff und knackte es den lieben langen Tag. Mitunter rief jemand die Küstenwache, ob er noch zu empfangen sei. Doch das war's dann.
»Wollen Sie denn gar keine Nachrichten hören?« fragte ich. Als Skipper der *Marlin* hatte Frank ja viele wichtige Politiker kennengelernt – Lyndon B. Johnson, sämtliche Kennedys natürlich, und wer weiß wen sonst noch. »Wollen Sie nicht wissen, was Ihre berühmten Freunde so machen?«
»Hä?«
»Ach nichts.«

In der einen oder andern Form durchziehen die Binnenschiffahrtsstraßen natürlich das ganze Land. Unsre Fahrtstrecke war ein System von Buchten, Seen, größeren und kleineren Flüssen, das parallel zum Atlantik auf zwölf Fuß Tiefe ausgebaggert, durch Kanäle verbunden – und so deutlich beschildert ist wie die Gänge eines Supermarkts. »Langsam – dichter Verkehr« besagt da etwa ein Schild, ein andres »Bei Bill und Thelma, Jachthafen Sunoco, 8 Meilen, alle Kreditkarten«, und so fort.

Bei all den Zugbrücken, engen Flußbiegungen, Geschwindigkeitsbegrenzungen und dem Gegenverkehr ergibt das eine gemächliche Art des Reisens – wir brauchten vierzehn Tage – aber amüsant, oft reizvoll, und sehr, sehr sicher.
Es ist keine durchgehende Schiffahrtsstraße. Gabelungen und Nebenstrecken verlangen dauernd Entscheidungen. Und das Ganze untersteht nicht einer einzigen Behörde, sondern mancherlei Bundes- und Staats-Dienststellen sowie, abseits der Hauptstrecken, auch Privatunternehmern.
Romantiker behaupten, die Binnenschiffahrtsstraße führe bis Maine. Ich bestreite das, weil Frank und ich die *Marlin* bei Sturmböen in der Buzzards Bay und im Long Island Sound beinah mit allen Mann an Bord verloren hätten. Durch New York schipperten wir auf einer Flutwelle von brodelnden Orangenschalen, Sandy Hook mußten wir von außen umfahren, weil's keine Durchgangsstrecke gibt, und kamen in ruhiges Gewässer erst, als wir die schwere Dünung vor dem Hafen von Manasquan, New Jersey, glücklich bewältigt hatten.
In Sachen Gemächlichkeit beginnt erst dort die Binnenschiffahrtsstraße wirklich.

In Manasquan wurde die *Marlin* erkannt. Sie war ja vielfach in der Presse abgebildet, hat eine kennedyhafte Forschheit und ist wirklich leicht auszumachen.
Ich war gerade beim Volltanken, als übers Dock ein alter Mann mit einer kalten Pfeife im Mund heranhumpelte. Er sah sie erstmal eine Weile an.
»Die Jacht der Kennedys?« fragte er schließlich.
»Ja.«
»Bringt ihr sie nach Washington, D.C.?«
»West Palm Beach.«
Er nickte in schwermütiger Weisheit. »Läuft alles aufs selbe hinaus«, sagte er.

Frank und ich brausten am nächsten Tag auf der Seeseite umdie Stadt herum, weil das Wetter gut war. Die Binnenschiffahrtsstraßen bieten immer wieder Zugang zum Meer. Und wenn man nicht gerade in den Flitterwochen ist, sollte man immer, wenn's ruhig aussieht, außen herumfahren. Dabei kann man eine Menge Zeit reinholen.
So kam es, daß ich von der Binnenschiffahrtsstraße durch Jersey gar nicht viel mitkriegte. Frank sagte, ich hätte sicher wie ein Blöder gelacht, wenn wir zwischen lauter rückwärtigen Gärten hindurchgetuckert wären.

Wir fuhren durch den Cape-May-Kanal und dann die Delaware-Bay hoch. Da wurden wir, an der Mündung des Chesapeake- und Delaware-Kanals, von einem Patrouillenboot der Militär-Pioniere gestoppt. Der diensthabende Leutnant wollte wissen, wie lang wir seien, welchen Tiefgang wir hätten und so fort. Wir sagten, ein bißchen mehr als drei Fuß Tiefgang und so fort.
»Schiffseigner?« fragte der Leutnant.
Die Antwort war etwas schwierig, weil die *Marlin* juristisch einem Geschäftsfreund von Mr. Kennedy gehört. Frank gab den Namen an.
»Wohnhaft in?«
»Per Adresse Joseph P. Kennedy, Hyannis Port, Massachusetts.«
Der Kommißkopf zuckte nicht mit der Wimper. »Straße und Hausnummer?«
»Die haben keine Straßennamen«, sagte Frank. »Es ist ein kleiner Ort in der Provinz. Da kennt jeder jeden.«

Wir verbrachten die Nacht in einem Jachthafen am Kanal und tankten nochmal voll, diesmal 160 Gallons. Frank rechnete. »Wir schaffen ja über eine Meile pro Gallon.«
»Das soll gut sein, Frank?«
»Es ist hervorragend.«

Als wir in West Palm Beach waren, zählte ich zusammen, wieviel Diesel wir unterwegs getankt hatten: 1522 Gallons.

Solche Jachthäfen gibt es in bequemen Abständen überall an den Binnenschiffahrtsstraßen. Man hat's nie weit zum nächsten Tank- oder Reparaturdienst – aber die Mechaniker sind oft furchtbar.
»Ein normaler Haushalt hat mehr Werkzeug als der Kerl da«, erzählte Frank von einem. »Der kriegt nicht mal den Schraubverschluß auf seine Whiskyflasche, ohne das Gewinde zu vermurksen.«
Jachthäfen, die gute Geschäfte mit den Vorbeifahrenden machen, sind im Grunde Tankstellen. Das meiste Geld verdienen sie am Dieselverkauf. Die Liegegebühr über Nacht beträgt etwa sieben Cents pro Fuß Schiffslänge – lachhaft wenig, wenn man bedenkt, daß im allgemeinen Strom, Wasser, Duschen, Fernsehraum und so fort gratis inbegriffen sind.
Wie Tankstellen können auch Jachthäfen alles zwischen blitzsauber und unglaublich schmierig sein. Auf den neuesten Flußkarten sind sie mit ihren Dienstleistungen genau verzeichnet. Allgemein gilt: Je weiter nach Süden man kommt, um so luxuriöser werden sie. Natürlich.
Und man braucht ja nicht jeden Abend einen Jachthafen anzulaufen. Wofür hat man einen Anker?

Wir waren noch auf dem Chesapeake- und Delaware-Kanal, als Frank und ich auf ein ganzes Rudel von Millionärs-Jachten stießen, die ebenfalls gen Süden fuhren. Es müssen mindestens zwanzig gewesen sein in dem Jachthafen, und für manche hätte die *Marlin* gerade mal als Beiboot gereicht.
An unserm Armaturenbrett klebte ein Medaillon mit der Inschrift: »O Herr, Dein Meer ist so weit, und mein

Schifflein so klein.« Als ich das zum erstenmal las, sagte ich mir, ›Immerhin, einundfünfzig Fuß, das ist doch eine ganz schöne Länge.‹ Es ist gar nichts.

Weit und breit war kein Millionär in Sicht, aber deren Kapitäne, Köche und Mannschaften ließen sich's wohl sein bei *Schaefer's*, einem berühmten Fischrestaurant. Ein Raum voll professioneller Seeleute ist ein irritierender Anblick. Keiner sieht irgend jemanden an. Jeder mustert den Horizont.
Wir setzten uns mit einem alten Freund von Frank zusammen, einem Mann aus Nova Scotia namens Bert. Er war sechzig, hatte strahlend blaue Augen und eine Gesichtsfarbe wie ein abgegriffener Reisekoffer. Er war Herr über die *Charity Anne Browning*, eine achtundsechzig Fuß lange Jolle. Er und Frank kannten sich seit fünfzehn Jahren. Frank wußte nur seinen Vornamen, und damit war Frank eins besser als Bert. Bert wußte von niemandem den Namen, weder Vor- noch Nachnamen. Er nannte jeden »Käpten.« Sogar mich. Als ich das von mir wies, würdigte er mich keines Wortes mehr. Ich wußte damals noch nicht, daß auf den Binnenschifffahrtsstraßen jeder »Käpten« ist. Sobald man bestreitet, einer zu sein, ist man Luft.

Bert lud uns und einen sehr unglücklichen Schweden namens Gunther auf einen Drink an Bord der *Charity Anne Browning* ein. Gunther war Kapitän der *Golden Hind VI*, eines Baby-Ozeandampfers, der die *Marlin* so turmhoch überragte wie die Stadt Gottes.
Von außen sah die *Charity Anne Browning* wie ein ganz normaler Frachtsegler aus, vielleicht im Copra-Handel. Unter Deck aber war sie eher wie eine Hochzeits-Suite im neuesten Motel-Palast von Reno – dicker Teppichboden, drei gekachelte Bäder, eine fünfzehn Fuß lange Couch mit Pantherfellen, und zentral-

beheizt. In der Eigner-Kabine stand ein King-Size-Bett mit einladend umgeschlagener Decke. Laken und Kissenbezüge waren mit Vergißmeinnicht gesprenkelt.
Aber die Segel wurden nie gesetzt. Das Schiff hatte einen großen, bulligen Diesel, der es übers Wasser fliegen ließ. Frank sagte nachher: »Die braucht ihre Segel so wenig wie ein Atom-U-Boot.«
Bert hielt das Schiff von innen makellos sauber, indem er schlicht niemandem erlaubte, irgend etwas in Gebrauch zu nehmen. Wir durften uns nicht auf die Couch setzen. Als ich den Fehler machte, einen Aschenbecher zu benutzen, nahm er ihn sofort weg, wusch ihn ab und stellte ihn in den Schrank.
Später am Abend sah ich, wie Bert und seine Zweimannbesatzung das eisigkalte Dock hinunterliefen und zur Hafentoilette gingen, um ihre eigne nicht schmutzig zu machen.

Als ich die umgeschlagene Bettdecke sah, fragte ich Bert, ob er den Eigner an Bord erwarte. Er sagte nein, frühestens in drei Monaten.
»Eigner?« sagte Gunther. Er war jetzt angeheitert. »Was zum Teufel ist das? Wie sieht so jemand aus?«
»Sehen Sie Ihren Eigner nie von Angesicht?«
»Ja doch, immer wieder – zwei Stunden voriges Jahr, eine Viertelstunde im Jahr davor. Als ich ihm das letzte Mal schrieb, fragte ich, ›Wie wär's mit einem neueren Foto von Ihnen?‹ Dieses Land ist völlig verrückt. Jahr für Jahr werden Tausende von Jachten gebaut für Leute, die einfach nicht an Bord gehen wollen. Warum müssen sie sie besitzen? Nur, damit sie vor einem Weibsbild prahlen können, ›Ich hab ein Schiff mit Kapitän und allem Drum und Dran‹.«
»Kriegen Sie Antwort auf Ihre Briefe?«

»Klar. ›Bringen Sie sie nach Bar Harbor‹, schreibt er. ›Bringen Sie sie nach Miami runter. Bringen Sie sie durch die Magellanstraße und streichen Sie sie himmelblau.‹«
Gunther rollte die Augen. »Die Bezahlung ist gut. Ich kriege sogar Gehaltserhöhungen. Aber hin und wieder wach ich mitten in der Nacht auf und flüstere vor mich hin, ›He Gunther, was glaubst du eigentlich, was du hier machst?‹«

Die Luxusflotte blieb am nächsten Tag nicht zusammen. Wir zerstreuten uns die Chesapeake-Bay hinunter, ohne weitere Treffpunkte abzusprechen. Manche machten sich's leicht beim Navigieren und folgten lieber einem andern Skipper, als sich um Karten, Kompaßablesen und den Kram zu kümmern.
Frank warnte mich davor, jemandem nachzufahren. »Das Vertrauen, der Kerl vor dir werde seine Sache schon richtigmachen, ist die gefährlichste Religion der Welt«, sagte er. Und er erzählte mir, viele der Jachten würden von den reinsten Kindern nach Florida gebracht, meist Verwandten des Eigners, die nur mal ihren Spaß haben wollten.
Ein bißchen später nahmen wir wegen einem Riß im Auspuffkrümmer das Tempo auf zehn Knoten zurück (wir fuhren sonst fünfzehn). Da überholte uns mit etwa dreißig eine große Drei-Kabinen Chris Craft. Ihr Skipper rief nach uns auf dem Notruf-Band, das natürlich eingeschaltet war. Aber ich hörte das längst nicht mehr, und Frank war unter Deck.
»He, Marlin, wacht auf. Marlin. Na los, Marlin, antwortet doch.«
Frank hatte es endlich mitgekriegt und antwortete: »Hier ist die Jacht Marlin.«
»Sagen Sie mal, Jacht Marlin, haben Sie ne Karte?«
»Ja.«
»Können Sie mir ungefähr sagen, wo ich bin?«

Er bekam seine Auskünfte, doch vier Tage später sahen wir das Schiff in Elizabeth City, North Carolina, auf einem Tieflader der Eisenbahn wieder. Beide Schrauben und das Ruder waren ab.

Nördlich von Norfolk hat die Binnenschiffahrtsstraße noch etwas Rauhes, Praktisches. Der Verkehr ist dicht und geschäftsmäßig. An den betriebsamen Ufern qualmen und scheppern Fabriken. Südlich von Norfolk dagegen, auf der langsamen, alten Route, dem ›Triste-Sümpfe-Kanal‹, wird's enger, Baumwipfel neigen sich über das Wasser, das Klima wird weicher, süß und malariahaft. Zum erstenmal kann man davon träumen, Huckleberry Finn zu sein.
Frank und ich zogen die Jacken aus und rollten die Ärmel sowie das Stoffverdeck unsrer Brücke hoch. Bei einem Schleusenwärter kauften wir uns ein paar Gläser Sumpf-Honig. Während die Schleuse vollief, hatte sich herumgesprochen, daß gerade die Kennedy-Jacht durchfuhr.
»Ihr habt nicht vielleicht Bobby an Bord, oder doch?« rief uns jemand spöttisch vom Ufer zu.
»Nein«, sagte Frank. Und mir erklärte er: »Jetzt sind wir im Süden.«
Die schwüle Üppigkeit der unbewohnbaren Südstaaten-Sümpfe umgab uns von da an praktisch ununterbrochen bis nach Florida. Es gab dramatische Schlamm-Untiefen und versunkene Baumstümpfe, denen wir ausweichen mußten. Das Wasser war kaffeebraun, und Mann, was für Vögel wir sahen! Ich sagte zu Frank, es sei doch schön, daß im Osten des Landes noch so weite Strecken Wildnis geblieben seien. Sonst fand ich's die meiste Zeit entsetzlich langweilig.
Frank und ich kämpften gegen die Monotonie an, indem wir uns vollfraßen und mit unserm Horn die Kor-

morane von den Pegeln scheuchten. »Runter von meinem Pegel!« brüllte Frank und hupte, und wir beide verschlangen Leberwurstbrote und Honigbrote oder irgend so ein komisches Zeugs, das Frank nach seiner Magengeschwür-Operation essen mußte.
Eines Tages überholten wir einen kleinen Zweimaster unter Segeln. Der Mann am Ruder schwabbelte vor Fett. Trotz seiner grotesken Leibesfülle wirkte er braungebrannt und kräftig, als tue er sonst eine schwere, gefährliche Arbeit. »Eine Jacht schippern«, sagte Frank mit vollem Mund, »ist lange nicht so sportlich, wie viele glauben möchten.«

Das Beste an der Fahrt waren unsre abendlichen Gänge durch unbekannte Städte und Ortschaften – Elizabeth City, Morehead City, Myrtle Beach, Charleston, Isle of Hope, Jacksonville, Cocoa und schließlich West Palm Beach.
Ich werde nie einen Gesprächsfetzen vergessen, den ich in Charleston, South Carolina, aufschnappte: »Ich kenne da eine Frau, die guckt mich auf der Straße nicht mal an. Aber wenn ich sie anrufe, redet sie stundenlang mit mir.«
Ehe wir losfuhren, war viel darauf angespielt worden, die Frauen würden sich auf Frank und mich nur so stürzen, wenn wir mit der Kennedy-Jacht Hafen um Hafen anliefen. Doch Frauen sind an Hafenbecken ein seltener Anblick. »Meistens tun die Frauen nur so, als fänden sie Schiffe gut, um einen Mann zu kriegen, der eins hat,« erzählte mir ein Skipper. »Ein Boot ist für eine Frau nichts als ein weiteres Haus, das sie versorgen muß – aber sehr viel unbequemer, und der Mann kommandiert sie rum wie Käpten Bligh. Außerdem mißtraut sie den Maschinen und Installationen und muß sechs Häuserblocks laufen, um Lebensmittel oder einen Waschsalon zu finden.«

In all den Jachthäfen kamen Frank und ich nur einmal mit einer Frau gut ins Gespräch. Sie stürzte sich keineswegs auf uns. Zum einen war sie Anhängerin von Barry Goldwater. Und zum andern brachte sie eine Jacht, die größer war als unsre, allein von Ithaca, New York, nach Key West.
Wir machten ihr Komplimente über ihren Mumm, ihre Navigationskunst und ihr gelbes Ölzeug.
»Bei uns«, sagte sie, »heiß ich nur Kletten-Kathy.«
Ich fragte sie, weshalb sie Goldwater möge.
»Ein Mann, der sein eignes Flugzeug fliegt, navigieren kann, sein Radio repariert und seine Filme selber entwickelt, kriegt auf meiner Liste Platz eins.«

Immer wenn ein Hafenmeister die *Marlin* erkannte, rief er die Lokalzeitung an. Dann wurden er und Frank und ich für die Zeitung fotografiert. Aber die rührendste Reaktion kriegten wir von einem Schwarzen, der in Jacksonville unsre Taue auffing.
»Ach du liebe Güte«, sagte er, »ist das nicht die Jacht des Präsidenten? Hat die nicht Mr. Kennedy gehört?«
Der Einfachheit halber sagten wir ja. Er tätschelte liebevoll die Bordwand und wiegte den Kopf. »Das muß ich meiner Frau erzählen. So was Tolles ist mir noch nie passiert.«

Als wir in West Palm Beach einliefen, erwartete uns bereits Gunther, der unglückliche Schwede. Sein Baby-Ozeandampfer hatte die *Marlin* um drei Stunden geschlagen.
»Da sind wir also«, sagte Frank.
»Und wozu das?« erwiderte Gunther düster. »Da, seht's euch an! Alle Jalousien sind noch zu. Vor zwei Monaten taucht hier niemand auf. Und wenn sie kommen, ist keiner so verrückt, auf ein Boot zu gehen.«

Frank wandte ein, daß die Kennedys die *Marlin* sehr häufig benutzten.
»Die sind ja auch überkandidelt«, sagte Gunther. »Wie hat Ihnen nun die Binnenschiffahrtsstraße gefallen?« fragte er mich.
»Also«, sagte ich, »das nächste Mal würd ich's ruhiger angehen. Ich möchte mich mehr umsehen und angeln, in irgendeiner Bucht ankern, inmitten von Vogelgezwitscher aufwachen. Man kann bestimmt auf den Binnenschiffahrtsstraßen ein schönes Leben führen, wenn man sich Zeit nimmt.«
»Erst«, sagte Gunther, »muß man mal eine Jacht haben.«

(1966)

Das Lehren des Nicht-Lehrbaren

Man kann keinem Menschen beibringen, gut zu schreiben. Gut schreiben ist eine Gabe, die Gott uns entweder schenkt oder verweigert. Die meisten intelligenten Leute wissen das auch; trotzdem vermehren sich, in den schönen amerikanischen Sommermonaten, die Schriftsteller-Seminare immer heftiger. In *The Writer* vom letzten April sind achtundsechzig aufgelistet. Nächstes Jahr werden es noch mehr sein. Sie sind harmlos. Und sie sind großer Schmus.

Vor fünf Jahren war ich dabei, wie eins zur Welt kam – das *Cape Cod Schriftsteller-Seminar* in Craigville, Massachusetts. Drei Pfarrersgattinnen haben es mehr oder weniger herbeigebetet. Sie waren in den besten Jahren. Und sie luden an einem Winterabend ein paar Schriftsteller und Englischlehrer zu einem Treffen, wo ihre Sprecherin sagte: »Wir dachten uns, es wäre schön, wenn wir nächsten Sommer auf Cape Cod ein Schriftsteller-Seminar hätten.«

Und ich weiß auch noch, daß sie sagte: »Wir dachten uns, es würde arrivierten Schriftstellern vielleicht Spaß machen, Anfängern wie unsresgleichen zum Durchbruch zu verhelfen.«

Und so geschah es. Dieses Jahr ist Isaac Asimov der Meister. In den vergangenen Jahren waren es Richard Kim und Jacques Barzun. Das erste Jahr kamen sechsundzwanzig Studenten, das nächste dreiundvierzig, dann dreiundsechzig, dann zweiundachtzig, und dieses Jahr werden fast hundert erwartet – im August! Die meisten sind Frauen. Etliche sind Pfarrersgattinnen mittleren Alters.

So geht das.

Ich habe neulich einer der Gründerinnen gratuliert, und sie antwortete: »Na ja, es macht uns allen eben sehr viel Spaß. Sie wissen, Schriftsteller leben einsam, also freuen sie sich, einmal im Jahr zusammenzukommen und Dinge zu diskutieren, die in ihrer aller Interesse liegen.«

Das Schönste an dem Spielchen ist natürlich, daß man stillschweigend so tut, als sei bei einem Schriftsteller-Seminar jeder Teilnehmer Schriftsteller. Da drängen sich andre Formen unschuldiger Sommervergnügungen auf – ein Ärzte-Seminar, wo jeder so tun darf, als wäre er Arzt, ein Anwalts-Seminar, wo jeder so tut, als sei er Jurist, und so fort; vielleicht sogar ein Kennedy-Seminar, wo jeder so tut, als wäre er irgendwie mit den Kennedys versippt.

»Und wer kommt zu Schriftsteller-Seminaren?« fragen Sie. In einer Zufallsauswahl von zwanzig finden wir sechs frisch Geschiedene, drei Ehefrauen in mittleren Jahren, fünf alters- und geschlechtslose Lehrer-Typen, zwei lebenslustige Omas, einen reizenden alten Witwer mit wahren Geschichten über den Eisenbahnbau in Idaho, einen echten Schriftsteller, einen nicht nur zornigen, sondern tobenden jungen Mann und einen Arzt mit vierzig Jahrgängen vertraulicher Patienten-Akten, die er beim Film unterbringen will – für eine runde Million.

»Und wie steht's bei Schriftsteller-Seminaren mit dem Sex?« fragen Sie. Die Referenten jedenfalls kommen nicht deswegen. Sie verabscheuen Seminare. Sie kommen wegen des Geldes. Und halten sich aus allem raus. Sie wollen ihr Honorar sehen, und dann nach Hause. Sie sind die Ausnahmen zur Bestätigung der Regel.

Ich war auch bei der Geburt eines andern Schriftsteller-Seminars dabei – jetzt gerade, am 18. Juni. Das war der Tag, an dem die Begrüßungsparty der Referenten und Teilnehmer stattfand. Und zwar für das *West Central*

Schriftsteller-Seminar der Universität von West Illinois in Macomb, Illinois. Die Party war im TraveLodge Motel von Macomb – es liegt zwischen dem Waschsalon und dem Rootbeer-Imbiß von A & W –, weil es da Alkohol gab. Auf dem Uni-Gelände ist Alkohol streng verboten.

Gegründet und geleitet wurde es freilich nicht von einer Pfarrersgattin, sondern von einem Zigarren qualmenden jungen Englisch-Dozenten, E. W. Johnson. Im Seminarprospekt stand, er habe mit gebrauchter Kleidung gehandelt und sei Bauarbeiter sowie berufsmäßiger Spieler gewesen. Außerdem schreibt er Romane und Lehrbücher und ist der einzige Dozent in West Illinois, von dem ein Buch veröffentlicht wurde. Auf der Party war Johnson in düsterer Laune, weil er mehrere tausend Prospekte verschickt und im *Writer's Digest, im Saturday Review* und so fort ganz groß annonciert hatte, und doch nur neunzehn Teilnehmer gekommen waren. Die saßen jetzt im Saal, rollten verträumt die Augen und warteten darauf, neue Freundschaften zu schließen.
»Ich kann es nicht begreifen«, sagte er über der Musik-Berieselung und dem Geröhre eines Dragster-Rennens auf der Bundesstraße 136. »Wir haben genau so gute Referenten wie andre Schriftsteller-Seminare im Lande.«
Gegen die Referenten war wirklich kaum etwas einzuwenden. Da war ich, im Prospekt als »führender Vertreter des Schwarzen Humors in der amerikanischen Literatur« bezeichnet; und da war Richard Yates, »wohl der größte lebende Kurzgeschichten-Autor Amerikas«; sodann John Clellon Holmes, »anerkannter Chronist der Beat Generation, der gerade den Roman ›Die Vollidioten‹ fertiggestellt hat – geschrieben aus der Sicht des ›Weißen Humors‹«; und schließlich Frederic Will, »einer der vielseitigsten

amerikanischen Autoren mit achtzehn Büchern auf den Gebieten der Lyrik, des Sachbuchs und der Übersetzung«.

Johnson gestand, es habe eine Weile so ausgesehen, als ob nur fünf Studenten kämen, und er platzte damit heraus, er selbst habe noch nie ein Schriftsteller-Seminar besucht.

Ich fragte ihn, weshalb er sich dann auf so etwas einlasse, und er sagte, jedenfalls nicht des Geldes wegen. Er bekomme auch als Seminarleiter nur sein Dozentengehalt. Er wollte wirklich Schriftstellern auf die Sprünge helfen.

Die Party versickerte gegen Mitternacht. Die meisten hatten sich in die Betten verdrückt, übrig waren nur noch Johnson, ein paar Referenten und eine junge Frau, frisch geschieden von einem Araber, wie sie erzählte. Wir saßen am Swimmingpool und atmeten Chlor und Kohlenmonoxid.

»Wissen Sie, warum so wenige Leute gekommen sind?« fragte die junge Frau.

»Keine Ahnung«, sagte Johnson.

»Weil ›Macomb, Illinois‹ sich wie das Ende der Welt anhört und weil ›Universität West Illinois‹ nach einer gräßlichen Provinz-Uni klingt«, erläuterte sie.

Das hatte was für sich. Das vielversprechendste Schriftsteller-Seminar würde sicher in Acapulco stattfinden, unter der Schirmherrschaft von Harvard und von Oxford, und jeder bekäme nach acht Tagen sein Schriftsteller-Diplom.

Das angesehenste Schriftsteller-Seminar, das ich kenne, findet allerdings auch an einem Ende der Welt statt, ähnlich wie Macomb – in Bloomington, Indiana. Aber da ist wenigstens eine berühmte Uni, die Universität von Indiana, die das Seminar veranstaltet. Und in Bloomington finde ich besonders lobenswert, daß niemand glaubt, ein Möchtegern-Autor könne in acht

Tagen etwas Vernünftiges lernen oder üben; sondern sie bestehen darauf, daß jeder, der das Geschäft im Ernst betreiben will, Jahr für Jahr zur Nachkritik kommt, und daß er sich dazwischen die Finger wundschreibt.

Wir vier Super-Stars beim Fiasko von Macomb kannten alle aus eigner Referenten-Erfahrung die Schriftsteller-Werkstatt der Universität Iowa, wo die Studenten ein paar Jahre verbringen müssen, nicht nur ein paar Tage. E.W. Johnson hatte da seinen Magister gemacht. Ich bin nach zwei Jahren geflüchtet – nicht im Groll, sondern weil ich versackte. Ich kriegte keine Arbeit getan. Diese Schreib-Studenten, handverlesen von überall her, waren so begabt und fleißig und interessiert, daß die Arbeit mit ihnen die Tage und Nächte komplett ausfüllte. Nein, danke.

»Wie haben Sie ihnen da geholfen?« fragen Sie mich.

Erst einmal ließ schon die Werkstatt selber das Romanschreiben wie ein ehrenwertes und nützliches Gewerbe erscheinen, indem sie eine Gemeinschaft der Schreibenden schuf, wie Schriftsteller sie sogar in New York nie finden. Zudem gab es erfolgreiche Profi-Schriftsteller als Tutoren, die sie ermutigten und vor den gröbsten Fehlern zu bewahren suchten.

Was mich selbst angeht, so versuchte ich, diesen sehr guten Studenten zu helfen, das zu werden, wozu sie geboren waren, und schüchterte sie nicht mit Meisterwerken großer Männer ein, die viel älter waren als sie. In einem riskanten Bild ausgedrückt: Ich versuchte, ihnen in den Rachen zu greifen, ohne gebissen zu werden oder Brechreize auszulösen. Denn ich wollte, weiter im selben Bild, ganz hinten im Hals der Studenten den Anfang des dort aufgespulten Textstreifens zu packen kriegen. Und den wollte ich dann Zoll um Zoll hervorziehen, damit der Student und ich ihn gemein-

sam entziffern konnten. Die literarische Zukunft des Studenten hing nicht von mir oder der Universität Iowa ab, sie stand auf diesem Streifen.
Doch zu solch hochkarätiger Rachen-Therapie bot Macomb keine Gelegenheit, und auch keins der andern Sommerlager.

(1967)

Ausgerechnet Nirwana

Ein unitarischer Pfarrer hörte, daß ich bei Maharishi Mahesh Yogi, dem Guru der Beatles sowie von Donovan und Mia Farrow, gewesen sei, und er fragte mich: »Ist das ein Betrüger?« Der Pfarrer heißt Charley, und Unitarier glauben an überhaupt nichts. Ich bin Unitarier.

»Nein«, sagte ich. »Es hat mich schon glücklich gemacht, ihn nur zu sehen. Er strahlt Güte und Weisheit aus. Er lehrt, der Mensch sei mitnichten zum Leiden geboren und werde auch nicht leiden, wenn er transzendentale Meditation betreibt, was kinderleicht ist.«

»Sie nehmen mich doch nicht auf der Arm, oder?«

»Ich werde den Teufel tun, Charley.«

»Warum sagen Sie das in so einem grimmigen Ton?«

»Weil meine Frau und meine achtzehnjährige Tochter ihm verfallen sind. Sie haben sich aufnehmen lassen. Mehrmals täglich meditieren sie. Sie sind durch nichts mehr auf die Palme zu bringen. Sie strahlen von innen wie große Trommeln mit Beleuchtung.«

Ich begegnete Maharishi in Cambridge, Massachusetts, nachdem meine Tochter, und ehe meine Frau ihm verfallen war, und an eben dem Tag, als Mia Farrow ihm verfiel. Das war letzten Januar. Miss Farrow hatte schon ein Jahr angedeutet, sie treibe transzendentale Meditation, aber das war Gerede. Sie hatte nur Sehnsucht danach. Ohne formelle Aufnahme ist es nicht das Wahre.

Und aufnehmen kann nicht irgendein transzendentaler Meditierer. Das muß schon Maharishi selber tun, was eine große Ehre ist, oder einer der wenigen Lehrer, die er ausgebildet hat. Miss Farrow wurde die große Ehre zuteil – in Maharishis Hotelzimmer in Cambridge. Meine Frau und meine Tochter mußten, in der Wohnung eines Bostoner Malers und Jazzmusikers, der auch meditiert, mit einem der Lehrer vorliebnehmen.

Bei der Aufnahme werden private Fragen gestellt, aber sonst gibt es keine Geheimnisse. Man besucht erstmal ein paar öffentliche Vorträge, die fröhlich und aufmunternd sind. Dort kriegt man liebevoll erläutert, wie einfach es ist und daß man unweigerlich ruhiger und gesitteter und vitaler wird, wenn man es richtig macht. Der Vortragende erklärt nicht, wie man sich beim Meditieren fühlt, weil das nicht gehe. Man müsse es selbst erleben, sagt er.

Danach trifft man eine Verabredung mit dem Lehrer, und da fragt er einiges über einen selbst. Er will wissen, ob man Drogen nimmt oder säuft oder in psychiatrischer Behandlung oder schlichtweg verrückt ist. Man muß drogenfrei und nüchtern und geistig gesund sein, sonst nimmt er einen nicht. Falls man wegen seelischer Probleme in Behandlung ist, soll man nach deren Abschluß wiederkommen.

Wenn der Lehrer einen tauglich befindet, sagt er, man möge an dem und dem Tag zu der und der Adresse kommen und als Geschenke ein Taschentuch, frisches Obst, ein paar Blumen und fünfundsiebzig Dollar mitbringen. Studenten und Hausfrauen zahlen fünfunddreißig.

So hab ich bislang siebzig Dollar in diese neue Religion gesteckt. Maharishi sagt, es sei keine Religion, sondern eine Technik. Trotzdem kann man mich, in Hörweite meiner Frau und meiner Tochter, bei Cocktailparties immer mal grummeln hören: »Verflixt, ich habe schon siebzig Silberlinge in dieser neuen Religion stecken.«

Das Geld wird für die Reisekosten des Meisters und der Lehrer verbraucht, sie prassen nicht damit, führen ordentlich Buch, und die Bücher liegen offen. Es ist keine Religion à la Süd-Kalifornien. Ein Sergeant Friday hätte hier nichts zu ermitteln.
Man ist also bei der Aufnahme in das, was die Anhänger entschieden *nicht* Religion nennen, allein mit seinem Lehrer. Aber es gibt dabei Kerzen und Weihrauch und kleine Bilder von Maharishi und dessen verstorbenem Meister, Seiner Göttlichkeit Swami Brahmananda Saraswati, dem Jagadguru Bhagwan Shankaracharya von Jyotir Math.
Der Lehrer, meist ebenfalls Amerikaner und korrekt mit Schlips und Anzug, gibt einem dann ein eignes, privates *Mantra,* eine Lautfolge, die, wenn man darüber meditiert, den Abstieg in die Tiefe des eignen Geistes einleitet. Diese Vergabe von Lautfolgen, meist Sanskrit-Wörtern, ist die spezielle Kunst des Lehrers, pardon, seine Wissenschaft.
Meine Frau hat einen Lehrer gefragt, woher er wisse, welche Lautfolge er an welchen Menschen zu vergeben habe, und er antwortete, das sei schwer zu erklären. »Aber glauben Sie mir,« sagte er, »es ist eine Wissenschaft.«
Bei ihr hat die Wissenschaft jedenfalls angeschlagen. In dem Moment, als sie ihr *Mantra* hörte, tauchte sie sofort tief, tief, tief hinunter in ihren Geist. In dieser Tiefe ist Seligkeit. Das sagt jeder, der schon mal da unten war. Und viele von Maharishis Geisttauchern erzählen im Brustton der Überzeugung, diese Seligkeit sei unendlich viel schöner, erhellender als jede von Drogen hervorgerufene.
Und kein Bulle kann sie dafür hopsnehmen.

Diese neue Religion (wohlgemerkt keine Religion, sondern eine Technik) vermittelt enorme Hochgefühle,

greift keine Institution oder Moral an, verlangt weder Opfer noch äußere Beweise der Gesittung und ist risikofrei. Sie dürfte die Mittelschichten der Welt im Sturm erobern, während der Planet stirbt – unaufhaltsam zugrunde geht an der Verseuchung von Wasser und Luft.
Die bisherige Publicity war enorm. Als ich im letzten Januar um ein Interview mit Seiner Heiligkeit bat (so wird Maharishi korrekt angeredet), sagte mir einer seiner Helfer, ich solle »sofort« zu seinem Hotel in Cambridge kommen. Er wollte nicht einmal hören, wer ich war – nicht als ob ich jemand Bedeutendes wäre. Ich war schlicht noch mehr Publicity. Davon können die transzendentalen Meditierer nie genug kriegen, weil sie ehrlich glauben, ihre Technik werde die Welt retten.
Und wie? In der Broschüre *Die Wissenschaft des Seins und die Kunst des Lebens* schreibt Maharishi 1966:

> Wer nicht glücklich ist, hat keinen Frieden. Alles edle Bemühen der Vereinten Nationen kratzt kaum an der Oberfläche der Probleme des Weltfriedens. Wenn wir den Geist und die Macht der Staatsmänner aller Länder dazu brächten, die Praxis der transzendentalen Meditation populär und jedem zugänglich zu machen, sähe die Welt über Nacht anders aus... Solange Staatsmänner nicht die Chance begreifen, das Leben der einzelnen von innen her zu verbessern und ihnen Frieden, Glück und schöpferischen Verstand im Überfluß zu schenken, wird das Problem des Weltfriedens nur oberflächlich behandelt, und die Welt leidet weiter unter kalten und heißen Kriegen.

»Was macht ihr aber mit jemandem wie Lyndon Johnson oder George Wallace?« fragte ich einen Maharishi-Anhänger im Hotel. Wir warteten in einer quirligen

Menge von zumeist Jungen und immer Weißen vor der verschlossenen Tür des Meisters. Der Junge, den ich gefragt hatte, studierte an der Bostoner Uni und spielte Gitarre. »Erwartet ihr etwa, daß ihr *die* zum Meditieren bringt?«
»Selbst wenn sie's nicht tun«, antwortete er, »werden sie sich zum Besseren verändern, weil die Menschen um sie herum sich durch transzendentale Meditation zum Besseren verändern werden.«
Das also war ein weiterer schöner Zug der neuen Religion: Wann immer man in den eignen Geist hinabtauchte, trug man etwas zur Lösung der Tagesprobleme bei.
Vor der Tür wartete auch eine Frau in mittleren Jahren, die den Meister fragen wollte, ob sie richtig meditiere. Sie meinte nein. Ich gewann den Eindruck, das Hinabtauchen in ihren eignen Geist machte ihr so wenig Spaß, wie schwimmend bei Cleveland den Cuyahoga River zu überqueren.
»Kann es irgendwie gefährlich werden, wenn man's nicht richtig macht?« fragte ich sie. »Wird man dann krank oder dreht man durch?«
»Nein, nein«, sagte sie. »Das Schlimmste, was einem passiert, ist, daß man enttäuscht ist.« Jedenfalls um Klassen besser, als ans Kreuz geschlagen oder den Löwen vorgeworfen zu werden.
Da kam ein Helfer und brachte mir einen Armvoll Zeitungen und Zeitschriften, die könne ich haben. In allen standen große Artikel über Maharishi – in *Look, Life, Time, Newsweek, The National Observer,* dem Bostoner *Herald Traveler* sowie dem *Globe* und dem *New York Times Magazine.* In jener Woche hatten drei Dinge Schlagzeilen gemacht: Herzverpflanzungen, die Aufbringung der *Pueblo* und Maharishi. Außerdem war Maharishi zu charmanten Auftritten in *Today,* in Johnny Carsons *Tonight Show* sowie im Nationalen Bildungs-Fernsehen erschienen.

Ich sagte dem Helfer: »Bei all dieser Publicity wollen sicher Tausende von Menschen sofort einsteigen. Gibt es dazu ein Buch oder eine Broschüre, die sie bestellen können?«
»Nein«, sagte er, »so etwas wird es niemals geben. Ein Lehrer muß Ihnen *zeigen*, wie Sie die subtilen Zustände des Denkens erleben, und dann Ihre Erfahrungen mit verfolgen, wenn Sie sich auf den Weg hinab machen.«
»Ich kann also«, sagte ich, »nicht zu einem Meditierer gehen und ihn bitten, ›Sag mir genau, wie du es machst, dann mach ich's dir nach‹?«
»Dann wären Sie enttäuscht«, sagte er.
Der Bostoner Student stimmte mit ein. Er erzählte von einem Mädchen aus seiner Bekanntschaft, die ihr *Mantra* ihrem Freund verriet. Eigentlich sollte man das niemandem weitersagen, aber das Mädchen tat's.
»Ist das eine schreckliche Untat?« fragte ich.
Der Student und der Helfer zuckten die Achseln. »Es gibt keine schrecklichen Untaten. Es war nur unklug«, sagte der Helfer.
Ich war immer noch neugierig. »Und was ist dem Freund passiert, als er das *Mantra* seines Mädchens benutzt hat?«
»Er war enttäuscht.«

Maharishi kam endlich aus dem Zimmer, wo er meditiert hatte, doch da mit so vielen Reportern Interviews vereinbart waren, wurde es nun eine riesige Pressekonferenz im Ballsaal des Hotels. Dort gingen wir hinunter, man breitete Maharishis Hirschfell auf der Bühne aus, und er nahm Platz darauf. Er spielte an einem Strauß gelber Chrysanthemen und lud die Versammelten ein, ihre Fragen zu stellen.
Er ist ein Mann zum Knuddeln, klein, mit goldbrauner Haut, der gern kichert; er hat einen grauen Bart, breite

Schultern und einen enormen Brustkasten. Seine muskulösen Arme und breiten Handgelenke könnten vermuten lassen, daß er den größten Teil seiner sechsundfünfzig Jahre körperlich gearbeitet hat. Das wäre falsch. Er hat Physik studiert und an der Universität Allahabad einen naturwissenschaftlichen Grad erworben, berichtet Cyril Dunn im Londoner *Observer*. Maharishi selbst erzählt gar nichts von sich. Das wäre für einen Mönch unziemlich.

Mönch wurde er gleich nach dem Studium, und er lernte bei seinen Meistern die einfache Art des Meditierens. Diese einfache Art wird übrigens von andern Gurus für wertlos erachtet, sie bemühen sich, den Zustand der Seligkeit mit notorisch harten und oft grotesken Kasteiungen zu erlangen. Maharishis Meister hingegen gebot ihm auf dem Totenbett, hinaus in die Welt zu gehen und die einfache Art zu lehren. Das tut er nun seit zehn Jahren. Ende dieses Jahres will Maharishi nach Indien und in die Einsamkeit des Mönchslebens zurück und nie mehr öffentlich auftreten. Er soll schon eine Viertelmillion Anhänger auf der Welt haben. Und die Lehrer unter ihnen werden weiter neue Leute anwerben.

So saß ich im Ballsaal auf einem Klappstuhl – hinter mir etliche hundert transzendentale Meditierer. Ich schloß die Augen und wartete, daß dieser heilige Mann mich auf den Schwingen der Poesie in Indiens Geheimnisse versetzte.

»Maharishi«, sagte ein Reporter, »haben Sie nicht auch das Gefühl, daß die Welt dringend einer Umkehr bedarf? Daß heute alles immer schneller immer finsterer aussieht?«

»Man kann einen Raum«, sagte Seine Heiligkeit, »nie wahrhaft finster nennen, wenn man weiß, wo der Lichtschalter ist und wie man ihn bedient.«

»Sie lehren, der Geist strebe von Natur aus nach Seligkeit. Haben Sie dafür Beweise?«
»Wenn jemand zwischen zwei Radios sitzt und zweierlei Programme empfängt«, sagte Maharishi, »wendet sein Geist sich natürlich demjenigen zu, das ihm am besten gefällt.«
»Was bedeuten Ihnen die Bürgerrechte?«
»Was sind Bürgerrechte?« fragte er.
Man erklärte ihm die Bürgerrechte anhand der Schwarzen, die, nur weil sie schwarz sind, keine anständigen Häuser oder Ausbildungsplätze oder Jobs kriegen.
Maharishi antwortete, jeder Unterdrückte könne sich aufschwingen, indem er transzendentale Meditation treibe. Dann werde er automatisch bessere Arbeit tun, dafür von der Wirtschaft besser bezahlt und könne sich kaufen, was er wolle. Und dann sei er nicht mehr unterdrückt. Mit andern Worten: Man solle nicht maulen, sondern meditieren, sich am Riemen reißen und auf dem Markt, wo alle Geschäfte hart, aber fair sind, in eine leitende Position aufsteigen.
Und ich schlug die Augen auf und sah mir Maharishi kritischer an. Er hatte mich nicht nach Indien versetzt. Er warf mich nach Schenectady, New York, zurück, wo ich vor vielen, vielen Jahren als PR-Mann arbeitete. Damals hatten andre Leute mit Metaphern wie Schalter oder Radio über Sozialfragen und den fairen Markt schwadroniert. Sie fanden es auch albern, daß Menschen unglücklich waren, wo's doch so viele simple Wege gab, ihr Schicksal selber zu erleichtern. Sie hatten ebenfalls Physik studiert. Und nun war Maharishi den weiten Weg von Indien gekommen, um zur amerikanischen Bevölkerung zu sprechen wie ein Ingenieur von General Electric.

Maharishi wurde nach seinen Ansichten zu Jesus Christus befragt. Er hatte welche. Aber er leitete sie ein mit dem Vorbehalt: »Soweit meine Freunde mir von Ihm erzählt haben.«
Hier war ein Mann, der, um die Christen über die Rettung der Welt zu belehren, selbstlos viele Jahre in amerikanischen und europäischen Hotelzimmern verbracht hatte. In den meisten lagen gewiß Bibeln. Doch Maharishi hatte nie in einer nachgelesen, was Jesus genau sagte.
Wirklich ein forschender Geist.
Er gab zu verstehen, Jesus habe etwas Ähnliches wie transzendentale Meditation gemeint, doch hätten seine Jünger das verzerrt und schließlich aufgegeben. Ein bißchen später sagte er, Jesus und die frühchristlichen Heiligen hätten zu Unrecht ihren Geist wandern lassen. »Man muß das im Griff behalten«, sagte er. Der wandernde Geist Jesu und seiner Heiligen habe zu dem geführt, was Maharishi »eine Widersinnigkeit« nannte, zur Betonung des Glaubens.
»Der Glaube kann bestenfalls«, erklärte er, »Menschen in Hoffnung leben und sterben lassen. Die Kirchen verlieren ihre Anhänger, weil sie nichts sonst zu bieten haben.«
Da waren wir also wieder auf dem Markt: Die Kirchen boten Zuckerpillen feil, und Maharishi eine rezeptfreie Droge, die das Machtgefühl schwerer Artillerie vermittelte. Welche nehmen Sie nun?

Danach verließ ich das Hotel, und Jesus schien mir verehrenswürdiger als je. Wenn ein Kruzifix in Sicht gewesen wäre, hätt ich ihm gesagt: »Weißt du, warum du da hängst? Du hast einen Fehler gemacht. Du hättest transzendentale Meditation treiben sollen, das ist kinderleicht. Außerdem wärst du dann ein besserer Schreiner geworden.«

Unterwegs traf ich einen Dekan der Harvard-Uni, den ich kenne. Ich kenne nur einen, und der war es. Maharishi hatte am Abend zuvor im Sanders-Theater volles Haus gehabt, also wußte nun Harvard alles über den Meister, und ich fragte den Dekan, ob transzendentale Meditation wohl bei den Studenten der nächste Modeschrei würde.

»Viele Studenten, das haben Sie doch gesehen, sind vor Schluß der Vorstellung rausgegangen«, sagte er.

»Worüber meine Frau und meine Tochter hell empört waren«, sagte ich.

»Wenn ich Studenten über Maharishi reden hörte, fanden sie seine Lehre zumindest ein bißchen unter Niveau«, sagte er. »Leute, die ihm wirklich verfallen, gehören eher zur *Boston-Tea-Party*-Kundschaft.« Das *Boston Tea Party* ist ein Rhythmus-und-Blues-Lokal in einem alten Kirchenbau im Bostoner Süden. Gäste und Musiker sind überwiegend College-Studenten und vorwiegend Weiße. Das Lokal ist die Wiege des sogenannten »Bosstown Sound«, über den *Newsweek* berichtete, er sei anti-Hippie und anti-Drogen.

»Sieht aus wie die passende Religion für Leute, die in schwierigen Zeiten keine persönlichen Schwierigkeiten wollen«, sagte ich.

»Es gibt in Harvard einen Hochspringer, der behauptet, dank Maharishi jedesmal noch höher zu springen«, sagte der Dekan.

»Und die Menge jubelt ihm zu.«

Meine Tochter, die immer eine gute Malerin war, sagt, dank Maharishi sei sie jetzt viel besser. Meine Frau, die im College sehr gut geschrieben hat, will die Schriftstellerei wieder aufnehmen. Beide erklären mir, ich könnte viel besser schreiben und wäre glücklicher dabei, wenn ich zweimal täglich in meinen eignen Geist tauchen ginge.

Mich hindert nur eins daran, selbst Meditierer zu werden – meine Faulheit. Ich müßte aus dem Hause und nach Boston fahren und da ein paarmal übernachten. Außerdem hätt ich kaum genug Mut und Humorlosigkeit, um mit Obst, Blumen, einem sauberen Taschentuch und einer Gabe von fünfundsiebzig Dollar an einer fremden Wohnungstür zu klingeln.

Also sag ich meiner Frau gemeine Sachen wie: »Was ist das für ein Heiliger, der über Wirtschaftsfragen spricht wie ein Referent vom Nationalen Unternehmerverband?«

»Die Leute wollen doch, daß er über Wirtschaftsfragen spricht. Er will nicht darüber reden. Das ist nicht sein Gebiet«, sagte sie dann.

»Wie kommt es, daß er in Indien, dem Mutterland der Meditierer, durchgefallen ist und dann bei der Mittelschicht in Skandinavien und Westdeutschland und Großbritannien und Amerika einen Riesenerfolg hatte?«

»Sicher aus ziemlich komplizierten Gründen.«

»Vielleicht, weil er über Wirtschaftsfragen spricht wie ein Referent vom Nationalen Unternehmerverband.«

»Denk, was du willst«, sagt sie liebevoll, liebevoll, liebevoll. Und lächelt.

»Wenn das so eine gute Sache ist«, sag ich, »warum trägt Maharishi sie dann nicht in die Slums, wo es den Leuten wirklich dreckig geht?«

»Weil er die Botschaft so schnell wie möglich unter die Leute bringen will, und das geht am besten, wenn man mit den einflußreichen anfängt.«

»Wie den Beatles.«

»Unter anderm.«

»Ich seh ja ein, weshalb die einflußreichen Leute Maharishi lieber mögen als Jesus. Mein Gott, wenn die Beatles und Mia Farrow zu Jesus kämen, würde Er ihnen sagen, sie sollten ihr gesamtes Geld weggeben.«

Und meine Frau lächelt.

(1968)

Frohlocket! Wir fahren zum Mond! Frohlocket

Mein Bruder Bernard war einmal in Cape Kennedy und hat ein Raumschiff starten sehen. Er erzählte mir: »Weißt du, wenn du unmittelbar dabei bist, ist es fast sein Geld wert.« Es sei fast eine Milliarden-Dollar-Show, besonders der Lärm.

Der Lärm.
»Erstklassiges Feuerwerk«, sagte er. »Die Erde hat gebebt.« Wir sind beide alt genug, um hinreichend Erfahrungen mit Feuerwerk zu haben. Wir kauften es bei Versandhäusern und im Laden – Knallfrösche, Silberregen, Luftheuler, Niggerböller.
Niggerböller.
Als mein Bruder den Lärm in Cape Kennedy beschrieb, reagierte ich wie ein Kind: »Mannomann!« sagte ich. »Den Lärm möcht ich auch mal hören.«

Ich hab ihn nie zu hören gekriegt, außer durch einen Fernsehlautsprecher so klein wie ein Silberdollar. Ich hatte mir einmal sogar von der NASA eine Einladung zum Raketenstart besorgt, konnte aber nicht hin. Doch dadurch kam ich auf eine Versandliste und bekomme seitdem kostenloses PR-Material über die Amerikaner im Weltraum. Das beste davon war bisher das Buch *Mit der Kamera im Weltraum*, das herrliche Farbfotos enthält. Es steht bei meinen Nachschlagewerken neben dem Buch *Ich zeig dir die Sterne und Planeten* von Patricia Lauber.
Ich zeig dir.
Miss Lauber hat für Kinder geschrieben. Hier eine Probe, wie sie das macht:

> Wir fliegen durch den Weltraum. Unser Raumschiff ist die Erde. Sie kreist mit 108000 Stundenkilometern um die Sonne. Und während sie um die Sonne kreist, dreht sie sich um ihre eigne Achse. Die Sonne ist ein Stern.

Wenn ich getrunken hätte, kämen mir die Tränen. Alle Erdlinge wären ja meine geliebten Mit-Astronauten. Geliebt.

James E. Webb ist es weniger brüderlich zumute. Er denkt bereits in Nationen, von denen manche siegen, manche verlieren. In seinem Vorwort zu *Mit der Kamera im Weltraum* schreibt er:

> Im Laufe der Menschheitsgeschichte hat sich die Beherrschung einer neuen Umwelt, einer neuen Schlüsseltechnologie oder, wie wir jetzt in der Raumfahrt beobachten, einer Kombination von beiden jeweils tiefgreifend auf die Zukunft einer Nation ausgewirkt; auf ihre relative Stärke und Sicherheit; auf ihre Beziehungen zu anderen; auf die wirtschaftlichen, sozialen und politischen Verhältnisse in ihrem Inneren; und auf das Realitätsverständnis ihrer Bevölkerung.

Ihre Bevölkerung.

Er führt keine Beispiele an. Also denk ich an Deutschland im Ersten Weltkrieg, das die Untersee-Kriegsführung lernte. Ich denke an Deutschlands erstaunliche Raketenwaffen im Zweiten Weltkrieg. Ich denke an jedermanns Alles-und-jedes im Dritten Weltkrieg. Ich denke an Rüstungen und Streitwagen und Schwarzpulver in alter Zeit, und an schwimmende Artillerierampen, mit denen eine Nation nach der andern die Herrschaft über die Meere eroberte.

Ich denke an Spaniens Herrschaft über die Neue Welt, wo doch schon etliche Millionen Erdlinge lebten, wo schon mindestens zwei Erdlings-Kulturen bestanden. Ich denke an die systematische Folterung der Indianer, auf daß sie verrieten, wo sie ihr Gold versteckt hatten.
Gold.
Ich denke an die Herrschaft amerikanischer Weißer über die Südstaaten und die abgefeimte Ausbeutung entführter Afrikaner dabei. Ich denke an DDT.

Die meisten wahren Geschichten über die Beherrschung neuer Umwelten und Technologien triefen von Grausamkeit und Habgier. Im Rückblick erscheint das Realitätsverständnis herrschender Völker gewöhnlich nur dumm oder selbstsüchtig. Niemand war sich seiner Stellung sicher, Herrscher wurden oft sehr schnell gestürzt. Und dann gab's Riesen-Schweinereien aufzuwischen – ganze Landstriche verwüstet und von zertepperten Erdlingen und ihren Gerätschaften übersät.
Dummheit.

Wir haben bislang etwa 33 Milliarden Dollar im Weltraum verpulvert. Die hätten wir besser dazu eingesetzt, hier auf der Erde unsre schmutzstarrenden Kolonien aufzuräumen. Es besteht kein dringlicher Bedarf, irgendwohin in den Weltraum zu kommen, auch wenn Arthur C. Clarke so gern die Quelle der imponierenden Radiowellen entdecken möchte, die wir vom Jupiter empfangen. Denn wir kommen ohnehin ganz schön voran im Weltraum. Mit jeder Stunde nähert sich unser Sonnensystem dem Kugelhaufen M13 im Sternbild des Herkules um weitere 70 000 Kilometer.
Kugelhaufen M13.
Begeisterte Weltraumfans wie Arthur C. Clarke sind den vielen Tausenden von Beschäftigten der höchst profitablen Raumfahrtindustrie natürlich lieb und wert.

Denn er spricht nun mal überzeugender als sie. Seine Kunst und ihre kommerziellen Interessen passen zusammen. »Die Entdeckung, daß der Jupiter ziemlich warm ist und genau die Art von Atmosphäre hat, in der unsres Wissens auf der Erde Leben entstand, dürfte das Vorspiel zu den bedeutsamsten biologischen Fortschritten dieses Jahrhunderts sein«, schrieb er jüngst im *Playboy.*
Playboy.
Irgendwo klingeln Registrierkassen.

Weitere unschuldige Nutznießer des Weltraum-Booms sind Forscher wie Dr. Harold C. Urey und Dr. Harold Masursky und so fort – Männer, die unbedingt wissen wollen, ob die Mondkrater durch Einschläge entstanden sind oder vulkanisch oder durch beides oder wie sonst. Sie wollen das, falls möglich, sofort wissen, und das Wissen ist nun verfügbar – zu einem fantastischen Preis. Das Geld ist als Steuer eingesammelt worden, sogar bei amerikanischen Erdlingen, die so arm wie Hiobs Kirchenmaus sind, wenn ich so sagen darf.
Hiob.
Falls alles klappt bei der ersten Mondlandung, werden alle Hiobs, aber auch alle glücklichen Bürger Amerikas Erkleckliches zum Erwerb von fünfzig Pfund Mondgestein und Mondstaub beigetragen haben. Und auch das Gehalt eines alten Kumpels aus meiner Studentenverbindung bezahlen, der im Raumfahrtprogramm eine große Nummer ist. Er fährt einen Jaguar XKE.
XKE.
Unsre Studentenverbindung in Cornell hieß Delta Ypsilon.
Delta Ypsilon.

Mein Kumpel von damals ist überaus stolz auf das Raumfahrtprogramm, und zu Recht. (Er ist auch stolz

auf unsre Studentenverbindung, doch das gehört nicht hierher.) Er ist Ingenieur, und wir tranken eines Abends eine Menge Cocktails, und er schwärmte von der Präzision, mit der die »Vögel« hergestellt und abgefeuert werden. Und da fiel mir Harry Houdini ein, der seinen Lebensunterhalt damit verdiente, daß er sich aus Zwangsjacken und Tresoren und verschlossen im Wasser versenkten Koffern befreite.
Wasser.
Die Cocktails machten mir Mut zu der Überlegung, Houdini hätte wahrscheinlich mit 33 Milliarden Dollar im Kreuz die besten Wissenschaftler seiner Zeit angeheuert und hätte sie eine große Rakete bauen lassen und eine Art Dampfdrucktopf als Reisekabine. Und dann hätte er sich von ihnen in Richtung Mond schießen lassen.
Weshalb hätte Houdini so etwas getan? Weil er, trotz seiner begrenzten Mittel, der wohl größte Show-Mann aller Zeiten war. Er faszinierte die Leute durch das, was ihre Nerven am stärksten kitzelt – indem er sein Leben aufs Spiel setzte. Und war im Grunde ein Ingenieur, der immer aufs neue mit Kraft, Courage, Erfindungsgeist und den richtigen Werkzeugen sein eignes Leben rettete.
Für diesen Houdini-Aspekt des Raumfahrtprogramms zahlen die meisten Erdlinge gern ihr Scherflein – die Dummen wie die Aussteiger, die Fahrstuhlführer wie die Tippsen und so fort. Sie sind viel zu beschränkt, um für die Ursache der Mondkrater Interesse aufzubringen. Wenn man ihnen über Radiowellen vom Jupiter erzählt, geht das sofort zum andern Ohr wieder raus. Aber eine Show, bei der jemand zu Tode kommen kann, lieben sie.
Tod.
Und sie kriegen sie.

Was die dummen und die klugen Erdlinge angeht: Ich hab im Laufe der Jahre eine Menge Wissenschaftler kennengelernt und festgestellt, daß sie von der Arbeit ihrer Kollegen oft genauso gelangweilt waren wie dumme Leute. Ich war eine Zeitlang PR-Mann im Entwicklungslabor von General Electric und habe öfter erleben dürfen, wie ein Wissenschaftler ins Labor eines andern gestürzt kam, voll Begeisterung über eine neue Erkenntnis, und gewissermaßen immer nur Heureka, Heureka, Heureka gackerte.
Heureka.
Und dann konnte es der andre Wissenschaftler, der das Gackern anhören mußte, unweigerlich kaum erwarten, bis sein Besucher die Klappe hielt und sich trollte.
Ich habe auch oft mit Wissenschaftlern von General Electric über aufregende Sachen geredet, die ich im *Scientific American* gelesen hatte. Diese Zeitschrift las ich damals regelmäßig. Ich meinte, es sei ein Teil meiner Arbeit, daß ich auf dem laufenden blieb. Aber wenn der Artikel, der mich faszinierte, nichts mit dem Fachgebiet meines Zuhörers zu tun hatte, dämmerte er bald weg. Ich hätte genausogut babylonisch sprechen können.
Also nehm ich an, daß selbst unsre brillantesten Wissenschaftler das Raumfahrtprogramm ziemlich langweilig finden, es sei denn, sie wären selbst mit dem Mond und allem weiteren befaßt. Auch in ihren Augen muß es wie sehr teures Showgeschäft aussehen.
Heureka.

Mein Bruder kriegt seine Forschungen über Wolkenphysik zum Teil von der Marine finanziert. Er sprach neulich mit einem ähnlich gekauften Wissenschaftler über die Milliarden, die in den Weltraum

gesteckt werden. Der Kollege sagte nur trocken: »Für so eine Masse Geld könnten sie wenigstens eins schaffen – Gott entdecken.«
Gott entdecken.

Da fördert man also fünfzig Pfund Mondgestein, und was hat man dann? Wieder ein Tag vorüber, und noch tiefer verschuldet. Ach Petrus, ach Petrus, mach's Tor wieder zu, ich bin noch nicht fertig mit dem, was ich tu.
Was ich tu.

Auf den Fotos, die mir die NASA geschickt hat, ist die Erde wirklich eine hübsche Perle, blau, rosa und weiß. Sie wirkt so sauber. Man sieht weder die hungrigen, wütenden Erdlinge da unten, noch den Qualm und die Abwässer und den Müll und das hochgezüchtete Kriegsgerät. Ich flog vor kurzem über die Appalachen – mit 800 Stundenkilometern und in 8000 Metern Höhe. Das Alltagsleben da unten soll vielerorts grauenhaft sein, aber in meinen Augen sah's wie der Garten Eden aus. Ich war eben ein Reicher, hoch in den Lüften, kaute geröstete Erdnüsse und nippte Gin.
Eden.
»Wir werden die Erde, unsre Wiege, bald verlassen«, sagt Arthur C. Clarke. »Das Sonnensystem wird dann unser Kindergarten werden.« Nur daß die meisten von uns die Wiege nie verlassen dürften, es sei denn, der Tod wäre doch eine Art Astronautik.
Aber es gibt ja Gin.
Gin.

Ich denke an die Affen in dem großen Cinerama-Film *2001*. Ich denke an ihre blutunterlaufenen Augen und ihre Angst vor dem Dunkel und wie sie den Gebrauch von Werkzeugen lernen, um sich gegenseitig die Schädel einzuschlagen. Und ich glaube, wir sind auf der

Stufenleiter der Evolution noch kaum darüber hinausgekommen, auch wenn wir heute Cinerama haben. Am selben Abend, als ich *2001* sah, rief Dr. Nathan Pusey, der Präsident von Harvard, die Polizei von Cambridge auf sein Uni-Gelände, und da schlugen sie ein paar Schädel ein.
Cinerama.
Ich frage mich, ob wir wirklich ins Sonnensystem hinaus müssen, um unsern Kindergarten zu finden. Wär es nicht doch ganz entfernt möglich, daß wir hier einen bauen?
Nichts da.

Ich lese gerade ein Buch des Dichters und Naturkundlers John Hay, *Die Verteidigung der Natur.* Er beschreibt einen greisen Muschelfischer in Maine, der seine Wiege niemals verlassen wird:

> Während ein Satellit aus 40 000 Kilometer Höhe Fotos von der Erde macht, diese sich im Raum dreht und von wirbelnden Wolken verdeckt ist, setzt sich der alte Mann zum Ausruhen auf einen Fels. Während forschende Geister, unterstützt von Computern, ihre beiläufigen Methoden in die Zukunft extrapolieren, träumt er vielleicht von der Vergangenheit. Während die Wissenschaft dabei ist, durch Kernfusion die Sonnenkräfte in unseren Dienst zu stellen und die Menschheit mit unerschöpflichen Energien zu versorgen, steht er breitbeinig da, Kopf und Schultern zur Erde hinuntergebeugt, und buddelt sich aufmerksam und gründlich mit seiner Muschelharke über den Boden voran, Stückchen um Stückchen.

Armer Affe.

Gute Science-Fiction-Autoren von heute sind nicht unbedingt so versessen wie Arthur C. Clarke, Kindergärten auf dem Jupiter zu begründen und den armen Affen aus Maine mit seiner Muschelharke weit hinter sich zu lassen. Isaac Asimov, einer der wirklich großen, hat in der Entwicklung der amerikanischen Science Fiction bisher drei Stadien ausgemacht und meint, wir seien jetzt im dritten:

1. vorwiegend Abenteuer,
2. vorwiegend Technologie,
3. vorwiegend Gesellschaftliches.

Ich wünschte, das wäre auch ein prophetischer Abriß der Erdlings-Geschichte. Ich verstehe Gesellschaftliches nämlich ganz umfassend – als ernste, sachliche Sorge um das Wiegen-Leben der Erdlinge auf der Erde. Drittes Stadium.

In meinem Wohnort (Cape Cod) treff ich im Lauf eines normalen Tages keinen einzigen Menschen, dem die Raumfahrt am Herzen läge. Falls an einem Tag allerdings ein besonders gefährlicher Raumschiff-Start gelungen ist, sprechen die Leute manchmal darüber, wenn sie sich in der Post sehen. Sonst sprechen sie vom Wetter. Und was sie auch immer in der Post sagen, es ist nur eine andre Art, »hallo« zu sagen.
»Hallo.«
Wenn ein Raumschiff eine Zeitlang oben war und wieder sicher vom Himmel heruntergeplatscht ist, sagen meine Nachbarn so etwas wie »Gott sei Dank.« Sie sind ehrlich dankbar, daß die stoppelhaarigen weißen Sports-Typen, die in ihrem Dampfdrucktopf oben waren, noch leben.
Interessanterweise äußern sie ihre Erleichterung auch, wenn ein russischer Astronaut heil zurückkommt. Es sähe in ihren Augen einfach falsch aus, wenn der Name eines toten kommunistischen Raumfahrers zur

allgemeinen Totenstatistik aus Vietnam addiert würde, also unverdient in die tägliche Erfolgsmeldung über soundso viele getötete Kommunisten geriete.
Totenstatistik.

Eine einzige, heilig gehaltene Kindheitserinnerung ist wohl die beste Erziehung«, schrieb Dostojewski. Daran glaub ich auch und hoffe, daß viele Erdlings-Kinder den ersten menschlichen Fußabdruck auf dem Mond als etwas Heiliges begreifen. Wir brauchen solche heiligen Dinge. Der Fußabdruck könnte uns, wenn wir es zulassen, daran erinnern, daß die Erdlinge etwas unglaublich Schwieriges und Schönes getan haben, das sie der Schöpfer in seinem unerforschlichen Ratschluß eben tun lassen wollte.
Fußabdruck.

Aber solch ein Fußabdruck würde in Amerika sofort von der Werbung entweiht. Viele hochprofitable Firmen werden sich und ihre Produkte mit ihm brüsten. Und so wird er, sogar für Kinder, nur wieder zu einer doofen Werbekampagne absinken.
Werbekampagne.
Dabei könnte der Fußabdruck so viel mehr sein. Er könnte richtig heilig sein. »Schritt für Schritt«, sagt das Sprichwort, »kommt man weit herum.« Vielleicht will der Schöpfer wirklich, daß wir weiter herumkommen als bisher. Und vielleicht will er wirklich, daß unser Nervensystem unablässig facettenreicher wird.
Frohlocket.
Frohlocket.
Ich glaube das allerdings nicht, und aus einem ganz einfältigen Grund: Immer, wenn Erdlinge das Gefühl hatten, der Schöpfer erwarte von ihnen dies oder das, führten sie sich unweigerlich borniert und grausam auf. Wetten?

Ein junger Erdling aus Amerika hat mich vor kurzem besucht, um mit mir über eins meiner Bücher zu sprechen, das er gelesen hatte. Sein Vater, ein Mann aus Boston, war als Penner im Suff gestorben. Und er war nun auf dem Weg nach Israel, um, auch wenn er kein Jude war, herauszufinden, was er nur konnte. Er sagte, seine Generation sei die erste, die wisse, daß sie keine Zukunft habe. Das hatte ich auch schon früher gehört. Keine Zukunft.

»Wie können Sie so etwas sagen«, fragte ich, »wo das amerikanische Raumfahrtprogramm so gut vorankommt?«

Er antwortete, das Raumfahrtprogramm habe keine Zukunft, wenn der Planet, von dem es ausging, umgebracht werde. Just an diesem Tag hatte in der Zeitung gestanden, zwei alte Liberty-Schiffe würden mit vielen, vielen Tonnen Nervengas an Bord im Atlantik versenkt. Der einzig saubere unsrer Großen Seen, der Lake Superior, dient den Fabriken von Duluth als Deponie für Taconite-Schlacke. Der Anteil von Kohlendioxid in der Luft, sagte er, sei seit Beginn der industriellen Revolution um 15 Prozent gestiegen, und ein weiteres Ansteigen werde die Erde in ein riesiges Treibhaus verwandeln, in dem wir langsam geröstet würden. Das Anti-Raketen-System, das, wie er sagte, mit Sicherheit gebaut werde, würde zusammen mit den gegnerischen Systemen und durch die vereinten Technik-Wunder Radar, Satelliten und Computer unsern Planeten zu einer scharfen Bombe machen.

Bombe.

»Wenn Sie wirklich so überzeugt sind von diesen schrecklichen Sachen über unsern Planeten«, sagte ich, »wie können Sie da weiterleben?«

»Tag für Tag eben«, sagte er. »Ich reise herum. Ich lese.« Er hatte keine Freundin dabei, keine Eva.

Keine Eva.

Ich fragte ihn nach seiner augenblicklichen Lektüre, und er zog ein Buch aus seinem Rucksack, *Music of the Spheres* von Guy Murchie. Ich kannte das Buch gut. Ich hatte daraus einen Gedanken über die Zeit in einem eignen Buch zitiert:

> Ich überlege mir manchmal, ob die Menschen, wenn sie über Sterblichkeit und Unsterblichkeit nachdenken, nicht den wahren Angelpunkt verfehlen – daß nämlich die Sterblichkeit eine endliche Selbsttäuschung und in Wahrheit Unsterblichkeit sein könnte. Denn auch wenn diese nur ein paar »Jahre« dauert, könnten ja die paar Jahre bereits alle Zeit sein, die uns zu Gebote steht, so daß sie tatsächlich niemals endet.

Ich bat meinen Besucher, mir eine Stelle zu zeigen, die ihn besonders beeindruckt habe. Es war diese:

> Liegt also zwischen uns und dem Dein-Reich-komme nichts als eine fiktive Raum-Zeit? Natürlich kann ich nach ihr nicht die Hand ausstrecken und sie berühren, aber ich kann sie mir irgendwie vorstellen und im Herzen ihr Potential spüren. Und da gewahre ich dann Schönheit und Ordnung – und insbesondere die Elemente der Musik. Ich höre dann, in einem sehr realen Sinne, die Sphärenmusik.

(1969)

Da draußen läuft ein Irrer frei herum

Jack the Ripper bekam Komplimente dafür, wie er seine weiblichen Opfer zerstückelte. »Festzuhalten ist, daß die Zerstückelung des Unterleibs offensichtlich einige Anatomiekenntnisse verrät«, schrieb die Londoner *Times* am 1. Oktober 1888.
Jetzt hat Cape Cod seinen Zerstückler. Im Februar und März dieses Jahres wurden in Truro in flachen Gräbern verstümmelte Teile von vier jungen Frauen gefunden. Aber der Täter war kein Meister des Skalpells. Er soll die Frauen, meint die Polizei, mit einem Buschmesser oder einer Axt zerhackt haben.
Jedenfalls ist das sicher schneller gegangen.
Mindestens zwei, eine Lehrerin und eine Studentin aus Providence, Rhode Island, waren mit einer Zweiundzwanziger erschossen worden. Doch da die Opfer so wahllos in Stücke gehackt waren, konnte nur der Mörder Sinnvolles über die jeweilige Todesursache aussagen.
Am Fuß eines Baums in der Nähe der Gräber fand man blutige Stricke. Auch um den Kopf eines der Opfer war ein Strick geschlungen, und so fort. Die Einzelheiten sind schauderhaft, erschütternd und widerwärtig.

Die Polizei ist überzeugt, den Mörder zu haben. Er sitzt im Gefängnis von Barnstable County hinter Schloß und Riegel, auf einer Anhöhe nur drei Häuserblocks von hier. Er ist aus Provincetown, Schreiner, geschieden, ein sanfter, ruhiger, hochgewachsener Vierundzwanzigjähriger, dessen Ex-Frau Avis vor Gericht seine Unschuld bezeugen will. Er hatte sie geheiratet, als sie ein Kind von ihm kriegte – da war sie erst vierzehn.

Er heißt Antone C. Costa. Und er hat drei Kinder. »Er wünschte sich so sehr eine Tochter«, sagt seine Frau. »Und war enttäuscht, daß das erste Kind ein Junge war. Als auch das zweite ein Junge war, wurde er ganz deprimiert. Aber als Nichole kam, war er überglücklich. Sie ist sein Liebling.«

Meine neunzehnjährige Tochter Edith kennt Tony Costa. In einem verrückten Sommer, den sie auf eigne Kappe in Provincetown verbrachte, lernte sie ihn so gut kennen, daß sie eine Einladung bekam und ausschlug, die anscheinend viele Mädchen von ihm bekommen hatten: »Besuch mich mal und sieh dir mein Marihuana-Gärtchen an.«
Es gab wirklich ein Marihuana-Gärtchen zum Ansehen für die Mädchen, behauptet Tony, wenn auch ein bescheidenes: zwei weibliche Pflanzen, nicht weit von den Gräbern.
Neueres Graffito an der Wand eines Waschsalons in Truro: »Tony Costa ist ein Schätzchengräber«.

Makabrer Witz, der kürzlich in Cape Cod zu hören war: »Tony Costa mit Schnurrbart, langen Koteletten, Nickelbrille und schwarzem Rollkragen kommt in Hyannis Port zu einer Cadillac-Vertretung und vergafft sich in einen El Dorado. Der Verkäufer sagt: ›Dafür ließen sich manche Leute einen Fuß abhacken.‹ Sagt Tony: ›Einverstanden.‹«
Den Witz hat mir ein Architekt erzählt. Danach kicherte er betreten. Ich habe den Eindruck, diese kichernde Leere angesichts des Entsetzlichen ist ziemlich typisch für die meisten Männer aus der Mittelschicht von Cape Cod. Die Leere zeigt ihre Unfähigkeit sich vorzustellen, warum jemand vier harmlose Frauen zerstückeln will.

Edmund Dinis, der Bezirksstaatsanwalt, wird die Anklage gegen Costa persönlich vertreten und ist ebenfalls irritiert von dieser Leere. »Bei diesem Fall«, erklärte er uns, »versuchen wir erst gar nicht, ein Motiv darzulegen. Wer weiß schon, warum jemand so etwas tut?«
Mr. Dinis horchte auf, als ich erwähnte, daß meine Tochter den Angeklagten kennt. »Was sagt denn sie?« fragte er. Dinis ist ein massiger, verschlossener, ernster Mann, der nie verheiratet war. Er ist drei Jahre jünger als ich, also vierundvierzig. Und er schien verzweifelt die Ohren zu spitzen nach Aussagen junger Leute, die ihm ermöglichen würden, dieses Junge-Leute-Verbrechen zu verstehen.
»Wenn Tony wirklich ein Mörder ist«, sagte ich, »wäre Edith sehr überrascht. Sie hat ihn nicht in Verdacht. Aber sie ist noch sehr jung. Bisher hat sie nie so viel Böses in einem Menschen vermutet. Sie hat sich immer sicher gefühlt.«
»Was genau hat sie gesagt?« beharrte Dinis. »Wissen Sie noch die genauen Worte?«
»Sie hat gesagt, und zwar in einem Ferngespräch von Iowa City, wo sie aufs College geht: ›Wenn Tony ein Mörder ist, dann könnte jeder ein Mörder sein.‹ Das war für sie etwas Neues.«

Mr. Dinis lehnte sich enttäuscht zurück. Er hatte wohl gehofft, etwas Erhellendes über die Kultur der Hippies zu hören, die's in Provincetown so zahlreich gibt, oder etwas über Drogen.
Ich selbst habe mit ein paar jungen Leuten aus der Drogenszene von Provincetown geredet und ihnen die Frage gestellt: »Wenn der Mensch, der die Morde von Truro begangen hat, von irgend etwas high war, als er das tat, was hat er nach eurer Meinung genommen?« Und ich erinnerte daran, wie brutal die Metzelei war,

wie flach die Gräber, obwohl es ein leichtes gewesen wäre, sie in dem sandigen Waldboden tiefer zu graben. Die Antwort war regelmäßig: »Speed.«

Vielleicht sind die Morde von Truro nicht unter Speed begangen worden, vielleicht war Tony Costa nicht der Täter, aber zumindest einmal hat er einen richtigen Horrortrip mit Speed gehabt. Das war in San Francisco. Er glaubte, er müsse ersticken und fiel in Ohnmacht. So kam er in die Notaufnahme einer Klinik.
Das hab ich von Lester Allen, einem der mir bekannten zwei Leute aus Cape Cod, die Bücher über die Morde schreiben. Mr. Allen war Zeitungsmann, ist pensioniert und hat sieben Hinrichtungen gesehen, davon drei in einer Nacht. Ihm wurde schlecht davon. Er ist von den Verteidigern, zwei Anwälten aus dem Ort, beauftragt, alles rauszukriegen, was Tony entlasten könnte. Er hat ausführlich mit Tonys Freunden und Verwandten gesprochen, bis jetzt sind es 1100 Seiten Tonbandnachschriften.
Aber nirgends auf all diesen Seiten, erzählte er mir, gibt es den geringsten Hinweis, wie und warum die Morde verübt wurden. Das kann sich niemand vorstellen.
Nach seiner Verhaftung wurde Tony zur Beobachtung ins Landeskrankenhaus von Bridgewater eingeliefert. Da war er höflich, aber nicht gesprächig. Nur einmal bat er um eine Unterredung mit dem Bezirksstaatsanwalt. Er wollte von Mr. Dinis wissen, wie er mit den Morden in Cape Cod vorankomme. Und er sagte: »Da draußen läuft ein Irrer frei herum.«

»Jeder, der näher mit dem Fall zu tun hat, hat irgendwelche Erfahrungen mit Drogen«, sagte Lester Allen, »außer natürlich Verteidiger und Polizei.« Er findet die Jugendkultur in Provincetown so befremdlich, daß er

sich oft wie ein Anthropologe in einem sehr fernen Land anhört – unter den Kwakiutl oder den Yukaghir. Bei den jungen Leuten wird Hermann Hesse als sehr großer Dichter verehrt. Sie verabscheuen die Staatsmacht wegen ihrer dumpfen Brutalität bei den Marihuana-Razzien, in den Slums oder in Vietnam. Und Hasch und Speed und LSD sind überall problemlos zu kriegen – oder waren zu kriegen, bis Tony wegen der Morde eingelocht wurde. Die Angehörigen dieser Kultur bezeichnen sich selber als *Freaks*.
Hier die Frage, die ein Freak aus Provincetown einem Bürger stellte, um auszuloten, wie empört die normale Gesellschaft über die zerstückelten Frauen sei: »Brechen jetzt härtere Zeiten an für die Freaks?«

Die Freaks sind Gold wert für die Geschäftsleute in den Gassen von Provincetown. Im Sommer kommen die Touristen zu Tausenden, um sie mit offenen Mäulern anzustarren – wie die schamlos glücklichen Homosexuellen, die Künstler, die portugiesischen Fischerburschen. Ich glaube kaum, daß irgendein Tourist, der letzten Sommer Tony in der Stadt gesehen hat, ihn aufregend fand. Er war proper und sauberer als die meisten, er ging dreimal täglich unter die Dusche.

Tony Costa hat ein Magengeschwür, sagt Lester Allen.

Als letzten Winter die Leichen entdeckt wurden, begann eine Nachsaison der Touristen. Viele brachten die Kinder mit sowie Schaufeln und Picknickkörbe. Sie wollten graben helfen. Und waren wie vor den Kopf geschlagen, daß die Ranger, die Polizei und die Feuerwehr sie zum Kotzen fanden.
Schlagzeile vom 9. März 1969 in der *Standard Times* von Cape Cod: »Die Gräber von Truro – makabres Ausflugsziel für die Massen«.

Lester Allen hat festgestellt, daß ein fixer junger Geschäftsmann Beutel mit einem Pfund Sand von den Gräbern für fünfzig Cents verkauft. Möchten Sie welchen?

Hier die Liste der bedauernswerten Opfer, nach ihrem Todesdatum in der Nachsaison:
Sydney Monzon, 18, hier aus der Gegend, aus Eastham, verschwunden seit 25. Mai 1968. Sie arbeitete in einem A&P Supermarkt in Provincetown, an dem noch ihr Fahrrad lehnte, und ward nicht mehr gesehen. Ihre Schwester glaubte, sie sei mit einer Freundin nach Europa. Gute Reise.
Susan Perry, 17, aus Provincetown, verschwunden am 8. September, einem Tag nach Labor Day. Ihre Eltern waren geschieden. Ihr Vater ist Fischer. Die Eltern machten keine Vermißtenanzeige, weil sie meinten, sie sei in eine andre Stadt gezogen. Nochmals Gute Reise. Ihre Leiche fand man als erste. Sie wurde durch einen Ring identifiziert – den Ehering ihrer Mutter.
Patricia Walsh und Mary Ann Wysocki, beide 23 und aus Providence, Rhode Island, die Freitag, den 24. Januar dieses Jahres, mit dem hellblauen VW-Bus von Miss Walsh nach Provincetown kamen. Sie hatten sich ein paar Tage Urlaub genommen. Falls sie Tony schon kannten, ließen sie sich nichts anmerken, als die Wirtin ihn vorstellte, nachdem sie sich in ihrer Pension für fünf Dollar pro Nacht eingemietet hatten. In der Nachsaison sind die Preise niedrig.
Tony, der seit einem halben Jahr geschieden war, wohnte ebenfalls dort. Er half ihnen das Gepäck reintragen. Wer sagt, daß es keine Kavaliere mehr gibt?

Und Miss Walsh und Miss Wysocki verschwanden. Ihr VW-Bus wurde noch einmal in der Nähe des Mari-

huana-Gärtchens gesichtet, dann verschwand auch er. Dann wurden die Leichen entdeckt – aber nicht zwei, sondern vier.
Der verschwundene Wagen tauchte in einer Garage in Burlington, Vermont, auf. Er war dort von Tony Costa untergestellt worden, also verhaftete man ihn wegen Mord.

Evelyn Lawson, eine Freundin von uns aus Hyannis Port, wo sie beim lokalen Wochenblatt, dem *Register,* Kolumnistin ist, schreibt ebenfalls ein Buch über die Morde. Norman Mailer aus Provincetown besorgte ihr einen Vertrag mit World Publishing. Immerhin hatte die New American Library mit dem *Würger von Boston* viel Geld verdient. Tony Curtis verdiente auch eine Masse Geld damit.
Dieser Würger war ebenfalls ein Mann aus Neuengland, der sich aufs Töten nicht von Männern, sondern von Frauen spezialisiert hatte. Frauen sind ja so leicht umzubringen – sie sind schwach, zutraulich, möchten andre Menschen und Orte kennenlernen, lassen sich gern einladen. Und sie sind so was von symbolisch.
Evelyn Lawson weiß alles über Hexerei. Außerdem alles über Provincetown, eine ungewöhnliche Doppelbegabung. Ihr Heimatort an der Fingerspitze von Cape Cod wirkt auf die meisten, die weiter oben auf dem Arm wohnen, ziemlich irr und befremdlich. Denn Cape Cod hat, wie man allmählich weiß, wirklich die Form eines menschlichen Arms. Chatham liegt an seinem Ellbogen, Falmouth und Cataumet und Buzzards Bay in seiner Achselhöhle. Ich wohne auf dem Bizeps. Die ermordeten Frauen wurden am Handgelenk gefunden.
Die Ur-Pilgerväter hatten nur kurz vor Provincetown geankert, ein bißchen Wäsche gewaschen und waren

schleunigst nach Plymouth weitergesegelt. Jetzt leben da, wo sie die Wäsche wuschen, Portugiesen, New Yorker und Gott weiß was für Leute. »Unter den ersten Siedlern waren viele Piraten und Strandräuber«, sagt Evelyn. »Und dann kamen die Hexen dazu, die aus Salem fliehen konnten.«
Hier ein Zitat aus ihrer Kolumne in der Woche, als der Bezirksstaatsanwalt seine sensationelle Pressekonferenz über die Leichenfunde gehalten hatte:

> Während Dinis berichtete, ... überlief mich Gänsehaut vor Angst und Entsetzen. Der Fundort der Leichen ... liegt bei einem ehemaligen Friedhof und ganz in der Nähe eines uralten, kaum noch erkennbaren Kreuzwegs, also des typischen, traditionellen Schauplatzes für den Hexensabbath. ... Dinis deutete an, man habe Spuren von Kannibalismus entdeckt.

Im weiteren Verlauf beschrieb Evelyn dann, wie Tony Costa durch die Menge seiner zahlreichen Freunde ins Gefängnis abtransportiert wurde.

> Einer der Langhaarigen aus der Menge fiel vor dem Gefangenen auf die Knie, griff nach dessen gefesselten Händen, küßte sie und rief: »Tony, wir lieben dich!«

Den Kuß auf die Hände in Handschellen hat es übrigens nie gegeben. Evelyn hat auch nichts dergleichen gesehen, sondern es nur von überallher gehört, wie ich auch. Das war einfach eine typische Handlung für einen Freak, auch wenn er sie nie ausgeführt hatte.
Und der Bezirksstaatsanwalt dürfte etwas übertrieben haben, wenn er von Kannibalismus sprach. Er behauptete sogar, einige der Herzen wären verschwunden. Am nächsten Tag gab der Gerichtsarzt, der's wissen müßte, bekannt, die Herzen seien da.

All diese sogenannten Details wurden so lautstark und blutrünstig herumerzählt, daß Costas Anwälte vor Gericht gingen und entrüstet Klage erhoben gegen eine Publicity, »die nur so strotzt von dunklen Anspielungen auf sexuelle Perversionen, Verstümmelung, Hexerei und andre okkulte Praktiken.« Sie beantragten, den Strafverfolgern sofort den Mund zu verbieten. Der Richter tat's.
So ist es jetzt ruhig – bis auf kleine Indiskretionen.

In Bars trifft man bisweilen noch Leute, die gegen Bares weitere Details anbieten. Ihr Schwager kenne einen Aufseher oben im Knast, der Costa jeden Tag sehe... und so fort. Falls ich die polizeilichen Farbfotos von den Überresten der Frauen wollte, könnt ich sie wahrscheinlich von jemandem kriegen, sofern ich genug dafür biete.
Ich könnte sogar wohl ein Stück von den Stricken bekommen, mit denen Tony die Frauen fesselte – aber erst nach dem Prozeß. Geschäft ist schließlich Geschäft, wie eh und je. Am Rande von spektakulären Mordtaten läßt sich allerlei verdienen. Als Beispiel: *ich* kriege ja auch Geld.

Nicht, als ob auf Cape Cod Mord etwas Ungewöhnliches wäre – nicht mal vielfacher Mord in Verbindung mit Drogen. In der guten alten Zeit, im Bilderbuchsommer von 1901, ermordete eine Krankenschwester namens Jane Toppan einen gewissen Alden P. Davis samt Frau und zwei Töchtern mit Morphium und Atropin. Das geschah im idyllischen Städtchen Cataumet, kaum zehn Meilen von hier, als das Getreide noch manchmal in Windmühlen gemahlen wurde.
Leonard Wood, der Befehlshaber der tapferen Rough Riders im Spanisch-Amerikanischen Krieg, machte damals dort gerade Ferien. Präsident der USA war

McKinley, der bald erschossen werden würde. Und man könnte argumentieren, Jane Toppan habe nur auf ihre Weise die Raffgier der Industrie und den Militarismus und den Blutdurst und die Korruption ihrer Zeit widergespiegelt. Wenn das so war, tat sie's in großem Stil. Sie gestand, nicht allein die Familie Davis umgebracht zu haben, sondern weitere 27 Opfer.
Gestorben ist sie 1938 in einem Irrenhaus. Und da gehören vielfache Mörder hin – ins Irrenhaus.

Jane Toppan war als Waisenkind aufgewachsen und erfuhr nie, wer ihre Eltern waren. Tony Costa dagegen kennt seine Eltern genau, und dazu eine Riesenmasse andrer lieber Verwandter. Sein Vater wurde im Zweiten Weltkrieg vor Neuguinea zum Helden. Er rettete einen andern Matrosen vor dem Ertrinken. Dann schlug er mit dem Kopf auf ein Korallenriff und starb. Tony besitzt einen Zeitungsausschnitt darüber, den er voll Stolz herumzeigt.
Sein Vater hatte eine Lebensversicherung über 10000 Dollar. Einen Teil dieses Vermögens legte seine Mutter für Tony zurück. Nach einer Weile heiratete sie wieder. Sie lebt immer noch in Provincetown. Schon mit dreizehn war Tony als Buchhalter tätig und erledigte Geschäftskorrespondenz und Steuererklärungen für seinen Stiefvater, einen Steinmetz.
Wie stinknormal kann man sein?
Tony hat einen Intelligenzquotienten von 121.

Tony und seine Ex-Frau waren früher katholisch. Das sind sie nicht mehr. Avis sagte vor kurzem: »Wir glauben beide an Wiedergeburt, psychedelische Erfahrungen und Gott in allen Dingen.«
Vorigen Juni ließ sie sich von ihm scheiden. Grund:

»seelische Grausamkeit«. Das ist sogar unter Lammfrommen ein Standard-Vorwurf bei Scheidungsprozessen in den Neuenglandstaaten.

Reporter, die mit den Freaks von Provincetown sprechen, hören oft, wie diese von Tony in der Vergangenheit reden – als wär er lange tot und würde nie zurückkommen. Sie sind empört über die blutrünstige Stimmungsmache.
Tony wünschen sie vor allem eines: einen fairen Prozeß.
Könnte es sein, daß man Tony das alles nur angehängt hat? Denn Anfang 1968 tat er das Selbstmörderischste, was ein kleiner Drogendealer machen kann: Er erzählte bei der Ortspolizei, So-und-So sei der wirkliche Dealer. Worauf So-und-So hopsgenommen wurde. Und darin lag sogar ein bißchen Stammes-Justiz: So-und-So war ein Zugereister.
Aber wer würde schon vier nette Mädchen zerhacken und begraben, um einem kleinen Denunzianten was anzuhängen?

Tony war, wie man hört, ein sehr verwöhnter Junge. Er wurde nie für irgend etwas bestraft.
In seiner Pension, wo er Patricia Walsh und Mary Ann Wysocki Koffertragen half, fand die Polizei in seinem Schrank eine ganze Rolle schmutziger Stricke.

Junge Frauen in Amerika werden weiter an Orten, die verflixt lebensgefährlich sind, auf Liebe und Abenteuer ausgehen. Ich ziehe den Hut vor so viel Optimismus und Mut.
Und ich denke an den Sommer, den meine eigne Tochter in Provincetown verlebte, angeblich um Ölmalerei zu lernen. Danach erzählte sie mir und ihrer Mutter von einem jungen Mann, der ihr von Zeit zu Zeit mit-

teilte, er wolle sie umbringen und werde das auch. Damit ging sie natürlich nicht zur Polizei. Das war ein Witz – wie die Einladung, sich ein Marihuana-Gärtchen anzusehen.

Als Tony verhaftet war, rief ich sie in Iowa City an und fragte sie: »Edith, der junge Mann, der immer sagte, er werde dich umbringen: hieß der etwa Tony Costa?«

»Nein, nein«, antwortete sie. »Tony würde nie im Leben so etwas sagen. Tony war das nicht.«

Dann erzählte ich ihr von Tonys Verhaftung.

(1969)

Warum sie Hesse lesen

Hier ist das Gerüst einer Geschichte, die bei jungen Leuten überall in der Welt immer Anklang findet: Ein Mann reist viel herum und ist oft allein. Er kommt nie in ernstere Geldverlegenheit. Er sucht seelischen Frieden und meidet die Ehe und stumpfsinnige Arbeiten. Er ist klüger als seine Eltern und als die meisten Leute um ihn herum. Frauen mögen ihn. Arme Leute auch. Weise alte Männer ebenfalls. Er probiert es mit Sex und findet's nett, aber nicht toll. Er stößt immer wieder auf seltsam schöne Hinweise, daß man den seelischen Frieden finden kann. Die Welt ist schön. Sie ist voll Magie.

Diese Geschichte hat alles, nur keinen Neuigkeitswert. Chrétien de Troyes hatte schon vor achthundert Jahren in *Perceval le Gallois* Erfolg damit. Dieser Perceval macht sich auf die Suche nach dem Gral, dem Kelch Christi beim Abendmahl. In den letzten Jahren haben unter anderm Jack Kerouac und J. D. Salinger und Saul Bellow mit ihren Geschichten über Suchende Bewunderung gefunden.

Aber der Mann unsrer Zeit, der sie am besten erzählt hat, war Hermann Hesse. Er ist seit acht Jahren tot. Er war etwa der Jahrgang meines Vaters. Er war Deutscher und später Schweizer. Und er wird von amerikanischen jungen Leuten, die auf einer Suche sind, innig geliebt.

Hesses simpelste, klarste und reinste Geschichte einer Suche ist *Siddharta* (1922). Wie populär das Buch ist? Seit 1957 wurden in Amerika knapp eine Million Stück gedruckt. Ein Viertel davon ist allein im vorigen Jahr gekauft worden. Dieses Jahr rechnet man mit noch mehr.

Hesse hat nichts mit schwarzem Humor im Sinn. Wo etwa die heiligen Suchenden überall Dreck und Lüge und Dummheit finden. Und wo ein Kaugummi-Papier oder ein alter Kondom oft das höchste ist, was sie in Richtung Gral erwischen. Ganz anders die Suchenden von Hesse: Sie finden immer schöne Dinge – Heiligkeit, Weisheit, Hoffnung. Hier ein paar Romanschlüsse zum Genießen:

> Vielleicht ... hat meine Jugendsehnsucht recht gehabt, und ich bin doch ein Dichter gewesen. Das wäre mir soviel oder mehr als Gemeinderat und als die Steindämme wert. Das Vergangene und doch Unverlorene meines Lebens aber, samt allen den lieben Menschenbildern, von der schlanken Rösi Gitanner bis auf den armen Boppi, wöge es mir nicht auf. (Peter Camenzind, 1904)

> Tief verneigte sich Govinda, Tränen liefen, von welchen er nichts wußte, über sein altes Gesicht, wie ein Feuer brannte das Gefühl der innigsten Liebe, der demütigsten Verehrung in seinem Herzen. Tief verneigte er sich, bis zur Erde, vor dem regungslos Sitzenden, dessen Lächeln ihn an alles erinnerte, was er in seinem Leben jemals geliebt hatte, was jemals in seinem Leben ihm wert und heilig gewesen war. (Siddharta, 1922)

> Oh, ich begriff alles, begriff Pablo, begriff Mozart, hörte irgendwo hinter mir sein furchtbares Lachen, wußte alle hunderttausend Figuren des Lebensspiels in meiner Tasche, ahnte erschüttert den Sinn, war gewillt, das Spiel nochmals zu beginnen... Einmal würde ich das Figurenspiel besser spielen. Einmal würde ich das Lachen lernen. Pablo wartete auf mich. Mozart wartete auf mich. (Der Steppenwolf, 1927)

> Das Verbinden tat weh. Alles, was seither mit mir geschah, tat weh. Aber wenn ich manchmal den Schlüssel finde und ganz in mich selbst hinuntersteige, da wo im dunkeln Spiegel die Schicksalsbilder schlummern, dann brauche ich mich nur über den schwarzen Spiegel zu neigen, und sehe mein eigenes Bild, das nun ganz Ihm gleicht, Ihm, meinem Freund und Führer. (Demian, 1919)

Wunderschön. Hesse hat kluge Übersetzer gefunden, die ihn nach Amerika wirklich herübergeholt haben – etwa Michael Roloff und Hilda Rosner und Ursule Molinaro.
Deshalb lautet eine erste, schlichte Erklärung für die Hesse-Begeisterung der amerikanischen Jugend: Hesse ist gut, nämlich klar und direkt übersetzt, und er bietet unsrer Jugend Hoffnung und Romantik, die sie heute nur findet, wenn sie Himmel und Hölle in Bewegung setzt. Das ist nun wirklich eine sonnige Erklärung.
Aber es gibt auch eine dunklere, tiefere Erklärung, und der kommt man auf die Spur, wenn man weiß, daß nach ihrem eignen Zeugnis für die amerikanische Jugend das wichtigste Hesse-Buch ein ganz und gar deutsches, hoffnungslos zeitgebundenes Durcheinander mit dem Titel *Der Steppenwolf* ist.
Wer die vielberedete Generationen-Kluft untersucht, sollte mal über dies nachdenken: Zwei Hauptgestalten im *Steppenwolf* sind Johann Wolfgang von Goethe (1749 – 1832) und Wolfgang Amadeus Mozart (1756 – 1791), die dort geisterhaft in Träumen auftreten.
Hier ein Beispiel aus einem sehr zeitgebundenen Dialog, über den unsre jungen Leute nicht lachen können: Der einsame Held, Harry Haller, hat in einem Tanzlokal ein Mädchen aufgegabelt, und das sagt: »Jetzt gehen wir und bürsten deine Hosen und Schuhe ein wenig,

sie haben es nötig. Und dann wirst du einen Shimmy mit mir tanzen.«
Worauf er antwortet: »Ich kann keinen Shimmy tanzen, und auch keinen Walzer und keine Polka und wie die Dinger alle heißen.«

Schon der Titel, *Steppenwolf*, verheißt Verzauberung. Ich seh einen amerikanischen Erstsemestrigen vor mir, er ist allein, aus einem Straßendorf auf die riesige Uni verschlagen, und geht zum ersten Mal in eine große Buchhandlung. Er verläßt sie mit einer Tüte, und darin steckt das erste ernsthafte Buch, das er im Leben gekauft hat. Welches wohl? *Steppenwolf*.
Er ist ordentlich angezogen und hat ein bißchen Geld, ist aber deprimiert und fürchtet sich vor Frauen. Wenn er in seinem trostlosen Zimmer den *Steppenwolf* liest, so entsetzlich weit weg von zu Hause und von Mama, stellt er fest, daß das Buch von einem Mann mittleren Alters in einem trostlosen Zimmer erzählt, weit weg von zu Hause und von Mama. Der Mann ist ordentlich angezogen und hat ein bißchen Geld, ist aber deprimiert und fürchtet sich vor Frauen.
Ich habe vor kurzem einen jungen Schlagzeuger, der aus der Uni von Iowa ausgestiegen ist und den *Steppenwolf* toll findet, nach seiner Meinung gefragt, warum sich dieses Buch so gut verkaufe. Ich konnte ihm die erstaunliche Tatsache berichten, daß der Bantam Verlag, der letzten September den *Steppenwolf* für 1,25 Dollar als Taschenbuch herausbrachte, in einem Monat 360 000 Stück davon verkauft hat.
Der Schlagzeuger sagte, die meisten College-Studenten versuchten es eben mit Drogen, und in diese Erfahrung passe der *Steppenwolf* genau hinein.
»Ich dachte immer, das beste an Drogen wäre, daß *alles* damit harmoniert – außer der Polizei«, sagte ich.
Der Schlagzeuger sagte, das sei richtig.

Ich bot ihm als Erklärung an, daß Amerika schließlich voll sei von Menschen, die auf bittersüße Weise Heimweh haben, und der *Steppenwolf* das tiefste Buch über Heimweh, das jemals geschrieben wurde.
Richtig, die Figuren im *Steppenwolf* nehmen manchmal Drogen – ein paar Tropfen Laudanum (Opium-Tinktur) oder eine Prise Kokain, aber eben nur manchmal und um eine Depression zu vertreiben. Ein Jazzmusiker gibt dem Helden eine gelbe Zigarette, die phantastische Träume bei ihm hervorruft. Doch werden diese Drogen weder verherrlicht noch gefürchtet. Sie sind nur Medizin, wie man sie unter Freunden weitergibt. Niemand ist süchtig, und keiner hält Drogen für den Schlüssel zu irgendwas Wichtigem.
Auch sonst hab ich bei Hesse kein größeres Interesse an Drogen gefunden. Er macht sich weit mehr Sorgen über den Alkohol. Immer und immer wieder sprechen seine Suchenden zu sehr dem Weine zu. Und tun was dagegen. Sie beschließen, Wirtshäuser zu meiden, auch wenn ihnen dann die unkritische Kameraderie fehlt, die sie dort fanden.
Die politischen Ansichten des Helden von *Steppenwolf* decken sich gut mit denen der jungen Amerikaner: Er ist Pazifist. Er verabscheut Rüstungsindustrielle und Hurrapatrioten. Keine Nation, kein Politiker, kein historisches Ereignis ist auch nur so weit der Rede wert, daß es gepriesen oder beklagt würde. Es gibt keine waghalsigen Aktionen, keine Aufrufe zur Tat, nichts, was das Herz eines Radikalen höher schlagen ließe.
Hesse erschüttert und fasziniert die amerikanische Jugend, indem er sie auf eine irrwitzige Reise durch tolle Alpträume mitnimmt – endlose Korridore hinunter, durch Säle zerberstender Spiegel, zu Kostümbällen, in leere Theater, wo groteske Stücke aufgeführt werden, vor eine Wand, die tausend Türen hat, und so immer

fort. Ein Zeichen blitzt in einer Gasse auf und verschwindet für immer. Finstere Fremde geben dem Helden kryptische Botschaften. Und so immer fort.
Eine magische Theater-Phantasie, in der Harry Haller selber mitspielt, zeigt übrigens, daß Hesse einer der größten Komödienschreiber seiner Zeit hätte werden können. Anscheinend war er bei der Niederschrift des *Steppenwolf* so verzweifelt, daß er sich nur durch einen Ausbruch in chaplineske Komik Luft schaffen konnte. Die Phantasie handelt von zwei Männern, die an einer Fernstraße auf einen Baum klettern. Sie haben ein Gewehr. Und nun erklären sie allen Automobilen den Krieg und schießen sie ab, sobald sie vorbeikommen.
Ich habe sehr gelacht. Es gibt sonst nicht viel zu lachen in Hesses Werken. Und zwar deshalb, weil romantische Geschichten nur funktionieren, wenn alle Gestalten das Leben sehr ernst nehmen.
Steppenwolf ist untypisch für Hesse, weil er Komisches enthält, und untypisch auch, weil er moderne Technik zur Kenntnis nimmt und sie, alles in allem genommen, ablehnt. Die meisten andern Romane und Erzählungen Hesses spielen in Dörfern, auf dem Lande, oft vor dem Ersten Weltkrieg. Kein knatternder Verbrennungsmotor durchbricht die Stille. Nie klingelt ein Telefon. Man hört keine Radio-Nachrichten. Botschaften werden von Hand überbracht oder durch die Stimme eines Flusses oder Windstoßes.
Im *Steppenwolf* telefoniert nie jemand, obwohl die handelnden Personen in einer modernen Stadt leben, wo man zu Jazzmusik Shimmy tanzt. Der Held hat kein Radio im Zimmer, obwohl er vor Einsamkeit vergeht, aber es muß irgendwo Radios geben, weil er im Traum mit Mozart zusammen Radio München hört – eine Sendung von Händels Concerto Grosso in F-Dur. Der Held sagt darüber, wunderbar: »In der Tat

spuckte, zu meinem unbeschreiblichen Erstaunen und Entsetzen, der teuflische Blechtrichter nun alsbald jene Mischung von Bronchialschleim und zerkautem Gummi aus, welchen die Besitzer von Grammophonen und Abonnenten des Radios übereingekommen sind, Musik zu nennen.«

Ich sagte schon, Hesse war etwa der Jahrgang meines Vaters. Mein Vater war zwar kein Europäer, hatte aber einen Teil seiner Bildung, noch vor dem Ersten Weltkrieg, aus Straßburg. Zu der Zeit, als Hesse den *Steppenwolf* schrieb, lernte ich allmählich meinen Vater kennen, und er fluchte ebenfalls auf Radio und Kino, träumte von Mozart und Goethe, und es juckte ihn in den Fingern, Automobile abzuschießen.

Seltsamerweise wird Hesse, der für die Generation meines Vaters sprach, heute klar und deutlich von meinen Töchtern und Söhnen gehört.

Und ich sag es nochmal: Meine Töchter und Söhne werden im *Steppenwolf* vom Heimweh des Autors angesprochen. Und ich tue Heimweh gewiß nicht als kindische Gefühlsduselei ab, der man bald entwächst. Ich bin dem nie entwachsen, und mein Vater und Hesse sind es auch nicht. Mir fehlt meine Mama, mein Papa – weil sie lieb zu mir waren. Hin und wieder wär ich gern wieder Kind.

Denn wer bin ich schon, wenn ich allein übernachte, in einem Motel außerhalb von, na ja, Erie, Pennsylvania? Wer bin ich, wenn ich auf und ab gehe, im Fernseher nur Schwachsinn finde, und dann im Telefonbuch nach Freunden und Verwandten suche, die ich in Erie, Pennsylvania, bestimmt nicht habe? Wer bin ich, wenn ich erwäge, nochmal in die Bar rauszugehen, in die problemlose Kameraderie dort, und wenn ich mir ausmale, dort eine verständnisvolle Frau zu treffen, und mich zugleich vor Frauen,wie

ich sie dort fände, zu Tode fürchte? Ich bin Steppenwolf.
Übrigens hat der Mann, der sich im Buch Steppenwolf nennt, überhaupt nichts Raubtierhaftes. Er ist ein Narr und ein Ekel und ein Feigling. Er ist ein Lamm.

Als Hesse noch ein Junge war, hofften seine deutschen Eltern, er würde Pfarrer werden. Aber er kam mit vierzehn in eine schwere Glaubenskrise. Er lief aus dem Priesterseminar weg und versuchte sich langsam umzubringen. In *Unterm Rad* (1906), dem einzigen Hesse-Buch ohne Happy-End, erscheint er als ein mißhandelter Schüler, der sich betrinkt und dann ertrinkt.
Sein erstes Buch, *Peter Camenzind,* veröffentlichte Hesse, als er siebenundzwanzig war. Es wurde in Deutschland sehr populär. Hesse hatte Erfolg in seiner Heimat, doch 1912, mit fünfunddreißig, verließ er Deutschland für immer. Schließlich wurde er Schweizer.
Er setzte sich ab von Kaiser Wilhelms schrillem Militarismus, ging Hitler aus dem Weg und zwei verlorenen Kriegen, der deutschen Teilung und allem andern. Allem andern. Während seine ehemaligen Landsleute in Schützengräben umkamen und töteten, ging Hermann Hesse in einem vielsprachigen, friedlichen Ländchen bei C. G. Jung zur Psychoanalyse. Er schrieb romantische Romane und Gedichte, er reiste in den Fernen Osten. Er war dreimal verheiratet.
1946, ein Jahr nach Hitlers Tod, bekam er den Goethe-Preis. Und ein Jahr später den Nobelpreis – nicht als Deutscher, sondern als Schweizer. Er war kein Vertreter einer deutschen Kultur, die aus Ruinen wieder auferstand. Er war der Vertreter einer Kultur, die Deutschland auf schnellstem Wege verlassen hatte, ehe der Holocaust begann.

Das ist eine Überlegung, die auch viele junge Amerikaner anstellen – das Land vor dem Holocaust zu verlassen. Ich wünsch ihnen Glück. Ihr Problem ist allerdings: Der nächste Holocaust wird diesen Planeten unbewohnbar machen, und der Mond ist nicht die Schweiz. Auch Venus nicht. Auch Mars nicht. Und überall sonst im Sonnensystem gibt es nichts zum Atmen. Steppenwolf hätte auf einem andern Stern nicht nur Heimweh. Er würde sterben.

(1970)

Ansprache beim P.E.N.-Kongreß 1973 in Stockholm

Journalisten und Lehrer werden in meiner Heimat oft schikaniert oder entlassen, weil sie dies oder jenes gesagt haben. Doch die Autoren von Romanen und Theaterstücken und Kurzgeschichten und Gedichten sind bei uns nie ernstlich behelligt oder behindert worden. Sie gerieten den Bundes-, Staats- und Kommunalbehörden kaum ins Blickfeld, auch wenn sie noch so respekt- oder gottlos oder landesverräterisch schrieben. Und das geht nun schon bald zweihundert Jahre.

Falls über mein Land, das älter wird, doch einmal eine Diktatur hereinbricht (was jederzeit und überall geschehen kann, wenn ich recht sehe), hoffe ich weiter darauf, ohne Gefahr für Leib und Leben schreiben zu können, was mir paßt, solang es schöne Literatur ist. Die Erfahrung der amerikanischen Staatsmacht mit der Literatur seit 1776 scheint völlig übereinzustimmen mit einem Verslein, das ich als erstes im Leben auswendig lernte. Ich muß es von einem Spielkameraden gehört haben. Es ging so:

Stock und Stein
Trifft Bauch und Bein.
Ein Wort trifft kein'n.

Ich weiß, in etlichen Ländern glauben die Herrschenden, die schöne Literatur könne der Gesellschaftsordnung schweren Schaden zufügen. Und ich definiere als schöne Literatur jedwede schriftliche Aufzeichnung von dem, was jemandem im Kopf herumgeht – im Gegensatz zu den täglichen Nachrichten etwa. Wie Heinrich Böll uns erzählen kann, wurden Autoren ins Gefängnis geworfen, ins Irrenhaus gesteckt, des Landes verwiesen oder

mitunter gar ermordet, nur weil sie bestimmte Wörter in einer bestimmten Ordnung aufs Papier gebracht hatten. Politiker, die mit Autoren so etwas machen, sollten aus der Erfahrung Amerikas lernen, daß das nicht nur grausam ist. Sondern auch unsinnig. Schöne Literatur ist harmlos. Schöne Literatur ist heiße Luft.
Der Vietnamkrieg hat das bewiesen. Fast jeder amerikanische Autor verdammte unsre Beteiligung an diesem Bürgerkrieg. Wir alle wetterten Jahr um Jahr lautstark dagegen – in Romanen und Gedichten und Theaterstücken und Kurzgeschichten. Wir warfen Literatur von der Wucht einer Wasserstoffbombe auf unsre Wohlstandsgesellschaft.
Ich beschreibe Ihnen jetzt die Wirkung dieser Bombe. Sie hatte die Sprengkraft einer sehr großen Bananencremetorte von zwei Metern Durchmesser, zwanzig Zentimetern Dicke und abgeworfen aus zehn Metern Höhe oder mehr.
Ich persönlich meine ja, eine so schreckliche Waffe sollten wir den Vereinten Nationen überantworten oder einer andern internationalen, friedliebenden Organisation, etwa dem C.I.A.

Was also können große und kleine Diktatoren aus meiner bisherigen Rede lernen? Daß die Verfasser von schöner Literatur harmlos sind. Und daß man ihnen ruhig alle Freiheiten der Vöglein auf dem Felde gewähren kann – zu singen, was sie wollen, herumzuhüpfen, zu fliegen. Also sollten gestrenge Regierungen dieses Verslein auswendig lernen und es jeden Morgen fröhlich aufsagen:

Stock und Stein
Trifft Bauch und Bein.
Ein Wort trifft kein'n.

Damit ist der offizielle Teil meiner Rede zu Ende.

Ich habe allerdings für Sie, meine Kollegen, noch ein paar zusätzliche Bemerkungen. Nur bitte kein Wort darüber außerhalb dieses Saals. Es stimmt zwar, wir amerikanischen Autoren sind gescheitert mit unserm Versuch, in den Kriegsverlauf einzugreifen; doch haben wir den begründeten Verdacht, die Hirne von Tausenden, ja vielleicht Millionen junger Amerikaner vergiftet zu haben. Und wir hoffen, daß dieses Gift sie für ungerechte Kriege total untauglich macht.
Werden wir sehen.
Unseligerweise bleiben dann immer noch sehr viele Amerikaner, die kaum lesen oder nachdenken, und sie sind für ungerechte Kriege äußerst tauglich. Das macht uns krank. Wir haben getan, was in unsrer Macht stand.
Die meisten mir bekannten Autoren in der Welt tun, was in ihrer Macht steht. Sie haben gar keine Wahl. Alle Künstler sind spezialisierte Zellen in einem einzigen, riesigen Organismus, der Menschheit. Und diese Zellen müssen sich deshalb so verhalten, wie sie's tun, weil auch die Zellen in unserm Herzen oder in unsrer Fingerspitze sich so verhalten müssen, wie sie's tun.
Wir hier im Saal sind ein paar solcher spezialisierten Zellen. Und wir haben eben dafür zu sorgen, daß sich die Menschheit ihrer selbst in aller Vertracktheit bewußt wird, und müssen ihre Träume träumen. Wir haben gar keine Wahl.
Außerdem steckt da noch etwas drin. Hier, unter uns, können wir uns eingestehen, daß wir das, was wir schreiben, oft gar nicht selber schreiben. Jedenfalls gewiß nicht das beste von dem, was wir schreiben. Unsre besten Sachen beziehen ihren Stoff und die Kraft und Abrundung von außerhalb. Bildhauer spüren das übrigens deutlicher als wir. Jeder Bildhauer, mit dem ich sprach, hatte das Gefühl, oft führe ihm ein Geist die Hände.

Woher kommen diese äußeren Signale? Ich glaube, sie stammen aus all den andern spezialisierten Zellen des Organismus. Diese Zellen übertragen uns Energie und kleine Stückchen Wissen, damit wir das Bewußtsein des Organismus von sich selbst schärfen und seine Träume träumen.

Doch wenn der ganze Organismus meint, unsre Tätigkeit sei von Bedeutung, warum haben wir dann keinen größeren Einfluß? Ich bin überzeugt, wir haben enormen Einfluß – obwohl die meisten Regierungsführer, auch meine eignen, von den wenigsten hier im Saal je gehört haben. Unser Einfluß ist langsam und unterschwellig, und er wird vor allem von jungen Leuten wahrgenommen. Sie sind hungrig auf Mythen, die von den Rätseln ihrer Zeit widerhallen.
Wir geben ihnen diese Mythen.
Folglich werden wir einflußreicher, sobald unsre jetzigen Zuhörer einflußreicher werden. Die Leute, die uns heute regieren, leben im Einklang mit Mythen, die ihnen in ihrer Jugendzeit andre Autoren geschaffen haben. Und es ist völlig klar, im Tagesgeschäft ziehen sie diese Mythen nicht einen Moment in Zweifel. Beten wir also, daß jene furchtbar einflußreichen älteren Autoren, die unsre Herrschenden gemacht haben, human waren.
Ich danke Ihnen.

Unflätige Sprache

Riah Fagan Cox war eine beherzte, hübsche Frau, die aus Columbia City im Nordosten von Indiana stammte, auf halber Strecke zwischen Fort Wayne und Winona Lake. Sie kam aus guter Familie, aber ihr Vater war Alkoholiker. Er verlor eine Stelle nach der andern.

Also nahm Riah es, obwohl fast noch ein Kind, selbst in die Hand, sich und ihren Bruder und dann ihre Kinder aus Armut und Namenlosigkeit herauszureißen. Sie schickte sich selbst auf die Universität Wisconsin und machte dort den Magister in klassischen Sprachen. Und zwar mit einem Schulbuch über die lateinischen und griechischen Wurzeln gebräuchlicher englischer Wörter. Das wurde in vielen Oberschulen des Landes angeschafft und brachte Riah so viel ein, daß sie ihrem Bruder ein Medizinstudium finanzieren konnte. Er machte in Hollywood eine Praxis auf und wurde der Lieblings-Gynäkologe vieler Filmstars.

Riah heiratete einen Anwalt aus Indianapolis, der nicht viel verdiente. Also unterrichtete sie Latein, Griechisch und Englisch und betreute im Auftrag der Stadt durchreisende Vortragsredner und Musiker. Außerdem schrieb sie von Zeit zu Zeit leichte, witzige Kurzgeschichten für Zeitschriften. Dadurch konnte sie ihre Kinder, Sohn und Tochter, sogar in der Wirtschaftskrise auf gute Privat-Colleges schicken. Ihre Tochter bekam in Swarthmore den »Phi Beta Kappa«-Schlüssel.

Riah starb vor drei Jahren und ist auf dem Crown-Hill-Friedhof von Indianapolis begraben, auf halber Strecke zwischen John Dillinger, dem Bankräuber, und James

Whitcomb Riley, dem »Sänger von Indiana«. Ich habe sie sehr gemocht. Sie war eine wirklich gute Freundin. Und meine erste Schwiegermutter.

Ich erwähne sie hier im Zusammenhang mit unflätiger Sprache, weil auch sie meinte, ich bediene mich gewisser unfeiner Wörter in meinen Büchern nur, um Skandal zu machen und meine Werke ins Gespräch zu bringen. Sie erklärte mir geduldig, diese Wörter hätten, jedenfalls unter ihren Freunden, genau die gegenteilige Wirkung. Ihre Freunde könnten mich einfach nicht mehr lesen.

Im *Indianapolis Magazine* stand im Prinzip dasselbe über mich. Erst lobte der Artikel die Themen meiner frühen Bücher, *Das höllische System, Die Sirenen des Titan* und *Mutter Nacht,* nämlich meinen »Abscheu vor Krieg und Töten, und vor der Leere, die uns die Technik im heutigen Leben hinterläßt«. Aber dann ging's weiter: »Leider begann sich danach, obwohl die Themen gleichblieben, sein Stil zu ändern. Kleinere Unanständigkeiten schlichen sich ein und überbordeten dann in *Frühstück für starke Männer* zu einem Schwall fragwürdiger Strichzeichnungen und unflätigster Wörter, als ob ein Schuljunge seiner Lehrerin die Zunge herausstreckt.«

Dieser Schuljunge, der die Zunge herausstreckt, war damals bereits fünfzig. Und es lag Jahrzehnte zurück, seit ich eine Lehrerin oder sonstwen hatte schockieren wollen. Ich wollte nur, daß die Amerikaner in meinen Büchern so reden, wie Amerikaner wirklich sprechen. Ich wollte über unsre Körperlichkeit Witze machen. Warum nicht? Immerhin hatte mir Riah Fagan Cox, Friede ihrer Asche, versichert, sie sei durch solche Wörter nicht aus der Fassung zu bringen.

Wenn ich zu Riahs Freunden gegangen wäre, hätten sie wahrscheinlich zugegeben, alle unflätigen Wörter, die ich benutzte, oft gehört zu haben und nicht darüber erstaunt zu sein. Aber sie hätten insistiert, daß solche Wörter nie gedruckt werden dürfen. Das zeugte von schlechten Manieren. Und schlechte Manieren gehörten bestraft.

Allerdings hatte ich schon seit der Grundschule den Verdacht, der Bann gegen unflätige Wörter laufe in Wahrheit darauf hinaus, daß man die Klappe zu halten habe – nicht nur über Körperfunktionen, sondern über viele andre Dinge, wahrscheinlich viel zu viele.

Als ich in der vierten Klasse war, bestätigte sich dieser Verdacht. Mein Vater schlug mich in Anwesenheit von Gästen, weil ich mich schlecht benommen hatte. Es war das einzige Mal, daß meine Eltern mich schlugen. Und ich hatte vor den Gästen nicht etwa »Scheiße« oder »Pisse« oder »Pfurz« oder »Fick« gesagt. Ich hatte eine ökonomische Frage gestellt. Aber mein Vater war über diese Frage so empört, als hätt ich zu ihnen »miese Schleimscheißer« gesagt. Sie waren nämlich miese Schleimscheißer.

Die Wirtschaftskrise war in vollem Gange. Es muß 1932 gewesen sein. Ich ging schon seit ein oder zwei Jahren auf keine Privatschule mehr, meine Klassenkameraden waren nicht mehr die Kinder der Reichen und Mächtigen. Die Väter waren jetzt Mechaniker oder Buchhhalter oder Postboten oder so. Und ich fand's herrlich, daß ihre Mütter kochen konnten. Meine konnte das nicht. Außerdem bastelten diese Väter an Autos und so was herum. Der soziale Druck meiner Umgebung, die mächtigste Kraft der Welt, hatte mich von der Klasse meiner Eltern entfremdet.

Dennoch war ich sehr manierlich, als diese miesen Schleimscheißer aus der Oberschicht eines Abends zu Besuch kamen. Sie waren ein Ehepaar, und ich weiß, wie sie hießen, nenne sie aber »Bud und Mary Swan«. Zu jener Zeit hatten Geldanlagen jeglichen Wert verloren, und viele Banken waren bankrott. Fabriken und

Läden hatten zugemacht. Aber die Swans kamen in einem nagelneuen Marmon vorgefahren, und Mrs. Swan trug einen neuen Pelzmantel und einen neuen Saphirring.
Wir bestaunten den Marmon von der Haustür aus, und dann den Mantel und den Ring. Mutter und Vater sagten artig, sie seien ja so froh, daß es den Swans gutgehe. Mir kam das Ganze nicht koscher vor. Alle andern Leute waren pleite. Wo hatten die Swans das Geld her? Warum brachten sie's als einzige fertig, der Schwerkraft zu widerstehen?
Mutter und Vater sagten, ich solle mir nochmal den Saphir-Ring ansehen, besonders den Stern darin. Das tat ich. Und dabei fragte ich Mr. Swan interessehalber, was er für den Ring bezahlt habe. In dem Moment schlug mich mein Vater. Er gab mir einen gewaltigen Schlag von unten auf den Hosenboden. Der schleuderte mich in Richtung Treppe, und die rannte ich rauf in mein Zimmer. Ich war wütend.
Weiter: Wie meine Eltern später zu ihrem Kummer herauskriegten, arbeiteten die Swans als Lockvögel für Betrüger. Die Gauner finanzierten sie, damit sie bei ihren Freunden, die vielleicht doch noch irgendwo Geld hatten, eine Show abzogen. Meine Eltern würden natürlich wissen wollen, wo die Swans so viel Geld herhatten. Denn Geld brauchten meine Eltern dringend. Wenn sie's nicht kriegten, würden sie für immer aus der Oberschicht herausfallen. Wie gesagt, ich selbst war schon in der Unterschicht versackt.
Die Swans erzählten, sie hätten das bißchen, was ihnen der Börsenkrach gelassen habe, in eine wunderbare Gesellschaft investiert, die nicht bekannt werden wolle. Denn sie baue im stillen ein Kohle-Monopol auf, das eines Tages so reich und mächtig sein werde wie Standard Oil. Man kaufe Bergwerke sowie Frachtschiff- und Eisenbahnlinien auf, die für einen Bruchteil

des wahren Werts zu kriegen seien, wenn man bar bezahle. Bargeld sei höchst begehrt. Und es komme von vielen einzelnen wie den Swans und meinen Eltern, sofern sie den Mund hielten und sich bemühten, ihre letzten Dollars zusammenzukratzen.
Wenn die Weltwirtschaft wieder blühe, werde der Wert der Gesellschaft mindestens auf das Hundertfache steigen. Doch auch jetzt zahle sie schon Dividende, weil sie so erfolgreich sei. Von diesen Dividenden hätten die Swans den Marmon und den Pelzmantel und den Sternsaphir bezahlt.
Natürlich investierten meine Eltern. Sie fanden irgendwie Käufer für einige ihrer Ölgemälde oder echten Teppiche oder für Vaters Waffensammlung. Während der fetten Jahre hatte Vater nämlich Waffen gesammelt.
Da meine Eltern in ihrer Kindheit so auf gute Manieren gedrillt worden waren, konnten sie gar nicht argwöhnen, ihre alten Freunde seien vielleicht mit Gaunern im Bunde. Sie hatten schlechterdings keine simplen, praktischen Worte für die Ausscheidungs- und Fortpflanzungsorgane sowie deren Funktionen, und erst recht keine Worte für Heimtücke und Heuchelei. Ihre guten Manieren machten sie wehrlos gegen Raubtiere aus ihrer eignen Klasse.
Schon wieder unser alter Freund, der soziale Druck der Umgebung.
Und selbstverständlich gab's gar kein Kohle-Monopol. Wer auch immer das Geld meiner Eltern bekam, verschleuderte es wahrscheinlich auf der Rennbahn oder für Tanzgirls – außer dem Viertel, was die Swans als Dividende erhielten.

Ich telefonierte neulich mit einer jüngeren, verheirateten Kusine in Indianapolis, weil ich mich fürchtete, dort hinauszufahren; ich hielt es für undenkbar, daß mich meine älteren Verwandten mögen könnten,

wenn sie meine Bücher so verabscheuten. Sie antwortete, ich müsse mich halt damit abfinden – sie seien Viktorianer und würden sich nie mehr ändern. Unflätige Bücher könnten sie nur verabscheuen.
Also dachte ich über Victoria nach, Königin von Großbritannien und Irland und Kaiserin von Indien, die 1819 geboren wurde, ehe meine ersten Ahnen hier ins Land kamen, und bis 1901 lebte, als mein Vater fast mit der Oberschule fertig war. Ich fragte mich, warum irgendeine Erwähnung der Körperfunktionen diese Königin betroffen gemacht hätte.
Ich glaube nicht, daß es Königin Victoria nur einen Moment echt geschmerzt hätte, wenn ihr die Zeichnung meines Arschlochs vor Augen gekommen wäre, die im *Frühstück für starke Männer* abgebildet ist. Mein Arschloch sieht so aus:

Ich nehme mein Arschloch auch in meine Unterschrift auf, die so aussieht:

Was hätte Königin Victoria wirklich empfunden, wenn sie dem gegenüberstand, was sie für obszön erklärt hatte? Daß ihre Macht über ihre Untertanen ganz unerheblich angekratzt wurde, weit weg vom Zentrum, wo's kaum eine Rolle spielte, ganz fern in den Außenbezirken? Erließ sie die willkürlichen Verhaltensregeln für diese Außenbezirke, um rechtzeitig gewarnt zu sein, ehe jemand den Mumm und die Dreistigkeit hatte, ihr das Elend der Iren unter die Nase zu reiben, die Brutalität des Fabriksystems, die Privilegien des Adels, das Drohen eines Weltkriegs und so fort? Wenn sie nicht einmal zugeben konnte, daß Menschen manchmal furzen, wie konnte sie dann von diesen andern Dinge hören, ohne in Ohnmacht zu fallen?

Wahrhaftig, ein feingesponnenes System der Königin Victoria, um's ihren Untertanen schwerzumachen, das Recht auf Selbstbestimmung auch nur zu diskutieren. Sie erlegte ihnen einfach auf, daß sie Selbstbestimmung erst verdient hätten, wenn sie nie mehr an all die Dinge dachten, die wir Menschen sonst unablässig im Kopf haben.
Mütter aus den besseren Kreisen jener Zeit *mußten* also ihre Kinder und Dienerschaft auf diese Art in Zucht nehmen – und ihre Männer auch, falls die sich's gefallen ließen.

Was war die unflätigste Geschichte, die ich je geschrieben habe? Sicher *Der große Raumfick*, die erste Erzählung in der Literaturgeschichte mit dem Wort »Fick« im Titel. Sie bleibt wahrscheinlich meine letzte Geschichte. Ich schrieb sie für meinen Freund Harlan Ellison, der sie 1972 in seiner Anthologie *Again, Dangerous Visions* veröffentlicht hat. Sie geht so:

Der große Raumfick

Ab 1987 bekam jeder junge Amerikaner die Möglichkeit, seine Eltern wegen der Art und Weise, wie sie ihn erzogen hatten, anzuzeigen. Er konnte sie vor Gericht bringen, wo sie zu Geldbußen oder Gefängnisstrafen verurteilt wurden, wenn sie, solang er noch hilflos war, ernstliche Fehler gemacht hatten. Dieses Gesetz sollte nicht nur Gerechtigkeit schaffen, sondern zugleich das Kinderkriegen eindämmen, denn es gab

kaum noch zu essen. Abtreibungen waren kostenlos. Und jede Frau, die sich dazu meldete, kriegte eine Badezimmerwaage oder eine Tischlampe geschenkt.
1989 beschloß Amerika den Großen Raumfick, einen letzten Versuch, das Weiterbestehen menschlichen Lebens wenigstens im Weltall sicherzustellen, nachdem es auf der Erde kaum länger Bestand haben konnte. Alles war übersät von Scheiße und Bierdosen und Autowracks und Putzmittelflaschen. Und auf Hawaii hatte sich etwas Interessantes zugetragen. Dort war jahrelang der Müll in erloschene Vulkane gekippt worden. Doch plötzlich spuckten ein paar der Vulkane alles wieder aus. Und so fort.
Es war eine Zeit großer Laxheit in sprachlichen Dingen, also sagte sogar der Präsident »Scheiße« und »ficken« und so fort, ohne daß jemand sich angegriffen oder beleidigt gefühlt hätte. Es war völlig in Ordnung. Er nannte den Raumfick wie jeder sonst »Raumfick«. Das war ein Raumschiff mit 700 Pfund gefriergetrocknetem Glitsch im Sprengkopf. Es sollte in den Andromeda-Nebel abgefeuert werden, zwei Millionen Lichtjahre entfernt. Und es hieß *Arthur C. Clarke* zu Ehren des berühmten Raumfahrtpioniers.
Der Abschuß war für den 4. Juli um Mitternacht geplant. Um zehn Uhr an jenem Abend saßen Dwayne Hoobler und seine Frau Grace zum Countdown vorm Fernseher, im Wohnzimmer ihres bescheidenen Häuschens in Elk Harbour, Ohio, am Ufer des früheren Eriesees. Der Eriesee war jetzt eine einzige Kloake. Nichts lebte mehr darin außer menschenfressenden Neunaugen von zwölf Metern Länge. Dwayne war Aufseher in der Erwachsenen-Besserungsanstalt von Ohio, die drei Kilometer weg lag. In seiner Freizeit bastelte er Vogelhäuschen aus Putzmittelflaschen. Er machte unermüdlich neue und hängte sie im Garten auf, obwohl's überhaupt keine Vögel mehr gab.

Dwayne und Grace sahen mit offenem Mund eine Reportage, wie der Glitsch für die Raumfahrt gefriergetrocknet wurde. Ein Gläschen der Flüssigkeit, vom Dekan des mathematischen Fachbereichs der Uni Chicago gespendet, wurde erst einmal schockgefroren. Dann kam es unter eine Glasglocke, und die Luft wurde abgesaugt. Und als alle Luft raus war, blieb ein feines weißes Pulver übrig. Dies Pulver machte nicht viel her, und Dwayne sprach das auch aus, aber es enthielt etliche hundert Millionen Samenzellen, die nur vorübergehend leblos waren. Die Durchschnitts-Spende hatte zwei Kubikzentimeter betragen. Das war, rechnete Dwayne vor, gerade mal genug Pulver, um ein Nadelöhr zu verstopfen. Achthundert Pfund davon würden bald auf dem Weg zur Andromeda sein.
»Jetzt wirst du durchgebumst, Andromeda«, sagte Wayne, und das klang nicht unziemlich. Er sagte es wie die Plakate und Anschläge überall in der Stadt. Da stand »Andromeda, laß uns ran« und »Die Erde hat einen Steifen für Andromeda« und so fort.
Es klopfte an der Tür, und ein alter Freund der beiden, der Bezirkssheriff, kam herein. »Wie geht's, Mammificker?« fragte Dwayne.
»Mir geht's danke, Sackgesicht«, sagte der Sheriff, und so ging die Frotzelei hin und her. Grace gluckerte über den Witzwechsel. Sie hätte wohl nicht so behäbig gegluckert, wenn sie aufmerksamer gewesen wäre. Dann hätte sie gemerkt, daß die gute Laune des Sheriffs gespielt war. Ihm lag etwas auf der Seele. Und sie hätte sehen können, daß er amtliche Papiere in Händen hielt.
»Setz dich, alter Kacker«, sagt Dwayne, »und guck zu, wie Andromeda unsre Überraschung aufnimmt.«
»Wenn ich das richtig sehe«, sagte der Sheriff, »müßt ich mir über zwei Millionen Jahre den Arsch plattsitzen. Da fragt sich meine Alte, wo ich versackt bin.«

Er war viel klüger als Dwayne. Und hatte auch Glitsch auf der *Arthur C. Clarke*, Dwayne aber nicht. Man mußte einen Intelligenzquotienten von über 115 haben, damit der Glitsch genommen wurde. Ausnahmen gab's nur für Sportler oder wenn man ein Instrument spielte oder Bilder malte, und Dwayne konnte nichts dergleichen. Er hatte gehofft, die Vogelhäuschen-Bastler gehörten dazu, aber das war nicht der Fall. Der Chef der New Yorker Philharmoniker hatte dagegen das Recht, fünf Liter zu spenden, falls er wollte. Er war sechsundachtzig. Dwayne war zweiundvierzig.

Jetzt kam ein alter Astronaut auf den Bildschirm. Er sagte, klar würde er gern da sein, wohin sein Glitsch jetzt flog. Doch er würde zu Hause bleiben – mit seinen Erinnerungen und einem Glas Tang. Tang war der offizielle Astronautentrank. Tang war gefriergetrocknete Orange.

»Gut, zwei Millionen Jahre kannst du nicht hier sitzen«, sagte Wayne. »Aber wenigstens fünf Minuten. Setz dich.«

»Ich bin wegen etwas hier«, sagte der Sheriff, und jetzt sah man sein Unbehagen, »das ich normalerweise im Stehen erledige.«

Dwayne und Grace waren ratlos. Sie hatten keine Ahnung, was kommen würde. Es war dies: Der Sheriff drückte jedem eine Vorladung in die Hand und sagte, »Ich muß euch leider mitteilen, daß eure Tochter Wanda June euch angezeigt hat, weil sie als Kind falsch erzogen wurde.«

Dwayne und Grace waren wie vom Donner gerührt. Sicher, Wanda June war einundzwanzig und konnte sie nun anzeigen, aber damit hatten sie nie gerechnet. Sie lebte in New York, und als sie ihr am Telefon zum Geburtstag gratulierten, hatte Grace unter anderm gefrotzelt, »Jetzt darfst du uns sogar anzeigen, Schatz, wenn du willst.« Grace war sicher, daß sie und Dwayne gute Eltern gewesen waren, und lachte, als sie fortfuhr: »Wenn du willst, kannst du deine beschissenen Alten in den Knast bringen.«

Wanda June war übrigens ein Einzelkind. Ein paarmal hätte sie beinah Geschwister gekriegt, aber Grace hatte sie abgetrieben. Und drei Tischlampen und eine Badezimmerwaage dafür genommen.

»Was sollen wir denn falsch gemacht haben?« fragte Grace den Sheriff.

»Jede Vorladung enthält eine Liste der Anklagepunkte«, sagte er. Doch er konnte seinen untröstlichen alten Freunden nicht ins Gesicht sehen, also sah er auf den Bildschirm. Da erklärte gerade ein Wissenschaftler, warum der Andromeda-Nebel als Ziel gewählt worden sei: Weil zwischen ihm und der Erde mindestens siebenundachtzig chronosynklastische Tunnel lagen, Zeit-Verwerfungen. Und jedesmal, wenn die *Arthur C. Clarke* eine durchflog, würden das Raumschiff und seine Fracht sich billionenmal vervielfachen, so daß sie bald überall in Raum und Zeit waren.

»Wenn es irgendwo im Weltall etwas Fruchtbares gibt«, versprach der Wissenschaftler, »wird unser Same es finden und aufgehen.«

Eine der deprimierendsten Erkenntnisse des Raumfahrtprogramms war ja, daß Fruchtbares verdammt weit weg lag, falls es überhaupt existierte. Aber dumme Leute wie Wayne oder Grace und kluge wie der Sheriff ließen sich überreden, man müsse trotzdem da hinaus, denn die Erde sei nurmehr ein Scheißhaufen, der als Abschußrampe zu dienen habe.

Inzwischen war sie wirklich ein Scheißhaufen, und sogar den dummen Leuten dämmerte, daß die Erde der einzig bewohnbare Planet sein könne, den Menschen je fanden.

Grace weinte, weil ihre Tochter sie verklagt hatte, und die Liste der Anklagepunkte brach sich in ihren Tränen zu vielen Einzelbildchen. »O Gott, ogottogott«, sagte sie, »sie erzählt von Sachen, die ich längst vergessen hab, aber sie nicht. Sie erzählt von Erlebnissen, als sie erst vier war.«

Dwayne las die Vorwürfe gegen sich selbst und fragte gar nicht erst, was Grace Entsetzliches getan habe, als Wanda June vier war. Es war folgendes: Die arme kleine Wanda June hatte auf die frischtapezierten Wohnzimmerwände mit Buntstiften hübsche Bilder gemalt, um ihrer Mammi eine Freude zu machen. Doch die kriegte einen Wutanfall und verdrosch sie. Seit jenem Tag, behauptete Wanda June, habe sie keine Künstlermaterialien mehr sehen können, ohne wie Espenlaub zu zittern und in kalten Schweiß auszubrechen. »So wurde mir«, ließ der Anwalt Wanda June sagen, »der Glanz und Reichtum einer künstlerischen Karriere versperrt.«

Dwayne erfuhr unterdessen, daß er seiner Tochter alle Chancen einer »vorteilhaften Ehe und der daraus erwachsenden Geborgenheit und Liebe« vermasselt habe, wie der Anwalt meinte. Und zwar, weil er oft angetrunken gewesen sei, wenn ein Zukünftiger klingelte. Und weil er nicht selten mit nacktem Oberkörper an die Tür ging, aber den Patronengürtel umhatte und seinen Revolver trug. Wanda June konnte sogar einen namentlich nennen, den ihr der Vater verjagt hatte, John L. Newcomb, der längst anderweitig verehelicht war. Er hatte jetzt eine erstklassige Stelle. Er war Chef des Wachdiensts auf einem Armeegelände unten in South Dakota, wo Cholera- und Beulenpest-Sprengköpfe lagerten.

Der Sheriff hatte weitere schlechte Nachrichten, und er wußte, er würde sie erzählen müssen. Denn Dwayne

und Grace, die Armen, mußten einfach die Frage stellen: »Warum tut sie uns das an?« Die Antwort war schrecklich: Wanda June saß in Untersuchungshaft, sie war angeklagt, Chefin einer Bande von Ladendieben gewesen zu sein. Und sie konnte der sicheren Gefängnisstrafe nur entgehen, wenn sie nachwies, daß alles, was sie getan hatte, Schuld ihrer Eltern war.
Vor den Fernsehkameras sprach inzwischen Senator Flem Snopes aus Mississippi, der Vorsitzende des Senats-Komitees für Raumfahrt. Er sagte, er sei glücklich über den Großen Raumfick; darauf habe das amerikanische Raumfahrtprogramm eigentlich immer hinausgewollt. Außerdem sei er sehr stolz, daß man in Mayhew, seinem »schnuckligen Heimatstädtchen«, das größte Glitsch-Gefriertrockenwerk gebaut habe.
Das Wort »Glitsch« (auch »Glütsch« oder »Klitsch«) hatte übrigens eine interessante Geschichte. Es war so alt wie »Fick« oder »Scheiß« und so fort, wurde aber, anders als diese, in Wörterbüchern weiterhin ausgespart. Viele Leute wollten sich offenbar ein magisches Wort bewahren – das letzte übriggebliebene.
Doch als die Vereinigten Staaten dann eine wahrhaft magische Maßnahme ankündigten, nämlich Sperma in den Andromeda-Nebel zu schießen, fuhr das Volk seiner Regierung über den Mund. Das kollektive Unbewußte meinte, jetzt sei es Zeit, dem letzten magischen Wort die Freiheit zu geben. Man argumentierte, *Sperma* sei nichts, was sich in eine andre Milchstraße schießen lasse. Das könne nur *Glitsch* sein. Also führte die Regierung das Wort offiziell ein und tat etwas, das sie noch nie getan hatte – sie normierte damit dessen Rechtschreibung.

Der Interviewer bat Senator Snopes, eben mal aufzustehen, damit jeder seine Schamkapsel sehen könne, und der tat es. Schamkapseln waren der neueste

Modeschrei, und viele Männer trugen sie zur Feier des Großen Raumficks in der Form eines Raumschiffs, auf dessen Rumpf der Schriftzug »USA« gestickt war. Bei Senator Snopes war dort statt dessen die älteste Flagge der Konföderation abgebildet.
Daraus ergab sich ein Gespräch über Heraldik, und der Interviewer kam auf die Kampagne des Senators zu sprechen, den kahlen Adler als Wappentier abzuschaffen. Der Senator sagte, er wolle sein Land nicht durch ein Tier repräsentiert sehen, das so erkennbar auf den Hund gekommen war.
Auf die Gegenfrage, welches Lebewesen denn nicht auf den Hund gekommen sei, konnte der Senator auftrumpfen und zwei anführen: Neunauge und Blutwurm. Doch unterdessen hatten die Neunaugen, ohne daß er oder sonstwer es merkte, die Großen Seen sogar für ihre Verhältnisse zu ekelhaft und unzuträglich gefunden. Und während alle Menschen in ihren Häusern waren und die Übertragung des Großen Raumficks sahen, schlängelten sich die Neunaugen aus dem Kloakenmodder ans feste Land. Manche waren fast so lang und dick wie die *Arthur C. Clarke*.
Und Grace Hoobler hob ihre tränennassen Augen von der Vorladung und stellte dem Sheriff die Frage, vor der er sich gefürchtet hatte: »Warum tut sie uns das an?«
Der Sheriff erzählte es, und sie haderte laut mit ihrem grausamen Schicksal. »Dies ist die schrecklichste Pflicht«, sagte er verzweifelt, »die ich je tun mußte: Eine derart herzzerreißende Nachricht Freunden zu überbringen, die mir so nahestehen wie ihr beiden – und das in einer Nacht, die in der Menschheitsgeschichte die freudigste sein sollte.«
Er ging schluchzend aus dem Haus und stolperte geradewegs einem Neunauge in den Rachen. Das Neun-

auge fraß ihn sofort, er hatte nur Zeit für einen einzigen Schrei. Dwayne und Grace Hoobler stürzten nach draußen, um zu sehen, was mit dem Schrei war, und das Neunauge fraß sie ebenfalls.
Die Ironie war, daß der Fernseher weiter über den Countdown berichtete, obwohl niemand mehr da war, der zuhörte oder zusah oder sich dafür interessierte.
»Neun!« sagte die Stimme. Und dann »Acht!« Und dann »Sieben!« Und so fort.

(1980/1972)

Mühsame Verteidigung eines Nazi-Anhängers

LOUIS-FERDINAND CÉLINE
LE DOCTEUR DESTOUCHES
1894–1961

Er zeigte den denkbar schlechtesten Geschmack. Das heißt, er war zwar vielseitig gebildet, praktizierender Arzt, weitgereist in Europa und Afrika und Nordamerika, aber er schrieb keinen einzigen Satz, der ähnlich Begünstigten verraten hätte, daß er ein Herr sein könnte.

Er hatte, scheint's, keinen Sinn dafür, daß vornehme Zurückhaltung oder Empfindsamkeit, ob ererbt oder erlernt, für so viel Glanzvolles in der Literatur verantwortlich waren. Sondern er entdeckte einen höheren und schrecklicheren Grad der literarischen Wahrheit, als er den eingeschnürten Wortschatz feiner Damen und Herren beiseite schob und sich nur in der welthaltigeren Sprache gewitzter und getretener Gossenfiguren ausdrückte.

Jeder Schriftsteller steht in seiner Schuld, sowie jeder, der das Leben in seiner Ganzheit betrachten will. Denn indem er so unfein war, zeigte er, daß die eine Hälfte unsrer Erfahrung, die animalische, von den guten Manieren zugeschüttet wurde. Kein ehrlicher Schriftsteller oder Redner wird je wieder fein sein wollen.

Céline wurde als Stilist gepriesen. Dabei spottete er selbst über seine typografische Manier, die jede Buchseite von ihm unverkennbar macht. »Ich und meine drei Pünktchen ... mein angeblich origineller Stil! ... Jeder richtige Schriftsteller weiß, was er davon zu halten hat! ...«

Die einzigen Schreiber, die diesen Stil so hochschätzen, daß sie ihn nachahmen, sind wohl die Klatschkolumnisten. Ihnen gefällt, wie das aussieht. Und wieviel Dringlichkeit dadurch jedwede Information erhält.
Doch mal abgesehen von der kuriosen Typografie: Céline schrieb meines Erachtens in seinen Romanen die beste Geschichte des Zusammenbruchs der westlichen Kultur in zwei Weltkriegen. Und zwar aus der Sicht von schauderhaft verletzlichen, sehr gewöhnlichen Frauen und Männern. Diese Romane sollte man in der Reihenfolge ihrer Entstehung lesen, denn jeder Band setzt sich kundig mit seinen Vorläufern auseinander.
Der eigentliche Resonanzboden für das vertrackte System von Zeit-Echos ist Célines frühester Roman, *Reise ans Ende der Nacht*, den er 1932 mit achtunddreißig veröffentlichte. Und jeder Leser eines Céline-Buchs sollte sich so klar wie er selber sein, daß seine Schriftsteller-Karriere mit einem Meisterwerk begann.
Die irritierende Lese-Erfahrung wird wahrscheinlich gemildert und vertieft, wenn man weiß, daß der Autor Arzt war und vor allem arme Patienten hatte. Sehr oft konnten sie ihn nicht bezahlen. Und mit bürgerlichem Namen hieß er Louis-Ferdinand Auguste Destouches.
Wahrscheinlich galt seine persönliche Sympathie nicht mal den Armen und Machtlosen, aber ihnen widmete er die meiste Zeit und Neugier. Und beleidigte sie nicht mit der Idee, daß Tod oder Töten irgend jemanden adele.
Er und Ernest Hemingway sind am gleichen Tag, am 1. Juli 1961, gestorben. Beide waren im Ersten Weltkrieg an der Front. Beide hatten sich den Nobelpreis verdient – Céline allein schon durch sein erstes Buch. Céline kriegte ihn nicht. Hemingway kriegte ihn. Hemingway brachte sich um, Céline starb eines natürlichen Todes.
Geblieben sind ihre Bücher.
Und Célines übler Leumund, der langsam verblaßt.

Denn er hatte sich nach jahrelangen, selbstlosen und oft brillanten Leistungen in Literatur und Medizin als tobender Antisemit und Nazi-Anhänger entpuppt. Das war in den späten Dreißigerjahren. Ich kenne keine zureichende Erklärung dafür, außer, daß er partiell geistesgestört gewesen sei. Er selbst hat das nie für sich in Anspruch genommen, und kein Arzt hat es ihm je attestiert.
Allerdings war er vernünftig genug, Rassismus und abstruse Politik aus seinen Romanen fast ganz herauszuhalten. Sein Antisemitismus flackert nur hier und da auf, und zwar zumeist, wenn er sich über alle Spielarten menschlicher Schurkerei und Dummheit erregt.
Ein paar Tage vor seinem Tod schrieb er, was immer es wert sein mag, folgendes: »Ich behaupte, daß Israel ein wirkliches Vaterland ist, da es seine Kinder willkommen heißt, mein eignes Land dagegen ein Scheißhaus ...«
Für jeden, der Opfer des Antisemitismus war, sind diese Worte verächtlich. Doch kaum weniger verächtlich waren die Amnestie und die Entlastung, die er 1951 vom französischen Staat erfuhr. Nachdem dieser ihn zuvor mit schweren Geldbußen und Gefängnis und Exil bestraft hatte.
Nochmal zu dem zitierten Ausspruch: Er zeigt, genau betrachtet, weder Bedauern noch den Wunsch nach Vergebung. Sondern Neid, sonst kaum etwas.
Da er bestraft ist und tot, und der Nazi-Alptraum so lange her, können wir vielleicht allmählich in seiner Weigerung, von Reue zu sprechen oder Entschuldigungen vorzubringen, ein verqueres Ehrgefühl erkennen. Andre Nazi-Kollaborateure, von denen es in Frankreich Zigtausende und in Europa Millionen gab, hatten verwickelte Geschichten parat, wie sie gezwungen worden seien, sich so übel zu

verhalten, oder was für waghalsige Akte des Widerstands und der Sabotage sie unter Lebensgefahr vollbracht hätten.
Céline fand solche Lügen auf besonders häßliche Weise lächerlich.
Ich kriege jedesmal, wenn ich über Céline schreiben will, bohrende Kopfschmerzen. Auch im Augenblick. Ich habe sonst nie Kopfschmerzen.
Als der Krieg dem Ende entgegenging, machte er sich ins Zentrum des Holocaust auf – nach Berlin.
Ich weiß, wann sein Einfluß auf mich begann. Ich war weit über vierzig, eh ich ihn las. Ein Freund war sehr überrascht, daß ich nie von Céline gehört hatte, und empfahl mir als Einstieg die *Reise ans Ende der Nacht,* die mich sehr verstörte. Ich setzte das Buch sofort auf die Leseliste eines Roman-Seminars, das ich an der Universität Iowa gab. Doch als es soweit war, daß ich zwei Stunden drüber reden sollte, merkte ich, ich wußte nicht was.
Das Buch ging mir jedenfalls tief in die Knochen, wenn nicht gar ins Mark. Und ich begreife erst heute, was ich von Céline gelernt habe und in den Roman aufnahm, an dem ich damals schrieb, *Schlachthof 5.* In diesem Roman hatte ich den unwiderstehlichen Drang, jedesmal »So geht das« zu sagen, wenn eine der Gestalten starb. Das hat viele Kritiker irritiert, und auch mir kam es manieriert und ermüdend vor. Aber es mußte gesagt werden.
Es war meine unbeholfene Art, das auszudrücken, was Céline viel direkter in all seinen Büchern sagte, nämlich sinngemäß: »Tod und Leid können nicht entfernt so bedeutsam sein, wie sie mir vorkommen. Da sie so allgemein verbreitet sind, kann die Tatsache, daß ich sie derart ernst nehme, nur bedeuten, daß ich geisteskrank bin. Ich muß vernünftiger darauf reagieren.«

Womit wir wieder bei unsrer alten Freundin, der Geisteskrankheit wären. Céline behauptete zwar von Zeit zu Zeit, man habe ihn im Ersten Weltkrieg trepaniert – ihm nach einer Kopfverwundung den Schädel geöffnet. Wie seine faszinierende Biographin Erika Ostrovsky zeigt, wurde er aber nur an der rechten Schulter verwundet. Und in seinem letzten Roman, *Rigodon*, behauptete er, bei einem Luftangriff auf Hannover von einem Ziegelstein am Kopf getroffen worden zu sein. Also darf man sagen: Er hielt es mitunter für geboten, seinen Kopf, den so viele Leute befremdlich fanden, zu entschuldigen.

Er selbst muß diesen Kopf gelegentlich ganz und gar leid gewesen sein, und ich kann mir vorstellen, was vielleicht der Grund war. Ich glaube, ihm fehlten jene Stoßdämpfer, mit denen sich die meisten von uns normalerweise abfedern, damit wir in der Unglaublichkeit des Lebens, so wie es ist, nicht untergehen.

Also ist Célines Stil vielleicht doch nicht so willkürlich, wie ich früher dachte; vielleicht mußte er so beschaffen sein, wenn sein Kopf derart schutzlos war. Vielleicht konnte Céline wirklich, wie jemand, der im Artilleriefeuer liegt, immer nur schreien und schreien und schreien.

Nur darf man sein Werk gewiß nicht als Triumph der menschlichen Phantasie bezeichnen. Fast alles, über das er schrie, passierte wirklich.

Er hatte großes Verständnis für Erfinder und Maschinen.

Die Inschrift auf seinem Grabstein habe ich schon an den Anfang gesetzt. Erika Ostrovsky nennt sie die »knappste Zusammenfassung eines Doppellebens.«

Gut gesagt.

Er selber war überzeugt, daß sein Werk Bestand haben würde. Und beschrieb sich auf dem Sterbebett so: »Gestatten: Schriftsteller, großer Stilist, und der Beweis:

Man hat mich in die *Pléiade* aufgenommen mit La Fontaine, Clément Marot, du Bellay ... ganz zu schweigen von Rabelais! und Ronsard! ... ich mach mir, sehen Sie, keine Sorgen ... in zwei- oder dreihundert Jahren begleite ich die Kinder durch die Oberschule ...«

Jetzt im Herbst 1974, da ich dies schreibe, sehen sogar ganz normale Menschen, deren seelische Stoßdämpfer prächtig funktionieren, immer klarer, daß das Leben wirklich so gefährlich und gnadenlos und irrational ist, wie Céline sagte. Fraglich scheint nur, ob uns noch zwei- oder dreihundert Jahre bleiben, daß unsre Kultur Céline zum Unterrichtsstoff der Oberschule machen kann.

Bis dahin werden, falls es je dazu kommt, die Schriftstellerkollegen seinen Ruhm lebendig halten. Uns hat das, was er sagt, ganz besonders schockiert und die Augen geöffnet. Wir empfinden ihm gegenüber so was wie schwindlige Dankbarkeit.

Ich habe sagen hören, Céline werde vielleicht auf englisch länger Bestand haben als auf französisch – und zwar eher aus technischen, nicht aus politischen Gründen. Denn sein Gossen-Französisch sei so zeitgebunden und regional, daß es streckenweise für Franzosen unverständlich werde.

Seine Übersetzer ins Englische haben dafür dauerhaftere Grobheiten eingesetzt, die, so Gott will, auch noch in hundert Jahren begriffen werden.

Wie gesagt ist das nicht meine Idee. Ich hab das gehört; und geb es nur weiter. Wenn sich's als richtig erweist, dürfte aber eines Tages die simple literarische Gerechtigkeit gebieten, Célines Übersetzer als Mitautoren zu nennen. So wichtig ist die Übersetzung.

Es gibt nur ein bedeutsames Dokument von Céline, das auf Englisch nicht greifbar ist. Und es wäre kleinlich zu sagen, es sei nicht von Céline, sondern von

Dr. Destouches verfaßt. Es ist Destouches' Dissertation, *Leben und Werk von Ignaz Philipp Semmelweis*, wofür er 1924 eine Bronzemedaille bekam. Sie wurde zu einer Zeit geschrieben, als medizinische Dissertationen noch wunderbar literarisch sein durften, da die Unkenntnis der Krankheiten und des menschlichen Körpers die Medizin notwendigerweise zu einer Kunst machte.
Der junge Destouches berichtet durchaus heldenverehrend von dem vergeblichen, aber wissenschaftlich wohlbegründeten Kampf des ungarischen Arztes Semmelweis (1818–1865) gegen das Kindbettfieber in den Entbindungsstationen der Wiener Spitäler. Die Opfer waren nur arme Leute, denn Leute mit anständigen Wohnungen entbanden zu Hause.
Die Sterblichkeit in einigen Entbindungsstationen war erschreckend – 25 Prozent und höher. Semmelweis argwöhnte, die Mütter würden durch die Medizinstudenten umgebracht, die oft in die Bettensäle kamen, nachdem sie gerade erst krankheitsverseuchte Leichen seziert hatten. Er konnte das nachweisen, indem er den Studenten befahl, sich die Hände mit Wasser und Seife zu waschen, ehe sie eine Kreißende berührten. Sofort sank die Sterblichkeit.
Mißgunst und Unwissenheit der Kollegen von Semmelweis führten zu seiner Entlassung, worauf die Sterblichkeit wieder stieg.
Und die Lektion, die Destouches nach meiner Meinung aus dieser wahren Geschichte lernte, falls er sie nicht schon seit seiner Kindheit in Armut und seit seiner Soldatenzeit kannte, lautet: Nicht Weisheit, sondern Eitelkeit bestimmt den Gang der Welt.

(1975)

Der mißverstandene Swift

Kann ein Mann meines Rufes so schlecht schreiben, daß ihm ein Manuskript abgelehnt wird? Ja, kann er. Obwohl es einige Mühe kostet. Solch ein Papierkorb-Werk bring ich nun, als mein eigner Eitelkeitsvermarkter, in unsre Kultur ein. Es ist ein Aufsatz über Jonathan Swift, den ich als Vorwort zu einem Nachdruck von *Gullivers Reisen* geschrieben habe.
Der Verlag meinte, ich hätte Swift sentimentalisiert; außerdem hätte ich mich offenbar nicht mit der Literatur über sein Leben und Werk vertraut gemacht. Ich schrieb dies:

»Gehe hin, Wanderer«, rät seine Grabplatte auf lateinisch, »und folge einem nach, der mit aller Kraft für die Freiheit focht.« Dies schrieb ein anglikanischer Geistlicher, Jonathan Swift, über sein langes Leben (1667–1745). Er ist, an der Seite seiner Frau, in der Dubliner St.-Patrick's-Kathedrale begraben, wo er die letzten zweiunddreißig Jahre seines Lebens Dekan war. Und in Dublin schrieb er auch *Gullivers Reisen,* ein Buch so dauerhaft wie eine Kathedrale. Die Berufung an St. Patrick's war eine Enttäuschung für ihn gewesen. Er hatte mit einem Bischofssitz in England gerechnet. Aber er wurde dann, wie der Swift-Forscher Ricardo B. Quintana schreibt, »einer der angesehensten Bürger Dublins und Irlands großer geistlicher Patriot.« Daß ein so ungebärdiger Satiriker Herr einer Kathedrale und eine Stütze der Gesellschaft war, ist für unsre dünnhäutige und förmliche Gesellschaft kaum noch vorstellbar.

Swift begann die Niederschrift von *Gullivers Reisen* mit vierundfünfzig, etwa in meinem Alter. Und er schloß das Buch ab, als er sechzig war. Man kannte ihn seit langem als einen der bissigsten Satiriker seiner (oder irgendeiner) Zeit. Seine Grundmotive waren jedoch immer sehr ernst, und ich empfehle, *Gullivers Reisen* einmal als Serie geharnischter Predigten über eine fortdauernde Krise des Christentums zu lesen. Der springende Punkt ist nach meiner Meinung: Es geht schlechterdings nicht mehr an, daß sich erwachsene Christen als Gottes Lämmer begreifen.
Swift starb, ehe die Dampfmaschine oder der mechanische Pflug aufkamen – oder auch die Verfassung der Vereinigten Staaten. Aber er war vertraut mit Mikroskop, Teleskop, Infinitesimalrechnung, Harveys Theorien über den Blutkreislauf, Newtons Fallgesetzen und so fort. Überall fand man mit einem Mal klare Indizien, daß die natürliche Ordnung der Welt, die so lange statisch und rätselhaft erschienen war, eher auf wundersame Uhrwerke deutete, an denen man werkeln, ja die man vielleicht gar zerlegen und wieder zusammenbasteln konnte. Der menschliche Verstand begann als verändernde Gewalt so ins Leben einzugreifen, wie es bislang nur dem Militär und den Naturkatastrophen vorbehalten war. Also hielt es Dublins Erster Bürger für geboten, zum Besten der Welt den objektiven Forscherblick auf jene großen Affen zu richten, die plötzlich derartig Durchdringendes dachten. Lämmer? Ganz gewiß nicht.
Swift betrachtet uns Menschen in *Gullivers Reisen* mit einer so kühlen Unsentimentalität, wie die meisten von uns sie allein in Kriegszeiten, und auch dann nur kurzfristig, aufbringen. Er schrumpft uns zusammen und uriniert auf uns, läßt uns aufschwellen und schaut in all unsre ekligen Körperöffnungen, stellt unsre ganze Dummheit und Verlogenheit zur Schau, macht

uns abstoßend alt. Er unterwirft uns auf dem Papier jedem entwürdigenden Test, den Phantasie ersinnen kann. Und was lernen wir aus diesen Auschwitz-artigen Experimenten über uns? Nach den Worten seines Helden, des Kapitäns Gulliver, nur eines – daß wir im höchsten Grade widerwärtig sind. Zum Glück wissen wir, daß Swift das selber nicht geglaubt hat; denn eh er Gulliver abschließend sagen läßt, wir seien nicht besser als Kotze, läßt er ihn überschnappen. Genau darin dürfte auch Gullivers Verehrung der Pferde begründet sein, Swift persönlich hielt nicht viel von diesen glotzäugigen, nervösen Tieren. Gulliver ist nicht mehr der verläßliche Zeuge aus dem ersten Kapitel.
Ich hatte in der Oberschule eine Lehrerin, die meinte, man müsse zumindest ein bißchen übergeschnappt sein, um wie Swift auf der menschlichen Ekligkeit herumzureiten. Denn er reitet schon darauf herum, ehe Gulliver verrückt wird. Heute würd ich, wenn sie noch lebte, der Lehrerin erwidern: Diese Herumreiterei ist derart unerbittlich, daß sie lächerlich wirkt, und sie soll lächerlich wirken. Swift erteilt uns nämlich eine zweite Lektion, fast so wichtig wie die, daß wir keine Lämmer sind: Daß die Beflissenheit, mit der wir uns selbst und andre ekelhaft finden, wohl doch nicht jener kulturelle Selbstschutz ist, für die wir sie halten möchten. Sondern daß Ekel der gefährlichste Versehrer unsrer Vernunft und unsres gesunden Menschenverstands ist und uns nicht selten gegen die eigensten Interessen handeln und wahnsinnig werden läßt.
Swift verfolgt diesen Gedanken nicht viel weiter. Das hat die Geschichte der letzten hundert Jahre für ihn getan. Wie konnten zivilisierte Menschen Vernichtungslager bauen und betreiben? Aus Ekel. Was treibt zivilisierte Menschen dazu, unverteidigte Städte zu bombardieren, Gefangene zu foltern, die Frau und die Kinder zu prügeln, sich eine Kugel in den Mund zu

schießen? Ekel. Nichts andres. Meines Erachtens sind *Gullivers Reisen* der bemerkenswerte Versuch, uns durch eine Überdosis Ekel schutzzuimpfen und gegen diese höchst gefährliche Krankheit immun zu machen.

Der vorliegende Nachdruck von *Gullivers Reisen* in den *Büchern des Monats* enthält den Text der Oxford-Ausgabe, die 1971 von Paul Turner, einem Oxforder Englischdozenten, herausgegeben wurde. In seiner Ausgabe findet man, was in dieser fehlt – eine Einleitung und Hunderte von lehrreichen Anmerkungen. Ich empfehle sie allen, die sich das Vergnügen gönnen wollen, Swifts Fabulieren mit seinem Leben und seiner Zeit zusammenzusehen, und die einmal nachprüfen möchten, wie glaubwürdig Kapitän Gullivers endlose Lügengeschichten eigentlich sind. Mr. Turner berichtet uns zum Beispiel: »Das Land Liliput ist eine maßstäbliche Verkleinerung auf ein Zwölftel unsrer gewöhnlichen Welt. F. Mogg hat (im *Scientific American*, Band CLXXIX, 1948) auf ein paar biologische Schwierigkeiten hingewiesen: Ein Liliputaner aus jener Welt hätte viel weniger Platz für Gehirnzellen, also weniger Intelligenz als ein Schimpanse; sein Kopf wäre zu klein, um brauchbare Augen tragen zu können; und er müßte dreißigmal so viel Kalorien pro 100 Gramm Körpergewicht zu sich nehmen wie ein ausgewachsener Mensch, also statt drei Mahlzeiten am Tag vierundzwanzig.« Auch zu den Riesen von Brobdingnag kommt wieder Mogg zu Wort, der einen achtzehn Meter großen Menschen als »statische Unmöglichkeit« bezeichnet. »Der Aufbau des Körpers müßte von Grund auf geändert werden, um die rund neunzig Tonnen Gewicht zu tragen: Kürzere Beine, kleinerer Kopf, dickerer Hals und ein wesentlich größerer Körperumfang – zur Aufnahme der für den Betrieb einer so großen Maschine nötigen inneren Organe.« Und so fort.

Gerechtfertigt ist dieser Nachdruck ohne Anmerkungen damit, daß Swift natürlich, wie jeder Autor, sein Buch als solches geliebt sehen wollte. Wenn sein Geist unter uns umgeht, dürfte er sehr wütend sein auf meine yahoo-hafte Aufdringlichkeit. Ich bitte um Verzeihung. Doch abgesehen davon ist es wohl mein größtes Versäumnis, daß ich kaum darstellen kann, wie viel Witz und Aberwitz und Spontaneität in dieses Meisterwerk eingegangen sind. Indem ich die Vernünftigkeit von *Gullivers Reisen* preise, hab ich das Buch insgesamt viel zu nüchtern erscheinen lassen.

Das Nudelwerk

Der Titel meiner Rede lautet »Das Nudelwerk.«
Und die Rede wird, wie das Leben selbst, vorbei sein, ehe man's richtig gemerkt hat. Das Leben ist so kurz.
Ich wurde erst gestern morgen, kurz nach Tagesanbruch, geboren – und heute nachmittag bin ich schon vierundfünfzig. Ich bin noch das reinste Kind, und doch sprech ich zur Einweihung einer Bibliothek. Irgendwas läuft da schief.
Ich bin mit einem Maler befreundet, der Syd Solomon heißt. Er wurde auch erst gestern geboren. Und dann merkte er plötzlich, es war Zeit für eine Retrospektive, eine Ausstellung seiner Bilder aus fünfunddreißig Jahren. Syd fragte die Dame, die angeblich seine Frau war, was denn los sei. Sie sagte: »Syd, du bist achtundfünfzig.«
Da können Sie sich vorstellen, wie ihm zumute war.
Außerdem fand Syd heraus, daß er Soldat gewesen war in einem Krieg, der Der Zweite Weltkrieg hieß. Wie ich höre, soll ich da auch Soldat gewesen sein. Kann stimmen. Ich gebe keine Widerworte, wenn mir jemand so etwas sagt.
Ich beschloß, ein bißchen über den Krieg nachzulesen. Ich ging in eine Bibliothek ähnlich wie diese. Ein Haus voller Bücher. Und ich kriegte heraus, dieser Zweite Weltkrieg war so schrecklich, daß sogar Adolf Hitler sich umbrachte. Stellen Sie sich vor, gerade erst war er geboren, und schon wurde es Zeit, daß er sich totschoß.
Das ist Geschichte. Sie können es selber nachlesen.
Mein Freund Syd Solomon hatte es besser getroffen als Hitler. Syd mußte nur eine Retrospektive seiner Bilder

machen. Also versuchte ich ihm ein bißchen den Rücken zu stärken, indem ich das Vorwort zu seinem Katalog schrieb.

Das ist, nebenbei, eine der schönsten Errungenschaften unsres Planeten – daß Leute sich manchmal anstrengen, andern Leuten den Rücken zu stärken.

Barbra Streisand hat das so trefflich besungen, daß es an der Fassade dieses Gebäudes neben dem Bild eines Atom-U-Boots in Bronze verewigt werden sollte: »Leute, die andre Leute brauchen, sind die glücklichsten Leute auf der Welt.«

Da ich ein Vorwort zu Syds Bildern schreiben wollte, mußte ich ihn befragen, was er nach seiner Meinung beim Malen genau mache. Er ist nämlich abstrakter Expressionist. In meinen Augen zeigen seine Bilder strahlenden Himmel, gleißendes Wetterleuchten und solche Sachen.

Und da kam für mich der große Schock. Syd war außerstande, mir zu erklären, was er machte.

Das konnte meine Hochachtung vor Syd und seiner Arbeit nicht erschüttern. Seine Bilder blieben bewundernswert und schön. Aber ich verlor meinen Glauben an die englische Sprache – übrigens bei weitem die umfangreichste Sprache der Welt. Wir haben mehr Wörter zur Verfügung als sonst jemand.

Doch angesichts von abstrakt expressionistischen Bildern verweigerte sich diese tolle Sprache dem Maler Syd und mir und allen Kunstkritikern, die ich je gelesen habe.

Die Sprache war darüber sprachlos.

Bis zu diesem Augenblick der Wahrheit hatte ich immer den Chemie-Nobelpreisträger Irving Langmuir zitiert, den ich einmal sagen hörte: »Wenn ein Mensch es nicht schafft, seine Arbeit einem Vierzehnjährigen zu erläutern, ist er ein Scharlatan.«

Das konnte ich jetzt nicht mehr glauben.

Also schrieb ich für Syds Ausstellungskatalog den üblichen prätentiösen Käse über moderne Kunst.
Vielleicht steht das hier in Ihrer Bibliothek. Lesen Sie's, wenn's Ihnen nicht den Magen umdreht.
Aber das Problem ist mir weiter im Kopf herumgegangen, und heute hab ich eine gute Nachricht. Ich bin wieder einig mit Dr. Langmuirs Satz über Scharlatane.
Ich kann in simplen Worten sagen, was Syd Solomon macht:
Er meditiert. Er schließt seine Hand, die den Pinsel führt, direkt an die tiefen, stilleren, rätselhafteren Territorien seines Geistes an und malt Bilder von dem, was er da unten sieht und empfindet.
Daher der lustvolle Schock des Wiedererkennens, wenn wir betrachten, was er gemacht hat.
Wie schön.
Ein Hoch auf Syd Solomon! Er ist abenteuerlicher und nutzbringender als alle die falschen Heiligen, die sich in tiefe Meditation versenken und dann selbstzufrieden tönen, Worte reichten nicht aus für das, was sie gesehen und empfunden haben.
Zum Teufel mit unartikulierten Meditierern! Und ein dreifaches Hoch jenen Künstlern, die's auf sich nehmen, alles zu zeigen und zu erzählen.
Da wir zur Einweihung einer Bibliothek versammelt sind, sollten wir besonders den Künstlern Beifall zollen, die man Schriftsteller nennt. Sind die nicht phantastisch? Sie behalten ihre Meditationen niemals für sich. Sondern nehmen Migräne in Kauf und Magengeschwüre, ruinieren sich das Leben und die Ehe, nur um ihr *Bestes* zu geben, nämlich alles zu zeigen und zu erzählen.
Ich habe die andre Art des Meditierens, nach der man überhaupt nichts zeigt oder erzählt, einmal richtig gelernt. Und dafür an Maharishi Mahesh Yogi achtzig Dollar bezahlt.

Maharishi gab mir ein Mantra, eine sinnlose Lautfolge, die ich mir immer wieder und wieder vorsagen sollte, während ich tiefer und tiefer in meinen eignen Geist hinabstieg. Ich mußte damals versprechen, mein Mantra keinem weiterzusagen. Es lautete: *Eiii-jiiim.*
Ich führe das mal vor. *(Er geht in Trance) Eiii-jiiim,* eiii-*jiiim, eiii-jiiim…*
(Taucht aus der Trance wieder auf) Wo bin ich? Bin ich noch vierundfünfzig? Oder bin ich jetzt achtundsechzig? Das würde mich nicht wundern.
Schluß damit. Das war die sozial unfruchtbare Form des Meditierens. Ich fühle mich ein bißchen erfrischt, aber ich wüßte nicht, was das irgend jemand anderm hier in New London oder sonstwo bringt.
Jetzt also zu der sozial fruchtbaren Form des Meditierens, die dieses Gebäude erfüllt. Wenn Schriftsteller meditieren, wählen sie keine blassen, sinnlosen Mantras, um sie immer wieder und wieder aufzusagen. Sie suchen sich Mantras, die heiß sind und Stacheln haben und vom Brutzeln und Scheppern des Lebens widerhallen. Sie peitschen alles aus ihrem Innersten heraus mit den Mantras, die sie sich wählen.
Hier ein paar Beispiele:
Krieg und Frieden.
Die Entstehung der Arten.
Die Ilias.
Verfall und Untergang des Römischen Reiches.
Kritik der reinen Vernunft.
Madame Bovary.
Leben auf dem Mississippi.
Romeo und Julia.
Die rote Tapferkeitsmedaille.
Ich wünschte mir, ich hätte Ihre Katalogkästen hier. Dann könnt ich Ihnen noch und noch literarische Mantras anführen, die unsre Welt zum Besseren verändert haben.

Zwei Worte zu *Die rote Tapferkeitsmedaille*: Dieser kurze Roman von Stephen Crane müßte eigentlich heutzutage, bei den Zweihundertjahrfeiern Amerikas, für uns ganz besonders aufschlußreich sein. Und eine andre Crane-Geschichte find ich für Amerikaner unsrer Zeit sogar noch lehrreicher. Vielleicht kennen Sie sie. Sie heißt *Das blaue Hotel*.

Im Mittelpunkt steht ein Fremder, der in unser Land kommt und einen Mord begeht. Er bildet sich ein, das sei die pure Selbstverteidigung. Denn er hat sich selber solch eine besinnungslose Angst eingeredet, daß er die Amerikaner für sehr viel gefährlicher hält, als sie wirklich sind.

Also tötet er.

Und muß dafür sterben.

Wahrscheinlich fragen inzwischen zehn Prozent von Ihnen, warum ich diese Rede »Das Nudelwerk« genannt habe. Hundert Prozent von mir geben mit Vergnügen Auskunft:

Es ist sehr einfach. Dieser Titel erkennt ausdrücklich die Tatsache an, daß die meisten Leute nicht lesen können oder, noch schlimmer, sehr wenig Spaß daran haben.

Lesen ist eine so schwierige Fertigkeit, daß wir allein darauf einen Großteil unsrer Schulzeit verwenden. Wenn wir genauso lange Schlittschuhlaufen gelernt hätten, wären wir heute alle Stars bei einer Eisrevue und keine Bücherwürmer.

Aber wir wissen, es reicht nicht, die kleinen Zeichen mit den Augen vom Papier herunterzuklauben, oder, wenn man blind ist, mit den Fingerkuppen. Nachdem wir diese Zeichen im Kopf haben, ordentlich hintereinander, müssen wir sie auch noch einkleiden – in Trübsinn oder Freude oder Stumpfheit, Liebe oder Haß, Wut oder Friedfertigkeit oder wie der Autor sie eben gekleidet sehen wollte. Wenn wir gute Leser sein möchten, müssen wir sogar Ironie erkennen – wo der Autor das eine sagt und etwas andres meint, sich also im Dienst seiner guten Sache mit Absicht selbst widerspricht.

Und wir müssen schließlich *Witze* kapieren. Gnade uns Gott, wenn wir die Witze nicht kapieren.

Also geben die meisten Leute das Lesen auf.

Und deshalb könnte dieser Bau, trotz der Festesfreude über eine neue Bibliothek in der Gegend, ebensogut ein Nudelwerk sein. Nudeln sind was Gutes. Bibliotheken sind was Gutes. Beide sind ganz neutral etwas Gutes.

Aber vielleicht dringt ja der Hauptgedanke meiner feingesponnenen Rede ins Umgangsenglisch des Connecticut College ein.

Ein Student könnte zum andern sagen: »Kommst du noch mit ein Bier trinken?«

Und der andre antwortet vielleicht: »Nein. Ich stehe kurz vorm Durchrasseln, hab ich erfahren. Wenn ich an die herzzerreißenden Opfer denke, die meine Eltern gebracht haben, um mich aufs College zu schicken, sollt ich besser noch ein paar Stunden ins Nudelwerk gehen.«

Oder ein Student stellt eine besonders dumme Frage, und der Professor sagt: »Ab mit Ihnen ins Nudelwerk, da können Sie das nachholen.«

Und so fort.

Für uns Horde von Lesern, für uns glückliche Minderheit ist dieser noble Bücher-Container aus Stein und Stahl natürlich kein gewöhnliches Nudelwerk. Da wir Bücher so lieben, ist der heutige Tag einer der erfülltesten, glücklichsten in unserm Leben.

Sind wir Narren, daß wir uns in der Epoche des Films und Fernsehens noch so für Bücher begeistern? Nicht im geringsten, denn unsre Fähigkeit, zu lesen, macht im Verein mit Bibliotheken wie dieser aus uns die freiesten aller Männer, Frauen und Kinder.

(Das ist wirklich ein *seltsames* Wort, wenn man's geschrieben sieht, f-r-e-i-e-s-t-e-n. Was bin ich froh, daß ich das nicht als Ausländer pauken muß.)

Immerhin brauchen wir, da wir Leser sind, nicht auf den Beschluß eines Medien-Moguls zu warten, wofür wir uns als nächstes interessieren und was wir darüber denken sollen. Sondern wir können uns den Kopf mit allem zwischen Aal und Zucchini vollschlagen – und zwar jederzeit, Tag und Nacht.

Vor allem aber können wir Leser, und das ist besonders magisch, enorm billig über Raum und Zeit hinweg miteinander reden. Tinte und Papier kosten kaum mehr als Wasser und Sand. Ob wir uns leisten können, dies oder das zu schreiben, braucht kein Aufsichtsrat zu beschließen. Ich selbst hab mal auf zwei Blättern Papier den Weltuntergang in Szene gesetzt – mit Unkosten von weniger als einem Penny, einschließlich Abnutzung der Schreibmaschine und Abwetzen des Hosenbodens.

Es ist kaum zu glauben.

Und jetzt vergleichen Sie das mit einem Budget von Cecil B. DeMille.

Der Film ist ja nichts als eine weitere Prothese für Leute, die irgendwie unvollständig sind. Wir leben nicht nur in der Epoche des Films, sondern auch in der Epoche der Gebisse, der Glasaugen, der Toupets, der Silikonbusen und so immer fort.

Film ist wohl das beste Rezept für Leute, die nicht lesen wollen oder können und keine Phantasie haben. Da sie sich nichts vorstellen können, zeigt man ihnen als Ersatz Schauspieler und Szenerien – mit passender Hintergrundmusik und so weiter.

Nur, noch einmal: Film ist eine schrecklich teure Form

des Geschichtenerzählens, und Fernsehen und so weiter gehört ja dazu. Außerdem: Wenn man gesunde Menschen mit zu viel Schauspielern und Szenerien berieselt, wachen sie eines schönen Morgens auf, und ihre Phantasie ist tot.
Die einzige mir bekannte Vorbeugung ist eine Bibliothek – und die Fähigkeit, zu lesen.
Lesen hält die Phantasie fit und verleitet dazu, ihre Kräfte immer weiter zu steigern.
Soviel hierzu.
Es wäre sicher angemessen, bei dieser Gelegenheit etwas Heiliges zu beschwören. Leider bin ich, Ihr Gastredner, vom Glauben her Unitarier, weiß also so gut wie nichts über heilige Dinge.
Die Sprache ist mir heilig, aber das zeigt wohl nur, wie wenig ich von Heiligem verstehe.
Literatur ist mir heilig, aber das zeigt ebenfalls, wie wenig ich von Heiligem verstehe.
Unsre Freiheit, in diesem Lande sagen und schreiben zu dürfen, was uns paßt, ist mir heilig. Das ist eine Sache, die wir selber errungen haben.
Meditation ist mir heilig, denn ich bin überzeugt, alle Geheimnisse von Existenz und Nichtexistenz stecken irgendwo in unsern Köpfen oder den Köpfen andrer Leute.
Und ich glaube fest daran, daß Lesen und Schreiben die fruchtbarsten Formen der Meditation sind, die man je entwickelt hat.
Wenn wir die Schriften der großen Geister aus früheren Zeiten lesen, meditieren wir mit unsern Köpfen und mit den ihren.
Das ist für mich ein Wunder.
Das Motto dieser noblen Bibliothek ist das Motto aller Meditierer seit Anbeginn der Zeiten: »Ruhe bitte.«
So endet meine Rede. Danke fürs Zuhören.

(1976)

Selbst-Interview

INTERVIEWER: Sie sind im Zweiten Weltkrieg Soldat gewesen?
VONNEGUT: Ja. Und ich will, wenn ich tot bin, mit militärischen Ehren begraben werden – mit Flagge überm Sarg, Hornist, zwölf Schüssen Salut und in geweihtem Boden.
INTERVIEWER: Warum?
VONNEGUT: Damit ich endlich bekomme, was ich mir immer gewünscht habe, und was ich bekommen hätte, wenn's mir geglückt wäre, mich im Krieg totschießen zu lassen.
INTERVIEWER: Nämlich?
VONNEGUT: Die uneingeschränkte Anerkennung meiner Mitwelt.
INTERVIEWER: Jetzt, meinen Sie, haben Sie die nicht?
VONNEGUT: Meine Verwandten sagen, sie seien froh, daß ich prima verdiene, aber lesen könnten sie mich einfach nicht.
INTERVIEWER: Sie waren im Krieg bei einem Spähtrupp der Infanterie?
VONNEGUT: Stimmt, aber meine Grundausbildung hatte ich an der 240-Millimeter Haubitze.
INTERVIEWER: Eine ziemlich mächtige Waffe.
VONNEGUT: Damals das größte fahrbare Geschütz des Heeres. Es wurde in sechs Einzelteilen transportiert, die jedes einen Raupenschlepper ins Schlingern brachten. Wenn wir das Ding abfeuern sollten, mußten wir's erst mal bauen. Oder praktisch neu erfinden. Wir ließen die Teile mit Kränen und Flaschenzügen aufeinander herab. Die eigentliche Granate

wog 135 Kilo. Wir bastelten eine Mini-Eisenbahn, die uns die Granate vom Boden bis zum Verschluß, der anderthalb Meter höher lag, raufschaffte. Der Verschlußblock sah aus wie eine Tresortür bei der Spar- und Darlehenskasse von, sagen wir, Peru, Indiana.

INTERVIEWER: Muß ein tolles Gefühl gewesen sein, so eine Waffe abzufeuern.

VONNEGUT: Eigentlich nicht. Wir taten also die Granate da rein, und danach Beutel mit einem sehr langsamen, geduldigen Sprengstoff. So was wie feuchter Hundekuchen. Dann schlossen wir den Verschluß und lösten einen Hammer aus, der auf eine Knallquecksilber-Kapsel schlug, die ihrerseits Funken auf den feuchten Hundekuchen sprühte. Ich denke mir, das alles sollte im Grunde nur Dampf erzeugen. Nach einer Weile hörten wir dann ein Brutzeln – als ob man einen Truthahn in der Röhre hat. Ich glaube, wir hätten gefahrlos den Verschlußblock aufmachen und die Granate mit Bratensaft begießen können. Schließlich fing die Haubitze an, unruhig zu werden. Und am Ende bäumte sie sich gegen die Rückstoßmechanik und hustete ihre Granate heraus. Die kam ins Freie geschwebt wie ein Reklame-Zeppelin. Hätten wir eine Trittleiter gehabt, wäre genug Zeit gewesen, »Fuck Hitler« draufzumalen, während sie aus der Mündung hervortrat. Hubschrauber hätten ihr nachfliegen und sie abschießen können.

INTERVIEWER: Also *die* Super-Abschreckungswaffe.

VONNEGUT: Im Deutsch-Französischen Krieg 70/71.

INTERVIEWER: Aber dann wurden Sie doch nicht mit diesem Gerät nach Europa geschickt, sondern mit der Infanteriedivision 106?

VONNEGUT: Mit der »Freßtüten-Division.« Wir haben dauernd aus Tüten gegessen. Salami-Brote. Eine Apfelsine.
INTERVIEWER: An der Front?
VONNEGUT: Als wir noch in den Staaten waren.
INTERVIEWER: Und Sie für die Infanterie ausgebildet wurden.
VONNEGUT: Ich bin dafür nie ausgebildet worden. Der Spähtrupp war nämlich eine Elitetruppe. Nur sechs Mann pro Bataillon, und niemand wußte so recht, was wir eigentlich sollten. Also trabten wir jeden Morgen in den Freizeitraum und spielten Tischtennis und füllten Anträge für die Offiziersanwärterschule aus.
INTERVIEWER: Aber während der Grundausbildung müssen Sie doch andre Waffen als die Haubitze kennengelernt haben.
VONNEGUT: Wenn man die 240-Millimeter-Haubitze lernt, hat man keine Zeit für andre Waffen. Wir hatten nicht mal Zeit für den Film über Geschlechtskrankheiten.
INTERVIEWER: Was geschah, als Sie an die Front kamen?
VONNEGUT: Ich habe Kriegsfilme nachgespielt, die ich gesehen hatte.
INTERVIEWER: Haben Sie im Krieg jemanden getötet?
VONNEGUT: Ich habe darüber nachgedacht. Einmal hatte ich schon das Bajonett aufgepflanzt und war bereit zum Vorstoß.
INTERVIEWER: Sind Sie vorgestoßen?
VONNEGUT: Nein. Wenn alle andern vorgestoßen wären, wär ich mit. Aber wir beschlossen, das lieber zu lassen. Wir konnten niemanden sehen.
INTERVIEWER: Das war bei der Ardennenschlacht 44/45, nicht? Der größten Niederlage, die Amerika je im Felde erlitten hat.

VONNEGUT: Kann sein. Mein letzter Befehl beim Spähtrupp war jedenfalls, unsre Artillerie zu suchen. Gemeinhin zieht ein Spähtrupp los, um den Feind auszukundschaften. Aber es war so schlimm geworden, daß wir uns selbst auskundschaften mußten. Wenn ich unsern Bataillonskommandeur gefunden hätte, wär ich der Held des Tages gewesen.
INTERVIEWER: Würden Sie uns Ihre Gefangennahme durch die Deutschen schildern?
VONNEGUT: Gern. Wir lagen in einem Graben, ganz wie im Ersten Weltkrieg. Rundum war alles verschneit. Jemand meinte, wir seien wahrscheinlich in Luxemburg. Wir hatten nichts zu essen.
INTERVIEWER: Was heißt »wir«?
VONNEGUT: Unser Bataillons-Spähtrupp. Alle sechs Mann hoch. Und etwa fünfzig Soldaten, die wir nicht kannten. Die Deutschen konnten uns sehen, denn sie sprachen uns über Lautsprecher an. Sie sagten, unsre Lage sei aussichtslos und so fort. In dem Moment pflanzten wir die Bajonette auf. Das war ein paar Minuten ein gutes Gefühl.
INTERVIEWER: Wie das?
VONNEGUT: Eben ein Igel zu sein, mit so vielen stählernen Stacheln. Mir tat schon im voraus jeder leid, der uns holen käme.
INTERVIEWER: Aber dann sind sie doch gekommen?
VONNEGUT: Nein. Sie beschossen uns aus Achtundachtzig-Millimeter-Geschützen. Die Granaten explodierten über uns in den Bäumen. Es war ein fürchterliches Geknalle über unsern Köpfen. Und es regnete Stahlsplitter. Ein paar wurden verwundet. Dann sagten uns die Deutschen nochmal, wir sollten rauskommen. Wir brüllten nicht »Niemals« oder so was. Wir sagten »OK«, »wir kommen schon« und so fort. Als sich die Deutschen endlich zeigten, sahen wir, sie trugen weiße

Tarnanzüge. So etwas hatten wir gar nicht. Wir trugen unsre normale Kluft. Und die war olivgrün, zu jeder Jahreszeit.

INTERVIEWER: Was haben die Deutschen gesagt?

VONNEGUT: Sie sagten, für uns sei der Krieg jetzt vorbei, wir hätten Glück. Wir würden den Krieg überleben, was bei ihnen selbst gar nicht so sicher sei. Und tatsächlich sind sie wahrscheinlich ein paar Tage später von General Pattons Dritter Armee getötet oder gefangengenommen worden. So greifen die Räder ineinander.

INTERVIEWER: Haben Sie da deutsch gesprochen?

VONNEGUT: Ich hatte meine Eltern oft deutsch sprechen hören. Aber sie hatten es mir nie beigebracht, weil im Ersten Weltkrieg in Amerika alles, was deutsch war, mit so viel Argwohn betrachtet wurde. Ich versuchte es bei der Gefangennahme mit den paar Brocken, die ich konnte, und sie fragten, ob ich von Deutschen abstamme, und ich sagte »Ja.« Da fragten sie, warum ich gegen meine Brüder Krieg führe.

INTERVIEWER: Und was haben Sie geantwortet?

VONNEGUT: Ich fand die Frage dumm und komisch. Meine Eltern hatten mich derart gründlich von meinen deutschen Wurzeln abgeschnitten, daß diese Soldaten genausogut Bolivianer oder Tibeter hätten sein können, so wenig bedeutete mir das.

INTERVIEWER: Nach Ihrer Gefangennahme wurden sie nach Dresden transportiert.

VONNEGUT: In denselben Güterwaggons, die unsre Gegner an die Front gebracht, und vielleicht denselben Güterwaggons, die Juden, Zigeuner, Zeugen Jehovas und so weiter in die Vernichtungslager geschafft hatten. Frachtgut ist eben Frachtgut. Ein paarmal wurden wir nachts von britischen Jägern angegriffen. Die glaubten wahrscheinlich, wir wären irgendwelches Kriegsmaterial. Ein Güterwaggon, in dem fast alle Offiziere unsres Bataillons saßen, kriegte einen Volltreffer ab. Und so muß ich nun jedesmal, wenn ich meinem Haß auf Offiziere Luft mache, was oft geschieht, daran denken, daß praktisch kein Offizier, unter dem ich gedient habe, am Leben geblieben ist. Irgendwann in diesen Tagen war Weihnachten.

INTERVIEWER: Und so kamen Sie schließlich nach Dresden.

VONNEGUT: Zuerst in ein großes Gefangenenlager im Süden der Stadt. Da wurden die Soldaten von Mannschaftsdienstgraden und Offizieren getrennt. Nach der Genfer Konvention, einem typischen Dokument des neunzehnten Jahrhunderts, müssen einfache Soldaten nämlich für Unterbringung und Verpflegung arbeiten. Alle andern dagegen dürfen im Kerker schmachten. Als einfacher Soldat wurde ich in die Stadt verlegt.

INTERVIEWER: Was war Ihr Eindruck von Dresden, ehe es bombardiert wurde?

VONNEGUT: Es war die erste wirkliche Residenzstadt, die ich zu sehen kriegte. Überall Statuen, und mehrere Zoos, wie in Paris. Wir waren auf dem Schlachthof untergebracht, in nagelneuen, aus Zementblöcken gebauten Schweine-Stallungen. Dort bekamen wir Etagenbetten mit Strohsäcken und zogen jeden Morgen als Leiharbeiter in eine Fabrik, die Malz-Sirup herstellte. Der Sirup war für schwangere Frauen. Oft heulten die verfluchten Sirenen, und dann hörten wir, wie's andre Städte erwischte – *rumms, rumms, rumms-rumms-rumms*. Wir waren nicht darauf gefaßt, selber Ziel zu werden. Dresden hatte sehr wenig Luftschutzräume und keinerlei Kriegsindustrie, nur Zigarettenfabriken, Krankenhäuser, Klarinetten-Manufakturen und so. Und dann, am 13. Februar 1945, heulten die Sirenen, und wir liefen ins Fleischlager runter, zwei Stockwerke unter der Erde. Da war es kühl, und überall hingen Tierhälften. Als wir wieder raufkamen, war die Stadt verschwunden.

INTERVIEWER: Sind Sie in dem Kühlraum nicht erstickt?

VONNEGUT: Nein. Er war ziemlich groß, und wir ja nur ein paar Mann. Auch der Bombenangriff hörte sich nach nichts Besonderem an. *Rumms.* Die Flugzeuge warfen erstmal Sprengbomben, um alles aufzumischen, und dann übersäten sie die Stadt mit Brandbomben. Die waren bei Kriegsanfang ziemlich groß gewesen, so wie Schuhkartons. Um die Zeit, als Dresden an die Reihe kam, waren es winzige Dinger. Sie brannten die ganze Stadt nieder.

INTERVIEWER: Was passierte, als Sie wieder raufkamen?

VONNEGUT: Unsre Bewacher waren Mannschaftsdienstgrade – ein Feldwebel, ein Unteroffizier und vier Soldaten –, die plötzlich führerlos geworden waren. Und heimatlos, denn alle stammten aus Dresden, hatten an der Front etwas abgekriegt und taten nun leichteren Heimatdienst. Sie ließen uns erst mal ein paar Stunden angetreten herumstehen. Was Besseres fiel ihnen nicht ein. Sie steckten die Köpfe zusammen und berieten. Schließlich liefen sie mit uns durch die Trümmer und brachten uns bei Südafrikanern in einem Vorort unter. Von dort zogen wir nun täglich in die Stadt und schaufelten die Luftschutzräume und Keller frei, um die Leichen rauszuholen – eine Hygienemaßnahme. Wenn wir in so einen Luftschutzraum reinkamen, meist ein ganz gewöhnlicher Keller, sah das aus wie in einer vollen Straßenbahn, deren Fahrgäste gleichzeitig einen Herzschlag hatten. Da saßen Leute auf Stühlen und Bänken und waren tot. Ein Feuersturm ist schon etwas Erstaunliches. In der Natur kommt er nicht vor. So richtig angefacht werden die

Flammen nämlich durch die Luftwirbel, die mittendrin entstehen, und dadurch ist plötzlich alle Atemluft weg. Wir schleppten die Toten raus. Sie wurden auf Lastwagen in die Parks gebracht, auf große Grünflächen, die nicht von Trümmern übersät waren. Dort hielten die Deutschen mehrere Scheiterhaufen in Gang, auf denen sie die Leichen verbrannten, ehe sie zu stinken begannen und Krankheiten verbreiteten. Unter den Trümmern lagen 130 000 Tote. Es war eine schrecklich mühselige Ostereier-Suche. Wir gingen zur Arbeit durch mehrere Sperren deutscher Soldaten. Die Bevölkerung kriegte nichts davon zu sehen. Aber nach ein paar Tagen fing die Stadt doch an zu stinken, und da erfanden sie eine neue Technik. Not macht erfinderisch. Wir brachen den Luftschutzraum auf, nahmen den Leuten die Wertsachen vom Schoß, ohne uns mit der Identifizierung aufzuhalten, und gaben die Wertsachen bei den Wachen ab. Dann kamen Soldaten mit Flammenwerfern, stellten sich in den Eingang und äscherten die Leute im Keller ein. Gold und Schmuck raus, und dann alle abgefackelt.
INTERVIEWER: Was für Eindrücke für einen angehenden Schriftsteller!
VONNEGUT: Ein ungewöhnlicher und sehr aufwühlender Anblick. Und ein Augenblick der Wahrheit, weil die amerikanische Bevölkerung und wir Infanteristen keine Ahnung hatten, daß unsre Luftwaffe Flächenbombardements machte. Das wurde bis kurz vor Kriegsende geheimgehalten. Einer der Gründe für die Vernichtung von Dresden war sicher, daß alles andre längst niedergebrannt war. Nach dem Motto, »Was tun wir heute abend?« Man war gerüstet, und Deutschland wehrte sich noch immer, also wurde die Maschinerie zur Verbrennung von Städten angeworfen. Trotzdem sollte geheimbleiben, daß Städte abgebrannt, Nachttöpfe verkocht und Kinderwagen einge-

äschert wurden. Dazu gehörte auch der Hokuspokus über moderne Bombenzielgeräte. In der Wochenschau hatten unsre Piloten immer Maschinengewehre rechts und links und eine entsicherte Fünfundvierziger in der Hand. Diese Art von Unfug. Und zum Teufel, in Wahrheit flogen sie mit Hunderten von Flugzeugen über Städte und schmissen einfach alles darauf, was sie hatten. Als ich mich nach dem Krieg in der Universität Chicago einschrieb, war der Mann, der mit mir das Zulassungsgespräch führte, einer der Dresdener Bomberpiloten gewesen. Als wir auf diesen Teil meines Lebenslaufs kamen, sagte er, »Das ist uns verdammt hart angekommen.« Diese Bemerkung hab ich behalten.

INTERVIEWER: Die üblichere war wohl, »Wir hatten den Befehl dazu.«

VONNEGUT: Da reagierte mein Gesprächspartner humaner. Er fand die Bombardierung, glaub ich, notwendig, und das war sie vielleicht auch. Aber eins haben wir alle daraus gelernt – wie schnell man eine Stadt wieder aufbauen kann. Die Ingenieure meinten, das würde in Deutschland 500 Jahre dauern. Tatsächlich brauchte es etwa 18 Wochen.

INTERVIEWER: Nahmen Sie sich gleich nach dieser Erfahrung vor, darüber zu schreiben?

VONNEGUT: Als die Stadt zerstört war, hatte ich keine Ahnung vom Ausmaß der Sache ... Ob es auch in Bremen so aussah, oder in Hamburg oder Coventry ... Ich kannte Coventry nicht, also war mein Maßstab nur das, was ich im Kino gesehen hatte. Nach meiner Rückkehr (schon als Schriftsteller, denn ich hatte ja für die Studentenzeitung *Cornell Sun* geschrieben – mehr allerdings nicht) erwog ich ernsthaft, auch meine Kriegserinnerungen zu schreiben. All meine Freunde waren wieder da, sie hatten ebenfalls abenteuerliche Dinge erlebt. So ging ich ins Archiv der *Indianapolis News* und sah nach, was sie über Dresden hatten. Es war eine Meldung von fünf oder sechs Zeilen: Unsre Flugzeuge waren über Dresden gewesen und zwei von ihnen abgeschossen worden. Also dachte ich mir, das sei wohl doch ein eher nebensächliches Ereignis des Zweiten Weltkriegs gewesen. Andre Leute hatten mehr zu erzählen. Ich weiß noch, wie sehr ich Andy Rooney beneidete, der damals groß herauskam; ich kannte ihn nicht persönlich, aber er brachte als erster seine Kriegserlebnisse als Buch auf den Markt, es hieß *Tail Gunner*. Verflixt nochmal, solche Klasse-Abenteuer hatte ich nicht erlebt. Aber ich traf dann immer mal wieder Europäer, und wir sprachen vom Krieg, und ich erzählte, daß ich in Dresden gewesen war; sie waren meist überrascht und wollten mehr von mir hören. Dann kam David Irvings Buch über Dresden heraus, und darin stand, Dresden sei das größte Massaker der europäischen Geschichte gewesen. Da sagte ich mir: Bei Gott, ich habe doch was gesehen! Folglich würd ich meine Kriegsgeschichte schreiben und, egal, ob sie interessant war oder nicht, versuchen, das Beste draus zu machen. Am Anfang von *Schlachthof 5* schildre ich diesen Vorgang ein bißchen. Ich hatte mir in den Kopf gesetzt, John Wayne und Frank Sinatra müßten die Helden sein. Aber schließlich sagte mir Mary O'Hare, die Frau eines Freundes, der mit mir drüben gewesen war, »Ihr wart doch noch Kinder. Es ist unfair, wenn du so tust, als wärt ihr Männer wie Wayne und Sinatra gewesen, und unfair auch gegenüber künftigen Generationen, weil dann der Krieg unweigerlich wie etwas Gutes aussieht.« Das war ein entscheidender Tip.

INTERVIEWER: Der den Gesichtspunkt zurechtrückte ...

VONNEGUT: Und mir den Blick freimachte, uns als Kinder von 17, 18, 19, 20, 21 zu sehen. Wir hatten

Milchgesichter, als Kriegsgefangener brauchte ich mich kaum zu rasieren. Soweit ich mich entsinne, war das nie ein Problem.
INTERVIEWER: Noch eine Frage: Denken Sie mitunter noch an Dresden und seine Vernichtung?
VONNEGUT: Ich hab ein Buch drüber geschrieben, *Schlachthof 5*. Das Buch wird dauernd wieder aufgelegt, und so bin ich geschäftlich immer mal damit befaßt. Marcel Ophüls bat mich, in seinem Film *Nicht schuldig* mitzumachen. Ich sollte über die Schändlichkeit der Bombardierung von Dresden aussagen. Ich verwies ihn an Marys Mann, Bernard V. O'Hare, den er dann auch ansprach. O'Hare war mit mir im Spähtrupp und in Gefangenschaft gewesen. Er arbeitet als Anwalt in Pennsylvania.
INTERVIEWER: Warum wollten Sie nicht selber Zeugnis ablegen?
VONNEGUT: Weil ich einen deutschen Namen habe. Ich wollte mich nicht mit Leuten streiten, die meinen, Dresden habe völlig zerbombt werden müssen. In meinem Buch sag ich nur, daß Dresden völlig zerbombt wurde.
INTERVIEWER: War es das größte Massaker der europäischen Geschichte?
VONNEGUT: Es war die schnellste Tötung einer riesigen Zahl von Menschen – einhundertfünfunddreißigtausend in ein paar Stunden. Aber es gab ja auch langsamere Arten des Tötens.
INTERVIEWER: Die Vernichtungslager.
VONNEGUT: Ja – in denen schließlich Millionen ermordet wurden. Viele Menschen betrachten das Massaker von Dresden als gerechte und eher maßvolle Rache für die Greuel in den Lagern. Mag ja sein. Ich streite mich, wie gesagt, darüber nie. Ich merke allerdings an, daß in Dresden die Todesstrafe über schlechthin jeden verhängt wurde, der gerade in der unver-

teidigten Stadt war – Kleinkinder, alte Leute, die Tiere in den Zoos, natürlich Tausende von Nazi-Berserkern und zum Beispiel meinen Freund Bernard V. O'Hare und mich. Von Rechts wegen hätten O'Hare und ich in die Totenstatistik gehört. Je mehr Leichen, um so vollkommener die Rache.

INTERVIEWER: Bei Franklin kommt gerade eine Luxusausgabe von *Schlachthof 5* heraus ...

VONNEGUT: Ja. Und die haben mich um ein neues Vorwort dazu gebeten.

INTERVIEWER: Ist Ihnen Neues dazu eingefallen?

VONNEGUT: Ich argumentiere, daß nur ein einziger Mann auf dem ganzen Planeten aus dieser Bombardierung, die viele Millionen Dollar gekostet hat, Nutzen zog. Die Bombardierung hat den Krieg um keine Sekunde verkürzt, weder die deutsche Verteidigung geschwächt, noch irgend etwas Strategisches angegriffen, und erst recht keinen einzigen Menschen aus den Vernichtungslagern gerettet. Nur ein Mann, nicht fünf oder zehn, hatte den Nutzen. Nur einer.

INTERVIEWER: Und wer war das?

VONNEGUT: Ich. Ich habe drei Dollar für jeden getöteten Dresdener eingenommen. Stellen Sie sich das vor.

INTERVIEWER: Inwieweit fühlen Sie sich mit Ihren Zeitgenossen verbunden?

VONNEGUT: Mit meinen Autoren-Kollegen und -Kolleginnen? Freundschaftlich jedenfalls. Aber mit manchen komm ich nur schwer zu Rande, als arbeiteten wir in ganz verschiedenen Branchen. Das war mir eine Zeitlang ein Rätsel, aber dann sagte Saul Steinberg ...

INTERVIEWER: Der Zeichner?

VONNEGUT: Ja. Er sagte, es gebe in allen Künsten Leute, die stark auf die jeweilige Kunstgeschichte reagieren, auf die Triumphe und Pleiten und Experimente

der Vergangenheit, und andre, denen das gleichgültig sei. Ich gehöre zur zweiten Gruppe, muß ich wohl. Ich kann keine Spielchen mit meinen literarischen Ahnen spielen, weil ich sie nie systematisch studiert habe. Ich wurde an der Cornell-Universität zum Chemiker, und dann in Chicago zum Anthropologen ausgebildet. Mein Gott, ich mußte fünfunddreißig werden, bis ich mich für William Blake begeisterte, vierzig, bis ich *Madame Bovary* las, fünfundvierzig, bis ich von Céline wenigstens hörte. Es war der pure Zufall, daß ich *Schau heimwärts, Engel* genau im richtigen Alter las.
INTERVIEWER: Wann?
VONNEGUT: Mit achtzehn.
INTERVIEWER: Also haben Sie schon immer viel gelesen?
VONNEGUT: Ja. Ich wuchs in einem Haus auf, das von Büchern überquoll. Aber ich mußte nie ein Buch als akademische Hausaufgabe lesen, nie etwas darüber schreiben, nie in einem Seminar beweisen, daß ich's kapiert hatte. Ich bin in Gesprächen über Bücher hoffnungslos ungeschickt. Darin hab ich überhaupt keine Erfahrung.
INTERVIEWER: Wer aus Ihrer Familie hat Sie als Schriftsteller am stärksten beeinflußt?
VONNEGUT: Wahrscheinlich meine Mutter, Edith Lieber Vonnegut. Als unsre Familie in der Wirtschaftskrise das ganze Geld verloren hatte, überlegte sich meine Mutter, sie könne vielleicht ein Vermögen verdienen, wenn sie für die Glanzpapier-Zeitschriften schrieb. Also nahm sie abends Kurse im Kurzgeschichtenschreiben. Und studierte die Zeitschriften wie ein Wettbegeisterter die Renntabellen.
INTERVIEWER: War sie denn einmal reich gewesen?
VONNEGUT: Mein Vater, ein Architekt mit bescheidenem Einkommen, hatte eines der reichsten

Mädchen der Stadt geheiratet. Es war Brauerei-Vermögen und stammte vom *Lieber Lager Beer* und dem *Gold Medal Beer. Lieber Lager* wurde zu *Gold Medal,* nachdem es auf einer Ausstellung in Paris den Preis bekommen hatte.

INTERVIEWER: Muß ein sehr gutes Bier gewesen sein.

VONNEGUT: Lange vor meiner Zeit. Ich hab es nie zu probieren gekriegt. Aber es hatte, das weiß ich, einen geheimen Zusatz. Mein Großvater und sein Braumeister schickten alle raus, wenn sie ihn dazukippten.

INTERVIEWER: Wissen Sie, was es war?

VONNEGUT: Kaffee.

INTERVIEWER: So studierte Ihre Mutter also das Schreiben von Kurzgeschichten?

VONNEGUT: Und mein Vater malte Bilder, in einem Atelier, das er sich oben im Haus eingerichtet hatte. Während der Wirtschaftskrise gab es für Architekten nicht viel zu tun – eigentlich für niemanden. Aber komischerweise hatte meine Mutter in einem recht: Sogar mittelmäßige Autoren verdienten bei Zeitschriften das Geld scheffelweise.

INTERVIEWER: Also hatte Ihre Mutter eine sehr praktische Einstellung zum Schreiben.

VONNEGUT: Um nicht zu sagen grob-materialistisch. Dabei war sie hochintelligent und eine sehr kultivierte Frau. Sie war auf derselben Oberschule gewesen wie ich später, und sie kriegte als eine von wenigen die ganze Zeit immer nur beste Zensuren. Danach ging sie auf ein feines Mädchen-College, und dann reiste sie kreuz und quer durch Europa. Sie sprach fließend Deutsch und Französisch. Ich habe noch irgendwo ihre Zeugnisse – dauernd nur beste Zensuren. Sie schrieb, wie sich zeigte, richtig gut, aber sie hatte kein Händchen fürs Vulgäre, das die Glanzpapier-Zeitschriften erwarteten. Zum Glück hatte ich davon mehr als genug und konnte so, als ich älter wurde, ihren Traum verwirklichen. Für *Collier's* und die *Saturday Evening Post* und *Cosmopolitan* und *Ladies' Home Journal* zu schreiben, das fiel mir leicht wie das Brezelbacken. Ich wünschte mir nur, sie hätte das erlebt. Ich wünschte mir auch, sie hätte noch all ihre Enkel erlebt. Sie hat zehn. Und nicht mal den ersten gesehen. Und dann hab ich noch einen Traum von ihr verwirklicht, nämlich viele Jahre auf Cape Cod gelebt. Sie hatte immer auf Cape Cod leben wollen. Es ist wohl gar nicht selten, daß Söhne versuchen, die unmöglichen Träume ihrer Mütter zu verwirklichen. Ich habe die Söhne meiner Schwester adoptiert, als sie starb, und es ist schon unheimlich, wie sie deren unmögliche Träume verwirklichen wollen.

INTERVIEWER: Wovon hat Ihre Schwester geträumt?

VONNEGUT: Sie wollte leben wie im *Schweizerischen Robinson* – unter unmöglich friedlichen Tieren in einer unmöglich glücklichen Einsamkeit. Ihr ältester Sohn Jim lebt jetzt seit acht Jahren mit seiner Ziegenherde auf einem Berggipfel in Jamaika. Ohne Telefon. Ohne Strom.

INTERVIEWER: Auf der Oberschule, die Sie und Ihre Mutter in Indianapolis besucht haben …

VONNEGUT: Mein Vater ebenfalls, es war Shortridge.

INTERVIEWER: Da kam, hab ich gehört, eine richtige Tageszeitung heraus.

VONNEGUT: Ja. Das *Shortridge Daily Echo*. Die Druckerei war in der Schule. Schüler schrieben die Artikel. Schüler setzten den Text. Nach dem Unterricht.

INTERVIEWER: Sie haben gerade über etwas gelacht.

VONNEGUT: Eine alberne Sache, die mir von damals eingefallen ist. Sie hat nichts mit der Schriftstellerei zu tun.

INTERVIEWER: Würden Sie sie trotzdem erzählen?
VONNEGUT: Na schön. Mir fiel eben etwas ein, was in unserm Kurs über Staatsbürgerkunde passiert ist. Die Lehrerin hatte uns gesagt, wir sollten jetzt einer nach dem andern aufstehen und erzählen, was wir nach der Schule machten. Ich saß hinten in der Klasse neben einem Jungen namens J.T. Alburger. Er wurde später Versicherungsmann in Los Angeles und ist kürzlich gestorben. Also, er schubste und drängte und forderte mich heraus, die ganze Wahrheit zu sagen. Er bot mir fünf Dollar, wenn ich aufstand und sagte: »Ich bastle Modellflugzeuge und wichse.«
INTERVIEWER: Aha.
VONNEGUT: Und ich arbeitete fürs *Shortridge Daily Echo*.
INTERVIEWER: Hat das Spaß gemacht?
VONNEGUT: Ja. Und es war leicht. Mir ist Schreiben immer leichtgefallen. Außerdem lernte ich, für meinesgleichen zu schreiben, nicht für Lehrer. Die meisten Anfänger haben nie die Chance, für ihresgleichen zu schreiben und von ihnen die Hölle heiß gemacht zu kriegen.
INTERVIEWER: So gingen Sie also jeden Nachmittag ins Büro des *Echo* ...
VONNEGUT: Ja. Und einmal, als ich beim Schreiben saß, ganz in Gedanken, schnüffelte ich an meiner Achselhöhle. Das haben ein paar Mitschüler beobachtet, fanden es komisch, und seitdem hatte ich den Spitznamen »Snarf«. Im Jahrbuch meiner Abschlußklasse von 1940 bin ich als »Kurt Snarfield Vonnegut jun.« aufgeführt. Dabei war ich im strengen Sinne gar kein Snarf. Ein Snarf schnüffelt an den Sätteln von Mädchen-Fahrrädern. Das tat ich nicht. »Twerp« hatte damals auch eine präzise Bedeutung, die heute keiner mehr kennt. Durch sorglosen Gebrauch ist Twerp zu einem allgemeinen Schimpfwort verblaßt.

INTERVIEWER: Und was ist ein Twerp im strengen und ursprünglichen Sinne?
VONNEGUT: Jemand, der sich ein künstliches Gebiß zwischen die Arschbacken klemmt.
INTERVIEWER: Aha.
VONNEGUT: Verzeihung ... der oder *die* sich das zwischen die Arschbacken klemmt. So zieh ich mir dauernd den Zorn von Feministinnen zu.
INTERVIEWER: Ich versteh nur nicht ganz, warum das jemand mit einem künstlichen Gebiß macht.
VONNEGUT: Um damit auf der Rückbank eines Taxis die Polsterknöpfe abzubeißen. Das ist der einzige Beweggrund für Twerps. Das allein macht sie heiß.
INTERVIEWER: Von Shortridge kamen Sie dann an die Cornell-Universität?
VONNEGUT: Kann ich mir vorstellen.
INTERVIEWER: Können Sie sich vorstellen?
VONNEGUT: Ich hatte einen Freund, der ein großer Säufer war. Wenn den jemand fragte, ob er gestern abend wieder voll gewesen sei, sagte er entwaffnend: »Oh, das kann ich mir vorstellen.« Die Antwort gefällt mir. Sie gibt zu, daß das Leben ein Traum ist. Cornell war ein beduselter Traum, zum Teil durch den Fusel, und zum andern, weil ich in lauter Kursen eingeschrieben war, für die ich kein Talent hatte. Mein Vater war mit meinem Bruder übereingekommen, ich solle Chemie studieren, nachdem mein Bruder am MIT mit Chemikalien Karriere machte. Er ist acht Jahre älter als ich. Und komischer. Er ist berühmt für die Entdeckung, daß Silberjodid manchmal Regen- oder Schneefall auslösen kann.
INTERVIEWER: War Ihre Schwester auch komisch?
VONNEGUT: O ja. Aber ihre Komik hatte einen merkwürdig grausamen Zug, der nicht so recht zu ihrem sonstigen Wesen paßte. Sie fand es überaus

komisch, wenn jemand auf die Nase fiel. Einmal sah sie, wie eine Frau waagerecht aus der Straßenbahn segelte, und lachte wochenlang darüber.

INTERVIEWER: Waagerecht?

VONNEGUT: Ja. Die Frau muß sich irgendwo mit dem Absatz verfangen haben. Jedenfalls öffnete sich die Tür der Straßenbahn, als meine Schwester gerade vom Bürgersteig aus hinsah, und da kam diese Frau waagerecht heraus – bolzengerade, Gesicht nach unten und einen halben Meter über dem Boden.

INTERVIEWER: Slapstick?

VONNEGUT: Natürlich. Wir liebten Laurel und Hardy. Kennen Sie eine der komischsten Sachen, die in einem Film passieren kann?

INTERVIEWER: Nein.

VONNEGUT: Wenn jemand durch etwas hindurchläuft, das wie eine flache Pfütze aussieht, aber in Wirklichkeit ist es zwei Meter tief. Ich sehe noch eine Filmszene vor mir, wo Cary Grant nachts über einen Rasen hastet. Dabei kommt er an eine niedrige Hecke und nimmt sie mit einem eleganten Satz, nur daß es auf der andern Seite acht Meter runterging. Was uns beiden im Kino aber den größten Spaß machte, das waren die Szenen, wo jemand allen Anwesenden gründlich die Meinung sagt und türenknallend abgeht – in den Garderobenschrank. Da mußte er natürlich wieder rauskommen, total in Mäntel und Schals verknotet.

INTERVIEWER: Haben Sie in Cornell einen Abschluß in Chemie gemacht?

VONNEGUT: Nein. Um die Mitte meines zweiten Studienjahrs war ich praktisch überall durchgefallen. Ich war heilfroh, zum Militär zu kommen. Nach dem Krieg ging ich dann auf die Universität Chicago, wo ich mit viel Freude Anthropologie studierte, eine Wissenschaft, die meistenteils Poesie ist und kaum was mit Mathematik zu tun hat. Da war ich schon verheiratet, und wir hatten bald einen Sohn, Mark. Er wurde später verrückt und schrieb darüber ein sehr gutes Buch – *The Eden Express*. Er ist gerade selbst Vater geworden, und jetzt hab ich meinen ersten Enkelsohn, Zachary. Mark macht zur Zeit sein Vordiplom auf der Harvard Medical School und dürfte der einzige seines Jahrgangs sein, der am Ende nicht über die Ohren verschuldet ist – er hat die Bucheinnahmen. Das, find ich, ist eine sehr ordentliche Genesung von einem Zusammenbruch.

INTERVIEWER: Hat das Studium der Anthropologie auf Ihre Schriftstellerei abgefärbt?

VONNEGUT: Es hat in mir den Atheismus untermauert, der ohnehin der Glaube meiner Vorväter war. Religionen wurden uns vorgestellt und als das studiert, was sie nach meiner Meinung sind – Verdummungs-Strategien. Wir wurden davon abgehalten, eine Kultur über eine andre zu setzen. Wir wurden scharf getadelt, wenn wir von Rassen sprachen. Es war höchst idealistisch.

INTERVIEWER: Fast eine Religion?

VONNEGUT: Genau. Und für mich die einzige. Bis dahin.

INTERVIEWER: Was war Ihre Dissertation?

VONNEGUT: *Katzenwiege*.

INTERVIEWER: Aber das haben Sie doch erst viele Jahre nach Chicago geschrieben.

VONNEGUT: Ich bin von Chicago ohne Dissertation abgegangen, ohne akademischen Abschluß. Meine Ideen für Dissertationen hatten keine Gnade gefunden, ich war pleite, und so nahm ich einen Job als PR-Mann bei General Electric an, in Schenectady. Zwanzig Jahre später kriegte ich Post von einem neuen Dekan in Chicago, der meine Akte durchgesehen hatte. Laut Satzung der Universität, schrieb er, könne ein publiziertes Werk von Rang an die Stelle einer Dissertation treten, und ich bekäme meinen M.A. dafür. Er habe *Katzen-*

wiege der Anthropologie-Abteilung vorgelegt, und die hätten gesagt, es sei anthropologisch recht ordentlich. Folglich käme mein akademischer Grad nun mit der Post. Dadurch geriet ich in den Abgangs-Jahrgang 1972 oder so.

INTERVIEWER: Gratuliere.

VONNEGUT: Danke, war keine Hexerei. Eigentlich ein Klacks.

INTERVIEWER: Einige Figuren aus *Katzenwiege* gehen auf Leute zurück, die Sie bei General Electric kennengelernt haben, nicht wahr?

VONNEGUT: Dr. Felix Hoenikker, der zerstreute Professor, war eine Karikatur von Dr. Irving Langmuir, dem Star des Entwicklungslabors. Ich kannte ihn ganz gut. Mein Bruder arbeitete mit ihm zusammen. Langmuir war herrlich zerstreut. Einmal rätselte er laut darüber, ob sich bei Schildkröten, wenn sie den Kopf einziehen, das Rückgrat krümmt oder zusammenzieht. Das hab ich im Buch benutzt. Ein andermal ließ er seiner Frau, die ihm zu Hause das Frühstück gemacht hatte, ein Trinkgeld auf dem Tisch. Steht auch drin. Sein wichtigster Beitrag zu meinem Buch war aber das, was ich »Eis 9« genannt habe – eine Form von gefrorenem Wasser, die bei Zimmertemperatur fest bleibt. Er hat mir nicht selbst davon erzählt. Die Eis-Idee war eine Legende im Labor – schon als H. G. Wells nach Schenectady kam. Lange vor meiner Zeit. Ich war da noch ein Schuljunge, der Radio hörte, Modellflugzeuge bastelte ...

INTERVIEWER: Ja?

VONNEGUT: Jedenfalls kam Wells nach Schenectady, und Langmuir sollte sich um ihn kümmern. Langmuir dachte, er könne Wells mit der Idee zu einer Science-Fiction-Geschichte eine Freude machen – über ein Eis, das bei Zimmertemperatur fest bleibt. Wells hatte aber kein Interesse, zumindest machte er nie was daraus. Und dann starb Wells, und auch Langmuir. Ich dachte mir: »Nur was man hat, hat man. Jetzt gehört die Idee mir.« Übrigens war Langmuir der erste Forscher aus der Privatwirtschaft, der einen Nobelpreis gekriegt hat.

INTERVIEWER: Was haben Sie empfunden, als Saul Bellow den Nobelpreis für Literatur bekam?

VONNEGUT: Es war die bestmögliche Art, unsre ganze Literatur zu ehren.

INTERVIEWER: Können Sie mit ihm zu Rande kommen?

VONNEGUT: Ja, gut. Ich hatte dreimal die Gelegenheit. Einmal war ich sein Gastgeber, an der Universität Iowa, wo ich unterrichtete und er einen Vortrag hielt. Das ist prima gelaufen. Wir hatten ja eines gemeinsam ...

INTERVIEWER: Und das war?

VONNEGUT: Daß wir an der Universität Chicago Anthropologie studiert hatten. Soweit ich weiß, ist er nie auf eine anthropologische Expedition gegangen, ich auch nicht. Wir haben statt dessen vorindustrielle Völker erfunden – ich in *Katzenwiege* und er in *Der Regenkönig*.

INTERVIEWER: Wissenschaftler unter sich.

VONNEGUT: Ich bin kein Wissenschaftler. Aber ich bin froh und dankbar, daß mein Vater und mein Bruder mich in die Wissenschaft hineingedrängt haben. Ich verstehe nun, wie dort Überlegungen und Albernheiten funktionieren, auch wenn mir zum Mithalten das Talent fehlt. Ich bin gern unter Wissenschaftlern und find es aufregend und unterhaltsam, wenn sie von ihrer Arbeit sprechen. Ich habe viel mehr Zeit mit Wissenschaftlern verbracht – meist den Freunden meines Bruders – als mit Literaten. Ich bin auch gern unter Klempnern und Schreinern und Automechanikern. Mit Literaten wurde ich erst in den letzten zehn Jahren

bekannt, das ging los, als ich zwei Jahre in Iowa unterrichtete. Da war ich plötzlich mit Nelson Algren befreundet, mit José Donoso und Vance Bourjaily und Donald Justice und George Starbuck und Marvin Bell und so fort. Ich geriet ganz aus dem Häuschen. Doch jetzt, nach den Kritiken, die mein neuestes Buch, *Slapstick,* bekommen hat, will man mich offensichtlich wieder aus dem literarischen Establishment rausschmeißen – ich soll mich dahin verkrümeln, wo ich hergekommen bin.
INTERVIEWER: Es gab schlechte Kritiken?
VONNEGUT: Nur in der *New York Times, in Time, Newsweek, The New York Review of Books, The Village Voice* und *Rolling Stone*. In Paris, Texas, mochten sie mich weiter.
INTERVIEWER: Worauf kann diese einhellige Hatz beruhen?
VONNEGUT: Vielleicht ist *Slapstick* wirklich ein schlechtes Buch. Damit könnt ich leben. Die meisten Leute schreiben saumäßige Bücher, warum nicht ich auch? Doch das Ungewöhnliche an den Kritiken war, daß sie alle Welt zu dem Eingeständnis aufriefen, ich hätte niemals etwas getaugt. Der Kritiker der *Times* forderte seine Kollegen, die mich früher gelobt hatten, explizit auf, öffentlich zuzugeben, wie verkehrt das war. Mein Verleger Sam Lawrence versuchte mich zu trösten und erzählte, Autoren kämen unausbleiblich unter Beschuß, sobald sie richtig satt verdienen.
INTERVIEWER: Brauchten Sie denn Trost?
VONNEGUT: Ich hatte mich lange nicht so elend gefühlt. Als steckte ich nochmal in einem deutschen Güterwaggon und müßte im Stehen schlafen.
INTERVIEWER: So schlimm?
VONNEGUT: Nein. Aber schlimm genug. Plötzlich wollten die Kritiker mich wie Ungeziefer zerquetschen. Und nicht allein, weil ich auf einmal viel Geld hatte.

Der unterschwellige Vorwurf lautete, ich sei ein Barbar und schreibe drauflos, ohne die Großen der Literatur ordentlich studiert zu haben; ich sei kein feiner Mann, wenn ich so ungeniert vulgäre Zeitschriften mit Lesefutter beliefere; und ich hätte ja nicht mal die akademische Ochsentour gemacht.

INTERVIEWER: Kurz, Sie hätten nicht genug gelitten.

VONNEGUT: Dabei hab ich gelitten – als wenig Gebildeter in vulgärer Gesellschaft und krassen Geschäftsbetrieben. Es war schon schuftig genug, daß ich die Kunst um des Mammons willen verriet. Und dann hatte ich auf die Untat noch eins draufgesetzt und war, wie gesagt, echt reich geworden. Na, da haben wir eben alle Pech gehabt. Jedes meiner Bücher ist lieferbar, also wird man mit mir und meinen Büchern leben müssen.

INTERVIEWER: Schlagen Sie auch zurück?

VONNEGUT: Auf meine Art. Ich bin vom Kunstrat des Staates New York in den Vorstand berufen worden, und wenn jetzt einer der andern vorschlägt, Ausschreibungen für Literatur an die Englisch-Abteilungen zu schicken, sag ich: »Schickt sie an die Abteilungen für Chemie und Anthropologie und Astronomie und Physik und Jura und Medizin. Da sitzen viel eher die Schreibtalente.«

INTERVIEWER: Glauben Sie das wirklich?

VONNEGUT: Ich bin überzeugt, es wäre höchst erfrischend, wenn ein Verfasser von Literatur etwas andres im Kopf hat als die bisherige Literatur. Literatur sollte sich nicht selbst in den Hintern kriechen, mein ich.

INTERVIEWER: Reden wir über die Frauengestalten in Ihren Büchern.

VONNEGUT: Die gibt es nicht. Keine echten Frauen. Keine Liebe.

INTERVIEWER: Sollte das vielleicht näher erläutert werden?

VONNEGUT: Es ist ein technisches Problem. Sehr vieles von dem, was beim Geschichtenerzählen passiert, ist technischer Art und hängt mit der Mechanik zusammen, nach der die Geschichte abläuft. Cowboy-Geschichten und Action-Krimis enden zum Beispiel mit der Schießerei, weil die der einzig verläßliche Mechanismus ist, um solche Geschichten zu Ende zu bringen. Es geht nichts über den Tod, wenn man etwas so Künstliches wie »Ende« sagen muß. Ich bemühe mich, tiefere Liebe aus meinen Geschichten herauszuhalten, denn wenn dies spezielle Thema anklingt, ist es schier unmöglich, noch etwas andres zu sagen. Die Leser wollen nichts sonst mehr hören. Sie sind närrisch nach Liebe. Und sobald der Liebende seine Geliebte gekriegt hat, ist Schluß mit der Geschichte, selbst wenn der Dritte Weltkrieg ausbricht und der Himmel schwarz ist von fliegenden Untertassen.
INTERVIEWER: Deshalb sorgen Sie dafür, daß die Liebe draußen bleibt.
VONNEGUT: Ich will nun einmal über andre Dinge reden. Ralph Ellison hat das in *Unsichtbar* genauso gemacht. Hätte der Held seines großartigen Buchs jemanden gefunden, der sich in ihn verliebt hätte, wäre die Geschichte zu Ende gewesen. Céline hat's in der *Reise ans Ende der Nacht* genauso gemacht: Die Möglichkeit wahrer, tiefer Liebe blieb von vornherein ausgeschlossen, damit die Geschichte weiter und weiter und weitergehen konnte.
INTERVIEWER: Schriftsteller reden nicht oft über den Mechanismus einer Geschichte.
VONNEGUT: Ich bin ein so barbarischer Technokrat, daß ich mit Lust an neuen Geschichten herumbastle wie an einem alten Auto.
INTERVIEWER: Zu welchem Zweck?
VONNEGUT: Um dem Leser Vergnügen zu bereiten.

INTERVIEWER: Werden Sie mal eine Liebesgeschichte schreiben?
VONNEGUT: Kann sein. Ich führe ja ein Leben voller Liebe. Wirklich. Doch wenn dann dies Leben voller Liebe gut läuft und nicht abbricht, ertapp ich mich manchmal bei dem Gedanken: »Mein Gott, können wir nicht mal einen Moment von was anderm reden?« Wissen Sie, was richtig komisch ist?
INTERVIEWER: Nein.
VONNEGUT: Daß überall im Lande Bücher von mir aus den Schulbibliotheken rausgeschmissen werden, weil sie angeblich obszön seien. Ich hab in Lokalzeitungen Briefe gelesen, die *Schlachthof 5* auf eine Stufe mit *Deep Throat* oder dem *Hustler*-Magazin stellten. Wie um alles in der Welt kann jemand zu *Schlachthof 5* onanieren?
INTERVIEWER: Es gibt die komischsten Macken.
VONNEGUT: Diese Macke gibt es nicht. In Wahrheit empört sind die Zensoren über meine Weltanschauung. Sie finden, ich sei respektlos gegenüber ihrer Idee eines Allmächtigen. Sie glauben, die Staatsgewalt müsse den guten Namen Gottes in Schutz nehmen. Dazu sag ich nur: »Alles Gute; alles Gute der Staatsgewalt; alles Gute auch Gott!« Wissen Sie, was H.L. Mencken über die Frommen gesagt hat? Er sagte, sie hätten ihn immer mißverstanden. Er habe überhaupt nichts gegen sie. Er finde sie einfach komisch.
INTERVIEWER: Als ich vor einer Weile fragte, wer Sie als Schriftsteller am stärksten beeinflußt hat, sagten Sie, Ihre Mutter. Ich dachte, Sie würden Ihre Schwester nennen, weil die in *Slapstick* so oft erwähnt wird.
VONNEGUT: Ich sage in *Slapstick*, sie sei die Person gewesen, für die ich schrieb – jeder erfolgreiche Künstler stellt sich eine Person als Publikum vor. Das ist das Geheimnis der künstlerischen Einheit. Die kann jeder

zustande bringen, wenn er bei seiner Arbeit nur an eine Person denkt. Ich habe, bis sie starb, nie gewußt, daß sie das war.

INTERVIEWER: Liebte sie die Literatur?

VONNEGUT: Sie konnte wunderbar schreiben. Sie las nicht besonders viel – aber das tat Henry David Thoreau in späteren Jahren auch nicht. Mein Vater war genauso: Er las wenig, aber schrieb ganz phantastisch. Die Briefe, die mein Vater und meine Schwester geschrieben haben! Wenn ich ihre Prosa mit meiner vergleiche, bin ich beschämt.

INTERVIEWER: Hat Ihre Schwester jemals für Geld geschrieben?

VONNEGUT: Nein. Sie hätte ja genausogut eine bemerkenswerte Bildhauerin werden können. Ich hab ihr mal vorgeworfen, daß sie so wenig aus ihren Talenten mache. Sie erwiderte, wenn man Talent habe, sei man doch nicht verpflichtet, etwas daraus zu machen. Das war für mich neu und überraschend. Ich hatte gemeint, man müsse seine Talente möglichst weiträumig und schnell auf den Markt bringen.

INTERVIEWER: Wie sehen Sie das heute?

VONNEGUT: Heute hab ich das Gefühl, daß meine Schwester mich auf eine sehr weibliche Weisheit hingewiesen hat. Ich habe zwei Töchter, talentiert wie sie, und beide denken nicht daran, ihre Haltung und ihren Humor dafür zu opfern, daß sie ihre Talente möglichst weiträumig und schnell auf den Markt bringen. Sie haben ja mich dabei beobachtet, ich muß wie ein Verrückter ausgesehen haben. Übrigens ist das ein völlig unpassendes Bild, denn tatsächlich sahen sie nur einen Mann jahrzehntelang stillsitzen.

INTERVIEWER: An der Schreibmaschine.

VONNEGUT: Ja. Und sich die Lunge kaputtrauchen.

INTERVIEWER: Haben Sie mal damit aufgehört?

VONNEGUT: Zweimal. Das erste Mal einfach so aus dem Stand, und ich verwandelte mich in einen Nikolaus. Ich wurde dick und rund. Wog fast 250 Pfund. Das hielt ich beinah ein Jahr durch, bis mich die Universität Hawaii zu einem Vortrag nach Oahu einlud. Da saß ich nun eines Abends im Dachgarten des Ili Kai und trank aus einer Kokosnußschale, und meine Glückseligkeit wäre vollkommen gewesen, wenn ich dazu eine Zigarette geraucht hätte. Was ich tat.

INTERVIEWER: Und das zweite Mal?

VONNEGUT: Voriges Jahr erst. Ich zahlte einer Therapiegruppe 150 Dollar, damit sie mir sechs Wochen beim Abgewöhnen half. Es war genau wie versprochen, einfach und lehrreich. Ich kriegte mein Diplom und eine Anstecknadel. Das einzig Ärgerliche war nur, ich war übergeschnappt – selbst zwar überirdisch glücklich und stolz. Aber die Menschen um mich herum fanden mich unerträglich borniert und sprunghaft und großmäulig. Vor allem schrieb ich nichts mehr. Nichtmal mehr Briefe. Offenbar war das ein schlechter Tausch. Also rauchte ich wieder. Wie der Nationale Unternehmerverband immer sagt ...

INTERVIEWER: Keine Ahnung, was der immer sagt.

VONNEGUT: »Man kriegt nie was umsonst, nicht mal ein gratis Mittagessen.«

INTERVIEWER: Glauben Sie, daß Schriftstellerei lehrbar ist?

VONNEGUT: Auf dieselbe Weise wie Golfspielen. Ein Profi kann Anfängern die offensichtlichsten Fehler zeigen. Ich habe das an der Universität Iowa, glaub ich, zwei Jahre gut gemacht. Ich habe das in Harvard schlecht gemacht, weil meine Ehe auseinanderbrach und ich jede Woche von Cambridge, Massachusetts, nach New York pendeln mußte. Ich habe das noch schlechter am City College gemacht, vor ein paar Jahren. Da hatte ich gleichzeitig zu viele andre Sachen laufen. Jetzt mag ich nicht mehr unterrichten. Ich weiß nur noch, wie.

INTERVIEWER: Können Sie dieses Wie in wenige Worte fassen?

VONNEGUT: Das hat Paul Engle getan, der Gründer der Schriftsteller-Werkstatt von Iowa. Er sagte mir mal, falls die Werkstatt je ein Gebäude für sich bekäme, müßte über dem Eingang stehen: »Nehmt das nur nicht so ernst.«

INTERVIEWER: Was für eine Hilfe soll das sein?

VONNEGUT: Es würde die Studenten daran erinnern, daß sie nun lernen, andern Leuten Streiche zu spielen.

INTERVIEWER: Streiche?

VONNEGUT: Wenn man die Leute dazu bringt, über kleine Krakel auf Papier zu lachen oder zu weinen, ist das doch ein gelungener Streich. Alle großen Geschichten sind Streiche, auf die die Leute immer wieder hereinfallen.

INTERVIEWER: Wie wär's mit einem Beispiel?

VONNEGUT: Der Horrorroman. Davon kommen jährlich Dutzende heraus, und alle verkaufen sich prima. Mein Freund Borden Deal hatte aus Jux einen geschrieben, und ich fragte, wie die Geschichte gehe. Er sagte: »Junge Frau nimmt Stellung in altem Haus an und graust sich bis zum Gehtnichtmehr.«

INTERVIEWER: Weitere Beispiele?

VONNEGUT: Die sind nicht mehr so lustig zu beschreiben: Jemand kommt in Schwierigkeiten und wieder raus; jemand verliert etwas und findet's wieder; jemandem geschieht Unrecht, und er kriegt seine Rache; Aschenputtel; jemand gerät auf die schiefe Bahn und sinkt tiefer, tiefer, tiefer; zwei Leute verlieben sich, und eine Masse andrer Leute kommt dazwischen; ein Guter wird fälschlich einer Untat beschuldigt; ein Bösewicht wird für tugendhaft gehalten; ein Mensch nimmt tapfer eine Herausforderung an und siegt oder verliert; ein Mensch lügt, ein Mensch stiehlt, ein Mensch tötet, ein Mensch treibt Unzucht.

INTERVIEWER: Verzeihen Sie, das sind uralte Geschichten.

VONNEGUT: Aber ich garantiere Ihnen: Kein einziges modernes Kurzgeschichten-Rezept, sogar Handlungslosigkeit, wird den Leser zufriedenstellen, wenn man nicht irgendwo eine der uralten Geschichten eingeschmuggelt hat. Ich preise sie nicht als treue Abbilder des Lebens, sondern als Tricks, um Leser am Lesen zu halten. Als ich noch Schreiben lehrte, sagte ich den Studenten, ihre Hauptgestalt müsse immer irgend etwas sofort haben wollen – und wär's nur ein Glas Wasser. Selbst wer von der Sinnlosigkeit des modernen Lebens gelähmt ist, muß von Zeit zu Zeit Wasser trinken. Eine meiner Studentinnen schrieb über eine Nonne, bei der sich zwischen den linken unteren Backenzähnen ein Stück Zahnseide verfangen hatte, das sie den ganzen Tag nicht rausbekam. Die Geschichte handelte von wesentlicheren Dingen als Zahnseide, aber die Leser blieben dran, weil sie wissen wollten, wann sie die Zahnseide rauskriegte. Niemand konnte die Geschichte lesen, ohne sich mit dem Finger im Mund rumzufischen. Ist das nicht ein toller gelungener Streich? Wenn man sich selbst dagegen das Geschichtenerzählen verbietet, nämlich daß irgendwer irgendwas will, schließt man den Leser aus, und das ist eine Gemeinheit. Übrigens kann man den Leser genauso wirksam ausschließen, indem man hinterm Berg hält, wo die Geschichte spielt und wer die Personen sind.

INTERVIEWER: Oder was sie sofort haben wollen.

VONNEGUT: Ja. Und man versetzt den Leser in Tiefschlaf, wenn man Konfrontationen vermeidet.

Studenten entschuldigen sich, das täten sie deshalb, weil heute die Leute wirklich Konfrontationen meiden. »Das heutige Leben ist doch einsam«, sagen sie. Nein, sie sind nur faul. Es gehört zum Job des Schriftstellers, Konfrontationen zu inszenieren. Nur dabei können die Gestalten Überraschendes und Erhellendes sagen – zu unsrer aller Unterhaltung und Belehrung. Ein Autor, der das nicht kann oder will, sollte sein Handwerk an den Nagel hängen.

INTERVIEWER: Handwerk?

VONNEGUT: Ein Handwerk, ja. Zimmerleute bauen Häuser. Geschichtenerzähler vertreiben dem Leser die Freizeit so, daß er's nicht als Zeitverschwendung empfindet. Mechaniker reparieren Autos.

INTERVIEWER: Talent braucht man aber auch.

VONNEGUT: Zu allen diesen Berufen. Ich war auf Cape Cod eine Zeitlang Saab-Händler, also ging ich auch zu Saabs Mechaniker-Kursen, aber da warfen sie mich raus. Mangels Talent.

INTERVIEWER: Wie verbreitet ist erzählerisches Talent?

VONNEGUT: Von zwanzig Teilnehmern eines Schreibkurses irgendwo im Lande dürften sechs ziemlich talentiert sein. Zwei von ihnen werden tatsächlich mal etwas veröffentlichen.

INTERVIEWER: Und was unterscheidet sie von den übrigen?

VONNEGUT: Daß sie nicht nur Literatur, sondern auch andre Dinge im Kopf haben. Und wahrscheinlich gute Verkäufer sind. Ich meine, sie warten nicht brav, bis jemand sie entdeckt. Sie bestehen darauf, daß man sie liest.

INTERVIEWER: Sie sind selber PR-Mann gewesen und haben Werbung gemacht.

VONNEGUT: Oh, das kann ich mir vorstellen.

INTERVIEWER: War das schmerzlich? Ich meine, hatten Sie das Gefühl, damit Ihr Talent zu vergeuden oder zu verkrüppeln?
VONNEGUT: Nein. Es ist romantischer Unfug, daß solche Arbeit einer Künstlerseele schadet. In Iowa hielten Dick Yates und ich jedes Jahr einen Vortrag über Schriftsteller und Marktwirtschaft. Den Studenten grauste davor. Wir erzählten von all den Brotarbeiten, die ein Autor machen kann, wenn er am Verhungern ist oder sich ein Finanzpolster für sein Buch anlegen will. Da die Verleger in Erstlingswerke kein Geld mehr stecken, die Zeitschriften eingegangen sind, das Fernsehen nichts von Nachwuchsautoren kauft und Stiftungen nur alte Knacker wie mich fördern, müssen sich junge Schriftsteller ungeniert als Hersteller von Lesefutter durchbringen. Sonst haben wir eines Tages keine zeitgenössische Literatur mehr. Der einzig schwerwiegende Schaden solcher Brotarbeiten ist, daß sie dem Autor kostbare Zeit stehlen.
INTERVIEWER: Ohne Flachs.
VONNEGUT: Es ist tragisch. Ich denk immer wieder über Mittel und Wege nach, auch scheußliche, den jungen Autoren das Weitermachen zu ermöglichen.
INTERVIEWER: Sollte man sie subventionieren?
VONNEGUT: Jedenfalls muß etwas getan werden, nachdem die Marktwirtschaft sie daran hindert, sich marktwirtschaftlich durchzubringen. In meiner Anfangszeit war ich nur deshalb finanziell erfolgreich, weil der Markt so aufnahmefähig war. Ich hatte, als ich noch bei General Electric arbeitete, die erste Kurzgeschichte meines Lebens geschrieben, den »Bericht über den Barnhouse-Effekt«. Die schickte ich an *Collier's*. Da war Knox Burger der Redakteur für Erzählungen. Knox schrieb mir, was an der Geschichte falsch lief und wie ich's reparieren konnte. Das tat ich, und er kaufte sie für siebenhundertfünfzig Dollar,

sechs Wochenlöhne bei General Electric. Dann schrieb ich noch eine, dafür zahlte er neunhundertfünfzig und merkte an, es werde nun vielleicht Zeit, bei General Electric zu kündigen. Das tat ich. Ich zog nach Provincetown. Schließlich stieg mein Preis für eine Kurzgeschichte auf zweitausendneunhundert Dollar pro Stück. Kaum zu glauben. Knox brachte mich auch in Kontakt mit Agenten, die ebensoviel vom Geschichtenerzählen verstanden wie er – mit Kenneth Littauer, der bei *Collier's* sein Vorgänger gewesen war, und mit Max Wilkinson, der für MGM Filmstoffe redigiert hatte. Ich möchte hier zu Protokoll geben, daß Knox Burger, der etwa in meinem Alter ist, mehr gute junge Autoren entdeckt und ermutigt hat als irgendein Redakteur seiner Zeit. Ich fürchte, das ist noch nie schriftlich festgehalten worden. Nur die Autoren wissen das, und es könnte leicht in Vergessenheit geraten, wenn's nicht irgendwo steht.

INTERVIEWER: Was macht Knox Burger heute?

VONNEGUT: Er ist Literatur-Agent. Und vertritt zum Beispiel meinen Sohn Mark.

INTERVIEWER: Und Littauer und Wilkinson?

VONNEGUT: Littauer ist vor etwa zehn Jahren gestorben. Mit dreiundzwanzig war er Fliegeroberst gewesen und hatte als erster Angriffe auf Schützengräben geflogen. Er war lange mein Mentor. Max Wilkinson lebt als Pensionär in Florida. Er genierte sich immer für seinen Agentenberuf. Wenn jemand ihn fragte, womit er sein Brot verdiene, sagte er, er sei Baumwollpflanzer.

INTERVIEWER: Haben Sie jetzt einen neuen Mentor?

VONNEGUT: Nein. Ich bin wohl zu alt, um mir noch einen zu suchen. Was ich heutzutage schreibe, geht so in die Setzerei – ohne ein Wort des Kommentars von meinem Verleger, der jünger ist als ich, oder einem

Lektor oder sonstwem. Ich habe auch meine Schwester nicht mehr, für die ich früher schrieb. Um mich herum gibt's allmählich viele Rollen, die nicht mehr besetzt sind.

INTERVIEWER: Haben Sie da nicht das Gefühl, ohne Netz in der Zirkuskuppel zu stehen?

VONNEGUT: Sogar ohne Balancierstange. Davon krieg ich manchmal das ganz große Zittern.

INTERVIEWER: Sonst noch eine Anmerkung von Ihnen?

VONNEGUT: Sie kennen natürlich die Panik-Stangen an den Ausgangstüren von Schulen und Theatern. Wenn man da gegengedrückt wird, springt die Tür auf.

INTERVIEWER: Ja.

VONNEGUT: Auf vielen ist noch der Markenname »Vonduprin« eingeprägt. Das »Von« steht für Vonnegut – einen Verwandten, der vor langer Zeit in Chicago beim Brand des Iroquois-Theaters kaum aus dem Haus gekommen war und daraufhin mit zwei Partnern die Panik-Stangen entwickelte. »Prin« stand für Prinz, aber wer »Du« war, hab ich vergessen.

INTERVIEWER: Und weiter?

VONNEGUT: Außerdem sollte ich anmerken, daß Komiker zumeist die jüngsten Familienmitglieder waren. Als ich an unserm Essenstisch der kleinste war, konnte ich die Aufmerksamkeit der andern nur durch eins erregen – indem ich komisch war. Ich mußte mich spezialisieren. Und hörte mir sehr genau die Komiker im Radio an, um Witzeerzählen zu lernen. Und meine Bücher sind das bis heute geblieben, auch wenn ich längst erwachsen bin – ein Mosaik von Witzen.

INTERVIEWER: Haben Sie Lieblingswitze?

VONNEGUT: Meine Schwester und ich stritten oft, was der komischste Witz der Welt sei – abgesehen vom türenknallenden Abgang in den Garderobenschrank.

Wenn wir zusammen auftraten, waren wir übrigens fast so gut wie Laurel und Hardy. Davon handelt ja *Slapstick* im Grunde.

INTERVIEWER: Haben Sie sich über den komischsten Witz der Welt einigen können?

VONNEGUT: Wir haben einen gefunden. Er ist allerdings so aus dem Stand schwer zu erzählen.

INTERVIEWER: Probieren Sie's trotzdem.

VONNEGUT: Gut, aber Sie werden nicht lachen. Keiner lacht je. Es ist ein Klassiker von den »Two Black Crows«, zwei weißen Komikern, die schwarz geschminkt auftraten und sich Moran und Mack nannten. Sie machten Grammophonplatten von ihren Nummern, in denen immer zwei angeblich Schwarze gemächlich miteinander schwatzen. Und da sagt der eine: »Heut nacht hab ich geträumt, ich aß Wollkuchen.« Sagt der andre: »Na sowas.« Und der erste sagt: »Und wie ich aufwache, ist die Wolldecke weg.«

INTERVIEWER: Hm.

VONNEGUT: Ich hab's doch gesagt, Sie lachen nicht.

INTERVIEWER: Anscheinend mögen Sie Laurel und Hardy mehr als Chaplin. Stimmt das?

VONNEGUT: Ich verehre Chaplin sehr, aber er hält einen großen Abstand zwischen sich und seinem Publikum. Er ist viel zu erkennbar ein Genie. Auf seine Weise so brillant wie Picasso, aber das schüchtert mich ein.

INTERVIEWER: Werden Sie nochmal Kurzgeschichten schreiben?

VONNEGUT: Kann sein. Ich habe vor acht Jahren eine geschrieben und glaubte, das sei meine letzte. Harlan Ellison hatte sie für eine Anthologie bestellt. Die Geschichte heißt *Der große Raumfick*. Ich habe damit wohl als erster Schriftsteller das Wort »Fick« im Titel einer Geschichte benutzt. Sie handelt von einem

Raumschiff, das in Richtung Andromeda geschickt wird und dessen Sprengkopf mit Glitsch gefüllt ist. Was mich an einen guten Freund in Indianapolis erinnert, wohl den letzten, den ich da noch habe, an William Failey. Als Amerika in den Zweiten Weltkrieg eintrat, wurde allgemein zum Blutspenden aufgerufen, und er überlegte sich, ob er statt dessen nicht einen halben Liter Glitsch spenden könne.
INTERVIEWER: Wenn Ihre Eltern nicht in der Wirtschaftskrise das ganze Geld verloren hätten, was würden Sie heute tun?
VONNEGUT: Ich wär Architekt in Indianapolis – wie mein Vater und Großvater. Und sehr glücklich dabei. Wie schön, wenn sich das ergeben hätte. Dazu eine Anmerkung: Einer der besten jungen Architekten in Indianapolis wohnt in dem Haus, das mein Vater in meinem Geburtsjahr 1922 für uns gebaut hat. Auf den drei kleinen Fenstern neben der Eingangstür stehen heute noch meine Initialen, die meiner Schwester und die meines Bruders – in Bleiglas.
INTERVIEWER: Also haben Sie eine besonnte Vergangenheit, der Sie nachtrauern.
VONNEGUT: Stimmt. Und immer, wenn ich nach Indianapolis komme, geht mir die Frage im Kopf herum, »Wo ist mein Bettchen, was ist mit meinem Bettchen?« Falls die Geister meines Vaters und Großvaters durch die Stadt spuken, fragen sie sich bestimmt, wo all ihre Häuser geblieben sind. In der Innenstadt, wo die meisten standen, sind nur noch Parkplätze. Und sie fragen sich wohl auch, wo all ihre Verwandten sind. Sie wuchsen ja noch in einer weitverzweigten Familie auf, die auseinandergelaufen ist. Ich habe nur ein winziges Eckchen davon mitgekriegt – von der Familie. Doch als ich nach Chicago kam und der Dekan für Anthropologie, Robert Redfield, in der Vorlesung von alten Gesellschaftsformen

erzählte, die auf stabilen, weitverzweigten Familien beruhten, brauchte er mich nicht zu überzeugen, wie schön das war.

INTERVIEWER: Sonst noch etwas?

VONNEGUT: Ja. *Slapstick* war der erste amerikanische Roman, der durchgehend das metrische System benutzt. Das hat keiner gemerkt, also muß ich's selbst an die große Glocke hängen.

INTERVIEWER: Sonst noch etwas?

VONNEGUT: Ich hab gerade ein Gebet für Schriftsteller entdeckt. Man kennt ja Gebete für Seeleute und Könige und Soldaten und so fort – aber keins für Schriftsteller. Können wir das hier reinsetzen?

INTERVIEWER: Ja, natürlich.

VONNEGUT: Samuel Johnson schrieb es am 3. April 1753, an dem Tag, als er den Vertrag, wonach er das erste vollständige Wörterbuch der englischen Sprache schreiben mußte, unterzeichnet hatte. Er betete für sich. Vielleicht sollten wir den 3. April als »Schriftstellertag« begehen. Wie auch immer, das Gebet geht so: »O Herr, der Du mich bis heute gespeiset hast, schenke mir Kraft, diese Aufgabe sowie meine derzeitigen Lebensumstände fruchtbringend voranzutreiben; auf daß ich am letzten Tage, wenn ich Rechnung lege über das mir geschenkte Talent, Vergebung finde um Jesu Christi willen. Amen.«

INTERVIEWER: Das klingt, als habe er sein Talent möglichst weiträumig und schnell auf den Markt bringen wollen.

VONNEGUT: Klar, er hat damit sein Brot verdient.

INTERVIEWER: Und Sie sehen sich auch als jemanden, der zum Broterwerb schreibt?

VONNEGUT: In gewisser Weise.

INTERVIEWER: In welcher?

VONNEGUT: Als gebranntes Kind der Wirtschaftskrise.

INTERVIEWER: Aha. Noch eine letzte Frage: Wenn Sie hier in den Staaten Generalinspekteur des Verlagswesens wären, was würden Sie tun, um die klägliche Situation zu verbessern?
VONNEGUT: Es besteht kein Mangel an wunderbaren Autoren. Uns fehlt nur eine verläßlich große Leserschaft.
INTERVIEWER: Also?
VONNEGUT: Ich würde anordnen, daß jede(r) Arbeitslose eine Buchbesprechung einreichen muß, um ihre/seine Unterstützung zu kassieren.
INTERVIEWER: Danke.
VONNEGUT: Ich danke *Ihnen*.

(1977)

Die Freiheit des Wortes

Ich gehöre zur wahrscheinlich letzten Generation von Schriftstellern in Amerika, die im Hauptberuf und lebenslang erzählende Literatur schreiben. Wir stehen mehr oder weniger geschlossen nebeneinander. Die Weltwirtschaftskrise hatte uns bissig und skeptisch gemacht. Und durch den Zweiten Weltkrieg wurden wir, Männer und Frauen, Kriegsteilnehmer und Zivilisten, eine Gruppe. Die Zeit der romantischen Anarchie im Verlagswesen brachte uns, als wir jung waren und unser Handwerk lernten, Geld und Mentoren. Wörter auf Papier waren damals die Hauptform der Kommunikation über große Entfernungen und der wichtigste Speicher für Informationen.

Damit ist es vorbei.

Kaum noch mögen Verleger und Redakteure und Agenten Geld oder andre Formen der Ermutigung an junge Autoren wenden, die so unbeholfen schreiben wie meine Generation in ihrer Anfangszeit. Damals ging man noch bereitwillig das wilde und wunderbare und teure Wagnis ein, darauf zu hoffen, wir würden gesetzter werden und mit der Zeit einigermaßen schreiben lernen. So nötig brauchte man Autoren.

Für uns waren das amüsante und lehrreiche Jahre – für Hunderte von uns.

Das Fernsehen ruinierte die Kurzgeschichten-Branche, und heute haben in den Verlagen Buchhalter und Diplomkaufleute das Sagen. Sie meinen, wer Geld in einen Erstling steckt, könne es genausogut gleich wegwerfen. Und sie haben recht. Fast immer.

Also gehör ich, wie gesagt, zur wahrscheinlich letzten Generation von Romanschriftstellern in Amerika. Von nun an tauchen neue Autoren nur noch einzeln auf, nicht in Rudeln, schreiben bestenfalls einen oder zwei Romane und lassen es damit bewenden. Viele werden nur schreiben können, weil sie geerbt oder reich geheiratet haben.

Der einflußreichste aus meinem Haufen ist meines Erachtens weiterhin J. D. Salinger, auch wenn er seit Jahren verstummt ist. Der vielversprechendste war wohl der früh verstorbene Edward Lewis Wallant. Doch wenn ich an den Tod von James Jones denke, vor zwei Jahren erst, er war fast genau in meinem Alter, kommen mir Herbstgedanken. Natürlich erinnert mich auch andres an meine Sterblichkeit, aber der Tod von Jones ist zentral, weil ich so oft seine Witwe Gloria treffe, und weil auch er ein Autodidakt aus dem Mittelwesten war, der wie ich in unser aller größtem Abenteuer, dem Zweiten Weltkrieg, als einfacher Soldat gedient hat. Festzuhalten bleibt: Wenn die bekannteren aus meiner literarischen Generation über den Krieg schrieben, verabscheuten sie fast einhellig die Offiziere und wählten sich als Helden lückenhaft gebildete, aggressiv unfeine einfache Soldaten.

James Jones erzählte mir, sein Verlag und der von Hemingway, Scribner's, hätten ihn gern einmal mit Hemingway zusammengebracht, damit sich der eine alte Kämpe an der Gesellschaft des andern freue.

Jones lehnte ab; er sah in Hemingway keinen alten Kämpen. Schließlich habe Hemingway an der Front immer die Freiheit gehabt, nach Belieben mitzukämpfen oder wegzugehen und sich einer guten Mahlzeit zu widmen oder einer Frau oder sonstwas. Richtige Soldaten dagegen mußten, laut Jones, verdammt nochmal da bleiben, wo man sie hingestellt hatte, oder abziehen, wenn's einer befahl, und Schweinefraß runterschlingen und alles auf sich schmeißen lassen, was der Feind hatte, Tag für Tag und Woche um Woche.

Das Erstaunlichste an meiner literarischen Generation ist aber im Rückblick wohl, daß wir absolut alles schreiben konnten, ohne Sanktionen zu fürchten. Unsre Nachfahren in Amerika werden es eines Tages vielleicht so unglaublich finden wie jetzt die meisten Ausländer: Bei uns hat etwas Gesetzeskraft erhalten, das wie ein Traum klingt und folgendermaßen lautet:

> Der Kongreß darf in seiner Gesetzgebung weder eine Religionsgemeinschaft bevorzugen noch die Religionsausübung behindern, und er darf keine Einschränkungen erlassen für die Freiheit, etwas zu veröffentlichen, die Freiheit, sich friedlich zu versammeln oder die Freiheit, von der Regierung mittels Petition die Abstellung von Mißständen zu fordern.

Wie konnte ein Land, in dem so ein Gesetz gilt, seine Kinder im Geiste der Wohlanständigkeit großziehen? Das konnte es nicht und kann es nicht. Also wird das Gesetz sicher bald um der Kinder willen aufgehoben.
Schon jetzt werden meine Bücher und Bücher von Bernard Malamud und James Dickey und Joseph Heller und andern unstrittigen Patrioten regelmäßig aus Schulbibliotheken ausgesondert, und zwar durch Schulausschüsse, deren Mitglieder meist versichern, sie hätten die Bücher selbst mitnichten gelesen, wüßten aber aus zuverlässiger Quelle, wie schädlich sie für Kinder seien.

Mein Roman *Schlachthof 5* ist in Drake, North Dakota, von einem Schul-Hausmeister im Heizungsofen verbrannt worden – auf Weisung des Schulausschusses, der sich auch öffentlich über die Anstößigkeit des Buches ausließ. Dabei war, selbst nach viktorianischen Maßstäben, die einzig anstößige Zeile im ganzen Roman diese: »Runter von der Straße, du bescheuerter Mammificker.« Das ruft, im Dezember 1944 während der Ardennenschlacht (der größten Niederlage, die Amerika, abgesehen vom Bürgerkrieg gegen den Süden, je im Felde erlitten hat), ein amerikanischer Panzerabwehr-Schütze dem unbewaffneten Burschen des Feldgeistlichen zu, der feindliches Feuer auf sich gelenkt hatte.

Deshalb schrieb ich am 16. November 1973 an Charles McCarthy in Drake, North Dakota, diesen Brief:

Sehr geehrter Herr McCarthy,

ich schreibe an Sie, weil Sie der Vorsitzende des Schulausschusses von Drake sind. Ich bin einer jener amerikanischen Autoren, deren Bücher sie im inzwischen berühmten Heizungsofen Ihrer Schule verbrennen ließen.

Gewisse Bürger Ihrer Gemeinde haben behauptet, mein Werk sei von bösem Geist beseelt. Das beleidigt mich tief. Diese Reaktion aus Drake zeigt mir, welch unrealistische Vorstellungen man dort von Büchern und Autoren hat. Ich schreib Ihnen, damit Sie sehen, wie real ich bin.

Übrigens sollten Sie wissen, daß mein Verleger und ich die unappetitliche Meldung aus Drake nicht im mindesten ausgebeutet haben. Wir haben uns nicht auf die Schenkel gehauen vor Freude über die vielen Exemplare, die daraufhin verkauft werden. Wir sind nicht vors Fernsehen gegangen, haben keine schäumenden Leserbriefe geschrieben und keine Interviews gegeben. Wir sind nur zornig und angewidert und traurig. Auch hat niemand von diesem Brief eine Kopie

bekommen. Sie halten das einzige Exemplar in Händen. Es ist strikt ein Privatbrief an die Bürger von Drake, die meinem Ruf solchen Schaden zugefügt haben – in den Augen ihrer Kinder und in den Augen der Welt. Ob Sie jetzt wohl den Mut und gewöhnlichen Anstand aufbringen, diesen Brief herumzuzeigen? Oder wird auch er in Ihrem Heizungsofen dem Feuer überantwortet?
Ich entnehme den Zeitungs- und Fernsehberichten, daß Sie mich und einige andre Autoren als lichtscheues Rattenpack sehen, das mit Lust Profit daraus zieht, die Hirne junger Leute zu vergiften. In Wirklichkeit bin ich ein großer, kräftiger Mann von einundfünfzig, der als Junge viel Feldarbeit gemacht hat und mit Werkzeugen umgehen kann. Ich habe sechs Kinder großgezogen, drei eigne und drei adoptierte. Aus allen ist etwas geworden. Zwei sind Farmer. Im Zweiten Weltkrieg war ich Infanterist und bekam den Tapferkeitsorden. Alles, was ich besitze, hab ich mir durch eigne Arbeit verdient. Ich bin nie verhaftet oder vor Gericht gestellt worden. Junge Leute werden mir anvertraut und vertrauen mir – ich habe an den Universitäten Iowa und Harvard sowie am City College in New York unterrichtet. Jahr um Jahr bin ich mindestens ein dutzendmal eingeladen, in Colleges und Oberschulen zu sprechen. Meine Bücher werden vielleicht häufiger im Unterricht besprochen als die irgendeines andern zeitgenössischen amerikanischen Romanautors.
Wenn Sie sich Zeit nähmen, meine Bücher zu lesen, wie sich's für gebildete Menschen gehört, wüßten Sie, daß sie weder erotisch sind noch irgendwelchen Zügellosigkeiten das Wort reden. Sie plädieren dafür, miteinander freundlicher und verantwortungsvoller umzugehen als gemeinhin. Es stimmt zwar, einige Gestalten drücken sich recht drastisch aus. Aber nur, weil sie das im Leben auch tun. Gerade Soldaten und kör-

perlich arbeitende Leute reden drastisch, und das wissen unsre Kinder, egal wie behütet sie aufwachsen. Überdies wissen wir alle, wie wenig ihnen das schadet. Uns hat es nicht geschadet, als wir jung waren. Geschadet haben uns Lügen und böse Taten.

Nachdem ich dies alles gesagt habe, werden Sie mir wahrscheinlich immer noch antworten wollen, »Schön und gut, aber wir haben trotzdem das Recht und die Pflicht, darüber zu entscheiden, welche Bücher die Kinder in unsrer Gemeinde zu lesen kriegen.« Ganz unstrittig. Aber ebenso unstrittig ist auch, daß andre Menschen Sie, wenn Sie dies Recht und diese Pflicht so dumm und grob und unamerikanisch ausüben, als schlechte Staatsbürger und Dummköpfe bezeichnen dürfen. Sogar ihre eignen Kinder dürfen das.

Ich las in der Zeitung, Ihre Gemeinde sei verwundert gewesen über den allgemeinen Aufschrei im Lande, als Ihre Tat bekannt wurde. Nun, Sie haben dadurch erfahren, daß auch Drake zur amerikanischen Gesellschaft gehört und daß Ihre amerikanischen Mitbürger empört sind, wenn Sie sich so unzivilisiert aufführen. Vielleicht lernen Sie daraus, daß für freie Menschen Bücher aus gutem Grund heilig sind, ja daß sogar Kriege geführt wurden gegen Nationen, die Bücher hassen und verbrennen. Wenn Sie Amerikaner sein wollen, müssen Sie jede Art von Gedanken, nicht nur die eignen, in Ihrer Gemeinde frei kursieren lassen.

Falls Sie und Ihr Schulausschuß zu der Einsicht kommen, Sie sollten bei Ihren Beschlüssen zur Jugenderziehung doch lieber etwas mehr Weisheit und Reife beweisen, dann müßten Sie zugeben: Sie haben den jungen Menschen unsrer freien Gesellschaft eine miserable Lektion erteilt, als Sie Bücher, die Sie nicht mal gelesen haben, verdammten und verbrannten. Also sollten Sie sich vornehmen, Ihre Kinder jeder Art von

Meinungen und Informationen auszusetzen, damit sie selber entscheiden lernen und überlebensfähiger werden.
Noch einmal: Sie haben mich beleidigt. Und: Ich bin ein guter Staatsbürger. Und: Ich bin sehr real.

Das war vor sieben Jahren. Ich habe bis heute keine Antwort bekommen. Gerade, während ich diese Sätze in New York schreibe, wird fünfzig Meilen von hier *Schlachthof 5* aus Schulbibliotheken ausgesondert. Die juristische Schlacht darum begann schon vor Jahren und tobt weiter. Der fragliche Schulausschuß hat sich Anwälte gesucht, die den ersten Bürgerrechtsartikel unsrer Verfassung mit Zähnen und Klauen attackieren. Immer und überall findet man Anwälte, die sich mit Lust darüber hermachen – als sei er nur eine miese Klausel in den Pachtverträgen eines Immobilienhais.
Zum Beginn dieser Prozesse am 24. März 1976 schrieb ich einen Leitartikel für die Long-Island-Ausgabe der *New York Times*. Er ging so:

Schon wieder hat ein Schulausschuß Bücher ausgesondert, diesmal in Levittown. Eins davon ist von mir. Ich lese etwa zweimal pro Jahr von solch unamerikanischem Unfug. Einmal, draußen in North Dakota, wurden die Bücher sogar richtig verbrannt. Ich mußte lachen. Es war eine so unwissende, dumpfe, abergläubische Aktion.
Und es war auch so feige – viel Getöse um eine Attacke auf bedrucktes Papier. Als ob der Heilige Georg gegen Bettücher und Kuckucksuhren die Lanze zückte.
Aber solche Heiligen George werden offenbar immer wieder in Schulausschüsse gewählt oder berufen. Sie sind richtig stolz auf ihre Unbildung. Und glauben, es

sei ganz im Geiste unsrer Zweihundertjahrfeiern, wenn sie sich, wie in Levittown, damit brüsten, keins der inkriminierten Bücher gelesen zu haben.
Derartige Dumpfmeister bilden häufig das Rückgrat der Freiwilligen Feuerwehr und der US-Infanterie und der Wohltätigkeitsbasare und so fort, wofür ihnen oft genug Dank gezollt wird. Aber sie haben nichts dabei zu suchen, wenn in einer freien Gesellschaft über die Erziehung von Kindern befunden wird. Dafür sind sie schlicht zu dumm.
Ich mach einen Vorschlag, wie man die Bücherverbrennungen hierzulande ein für allemal stoppen kann: Jeder Kandidat für den Schulausschuß wird an einen Lügendetektor angeschlossen und kriegt die Frage gestellt, »Haben Sie seit Ihrer Oberschulzeit ein Buch von Anfang bis Ende gelesen? Haben Sie überhaupt einmal, in der Oberschule, ein Buch von Anfang bis Ende gelesen?«
Wenn er wahrheitsgemäß »nein« antwortet, wird ihm höflich bedeutet, daß er nicht in den Schulausschuß kommen und dort großschnauzig schwadronieren kann, wie Kinder durch Bücher krank gemacht werden.
Immer, wenn jemand in diesem Land Gedanken unterdrückt, stehen die gebildeten Anhänger des Amerikanischen Traums auf und argumentieren klug und logisch, warum jedweder Gedanke seine Existenzberechtigung hat. Sie sollten allmählich begreifen, daß sie Amerikas Ideale, wo diese am mutigsten und fortschrittlichsten sind, vor Orang-Utans erläutern.
Ich jedenfalls werde das Gespräch mit schwachsinnigen Savonarolas auf folgenden Rat verkürzen: »Lassen Sie sich von jemandem, der's kann, den ersten Bürgerrechtsartikel der amerikanischen Verfassung laut vorlesen, Sie verdammter Esel.«

Gewiß, wie immer wirft sich dann die Amerikanische Bürgerrechts-Union oder so jemand in die Bresche. Und erklärt erneut, was die Verfassung sagt und wo sie gilt.
Und der Prozeß wird gewonnen.
Aber dann gibt es wieder Millionen, denen auf dumpfe Weise das Herz bricht angesichts dieses Siegs vor Gericht, weil sie glauben, manches dürfe man einfach nicht sagen – besonders über die Religion.
Sie leben zur falschen Zeit am falschen Ort.
So ist das.

Warum ist es so üblich geworden, daß Amerikaner gegen den ersten Bürgerrechtsartikel Sturm laufen? Ich habe das bei einer Benefizveranstaltung der Bürgerrechts-Union am 16. September 1979 in Sands Point, New York, draußen auf Long Island, zu erörtern versucht. Das Haus, in dem ich sprach, soll übrigens das Vorbild für Gatsbys Haus in F. Scott Fitzgeralds *Großem Gatsby* gewesen sein. Wirklich kein Grund, daran zu zweifeln.
In dieser Umgebung sagte ich folgendes:

Ich will nicht direkt darüber reden, daß mein Buch *Schlachthof 5* aus den Schulbibliotheken von Island Trees ausgesondert wurde. Ich bin ja Partei. Schließlich hab ich das Buch geschrieben, also halt ich's natürlich für weniger abscheulich, als der Schulausschuß behauptet.
Ich möchte statt dessen von Thomas von Aquin reden. Ich will Ihnen erzählen, was ich von seiner Rangordnung der Gesetze auf diesem Planeten, der damals eine Scheibe war, noch weiß. Das höchste Gesetz, sagte er, sei Gottes Gesetz. Darunter ständen die Naturgesetze, wozu wahrscheinlich die Unwetter gehören, aber auch das Recht, die eignen Kinder vor schädlichen Ideen zu schützen, und so fort.

Und die untersten Gesetze seien die Menschengesetze. Lassen Sie mich dieses Schema erklären, indem ich seine Bestandteile mit Spielkarten vergleiche. Die Gegner des ersten Bürgerrechtsartikels tun sowas dauernd, also dürfen wir's auch. Gottes Gesetz wäre dann das As. Das Naturgesetz der König. Und das Menschengesetz eine schlappe Dame.
Diese thomistische Rangordnung der Gesetze ist alles andre als lächerlich; ich habe noch nie jemanden getroffen, der davon nicht bis ins Mark überzeugt wäre. Wir wissen, es gibt Gesetze, die mehr Format haben als jene, die in unsern Gesetzbüchern stehen. Der Ärger ist nur, daß wir uns kaum darüber verständigen können, wie diese höheren Gesetze lauten. Theologen mögen uns ein paar Hinweise geben, aber es braucht einen Diktator, um sie wirklich festzuschreiben und alle Pünktchen auf die ›*i*‹s zu setzen. Einer, der im Krieg nur ein einfacher Gefreiter war, hat das für Deutschland getan, und dann für ganz Europa, noch gar nicht lang her, Sie wissen's wohl noch. Er wußte schlechterdings alles über Gottes Gesetze und die der Natur. Er hatte jede Menge Asse und Könige auf der Hand.
Zur selben Zeit spielten wir hier, auf unsrer Seite des Atlantiks, gewissermaßen mit einem unvollständigen Satz. Denn aufgrund unsrer Verfassung war die höchste Karte, die wir ausspielen konnten, die schlappe Dame, nichtswürdiges Menschengesetz. Das gilt bis heute. Und ich preise diese Unvollkommenheit, weil sie uns gutgetan hat. Ich spende für die Amerikanische Bürgerrechts-Union, weil sie vor die Gerichte zieht und insistiert, daß Regierungsbeamte sich von nichts Höherem als dem Menschengesetz leiten lassen. Jedesmal, wenn bei uns ein Regierungsbeamter die Verbreitung dieser oder jener Idee behindert, bricht er die Verfassung und führt uns alle

in Versuchung, uns unter höhere Ordnungen zu stellen – noch einmal: Gottes Gesetze und die Naturgesetze.

Aber dürfen wir Liberalen uns nicht auch ein bißchen nach dem Naturrecht sehnen? Können wir nicht wenigstens, ganz unbelastet von menschlichen Lehren über den wahren Gott, von der Natur lernen?

Sicher, Haferflocken schaden keinem. Die Bienchen und Vögelchen auch nicht. Milch erst recht nicht. Gott ist unerforschlich, doch die Natur erklärt sich uns ununterbrochen. Und was hat sie uns gelehrt? Zum einen, daß Schwarze offenbar minderwertiger als Weiße und zu niederer Arbeit nach den Spielregeln der Weißen bestimmt sind. Diese klare Botschaft der Natur, daran sollten wir von Zeit zu Zeit denken, erlaubte es Thomas Jefferson, dem Vater der amerikanischen Unabhängigkeitserklärung, Sklaven zu besitzen. Denken Sie nur.

Am ärgsten bedrückt mich aber in diesem schönen Land, wie selten wir unsre Kinder lehren, daß die Freiheit aus Amerika verschwinden wird, falls sie, einmal erwachsen und in Ausübung ihrer Bürgerpflichten, darauf bestehen, daß unsre Gerichte und Polizisten und Gefängnisse von Gottes Gesetz oder den Naturgesetzen geleitet werden.

Die meisten Lehrer und Eltern und Vormünder geben diese lebenswichtige Lektion nicht weiter, weil sie sie selber nie gelernt haben oder sich nicht trauen. Warum das nicht? Man kann hierzulande schwer in Bedrängnis kommen und muß die Bürgerrechts-Union zu Hilfe rufen, wenn man dieser Lektion den Boden bereitet und lehrt, daß niemand Gott oder die Natur wirklich begreift. Meine Beharrlichkeit, genau darüber zu schreiben, nicht über Sex oder Gewalttaten, hat mein armes Buch in Island Trees so in Schwierigkeiten gebracht, und in

Drake, North Dakota, wo es verbrannt wurde, und in vielen andern Gemeinden, die ich kaum aufzählen mag.

Ich sage nicht, unser Staat solle gegen die Natur oder gegen Gott *angehen*. Ich sage nur, daß er nicht von der Natur oder von Gott *ausgehe* – und das aus guten Gründen, die einem die Haare zu Berge stehen lassen.

Alle schönen Dinge gehen irgendwann zu Ende, heißt es. So wird auch die amerikanische Freiheit früher oder später enden. Auf welche Weise? Wie alle Freiheiten enden: mit der bedingungslosen Kapitulation vor höheren Gesetzen.

Kehren wir noch einmal zu meinem flapsigen Vergleich zurück: Dann werden die Könige und Asse ausgespielt. Und niemand sonst hat was Besseres als Damen auf der Hand.

Die mit den Königen werden gegen die mit den Assen kämpfen. Und der Kampf wird, ohne daß es uns noch viel angeht, erst zu Ende sein, wenn einer das Pikas ausspielt. Das Pikas schlägt alle.

Danke fürs Zuhören.

(1973–1979)

Das Handwerk des Schreibens

Zeitungsreporter und Fach-Autoren haben gelernt, beim Schreiben fast nichts von sich selbst anklingen zu lassen. Das macht sie zu schrägen Vögeln in der übrigen Welt der Tintenkleckser, die ihren Lesern vieles von sich verraten. Und dies Verräterische, ob zufällig oder mit Absicht so, nennt man literarischen Stil.
Für uns als Leser sind diese Indizien spannend. Sie zeigen uns nämlich, mit was für einem Menschen wir unsre Zeit verbringen. Ist er unwissend oder gebildet? verrückt oder vernünftig? dumm oder klug? verschlagen oder ehrlich? humorlos oder verspielt? und so fort.
Falls Sie selber Worte zu Papier bringen, vergessen Sie nie: Am fatalsten verraten Sie sich, wenn Sie keine Ahnung haben, was Leute interessiert und was nicht. Denn Sie selber mögen oder meiden Autoren ja auch, je nach dem, was sie Ihnen vorführen oder zu denken geben. Haben Sie je einen Autor mit Stroh im Kopf für seine meisterhafte Sprache bewundert? Nein.
Am Anfang Ihres eignen Stils müssen Sie also interessante Ideen im Kopf haben. Wählen Sie sich einen Gegenstand, der Ihnen am Herzen liegt und nach Ihrem Gefühl auch andern am Herzen liegen sollte. Dies allein, nicht Ihre Spielchen mit der Sprache, wird Ihren Stil fesselnd und sympathisch machen.
Ich will Sie, nebenbei gesagt, nicht zum Romanschreiben überreden – rate aber auch nicht davon ab, vorausgesetzt, es liegt Ihnen etwas wirklich am Herzen. Eine Eingabe an die Stadt über das Schlagloch vor Ihrem Haus, ein Liebesbrief an das Mädchen von nebenan tut's schon.
Nur: Kommen Sie nicht ins Schwafeln.

Was Ihre Sprache angeht, sollten Sie immer an die zwei größten Meister des Englischen denken, William Shakespeare und James Joyce, denn beide schrieben fast kindliche Sätze, wenn sie besonders Tiefes zu sagen hatten. »Sein oder nicht sein?« fragt Shakespeares Hamlet. Das längste Wort darin hat fünf Buchstaben. James Joyce konnte, wenn er drauf aus war, Sätze so kunstreich schmieden und zum Funkeln bringen wie ein Halsband der Kleopatra. Aber mein Lieblingssatz steht in seiner Erzählung *Eveline* und heißt, »Sie war müde.« An diesem Punkt der Geschichte könnten keine andern Worte dem Leser so ans Herz rühren wie diese.

Einfach zu schreiben ist nicht nur ehrenwert, sondern vielleicht sogar heilig. Die Bibel beginnt mit einem Satz, den auch ein aufgeweckter Vierzehnjähriger zustande brächte: »Am Anfang schuf Gott Himmel und Erde.«

Es mag sein, daß Sie die Begabung haben, ebenfalls sowas wie Halsbänder für Kleopatra zu fertigen. Doch dann sollte Ihre Sprachkunst immer nur der Idee in Ihrem Kopf dienen. Als Faustregel: Wenn ein Satz, und sei er noch so glänzend, auf Ihren Gegenstand kein neues Licht wirft oder ihn weiterentwickelt, streichen Sie ihn weg. Und dasselbe anders gewendet, fürs Geschichtenerzählen: Weg mit jedem Satz, der weder eine Figur verdeutlicht noch die Handlung voranbringt.

Der natürlichste Schreibstil für Sie ist ein Echo jener Sprache, die Sie als Kind gehört haben. Für Joseph Conrad war Englisch die dritte Sprache, und vieles, was wir an seinem Englisch reizvoll finden, ist von seiner ersten Sprache, dem Polnischen, gefärbt. Glücklich zu preisen ist jeder Autor, der in Irland groß wurde, weil das irische Englisch so abwechslungsreich und musikalisch ist. Ich selbst wuchs in Indianapolis, Indiana,

auf, wo die Alltagssprache wie eine Bandsäge klingt, die sich durch Bleche frißt, und wo der Wortschatz schmucklos ist wie ein Satz Schraubenschlüssel.
In abgelegenen Tälern der Appalachen kriegen die Kinder noch heute Lieder und Sprichwörter aus elisabethanischen Zeiten zu hören. Ja, und viele Amerikaner wachsen in einer Sprachumgebung auf, die nicht englisch ist, oder in einem Dialekt, den viele Amerikaner gar nicht verstehen.
All diese Spielarten der Sprache sind schön, genauso wie alle Spielarten von Schmetterlingen. Egal, was Ihre erste Sprache war – halten Sie sie Ihr Leben lang hoch. Wenn sie kein Standardenglisch war und durchschimmert, sobald Sie Standardenglisch schreiben, ist das meist ebenso reizvoll, wie ein hübsches Mädchen mit einem grünen und einem blauen Auge.
Ich habe gemerkt, daß ich meiner eignen Sprache am stärksten traue (übrigens andre auch), wenn ich deutlich wie jemand aus Indianapolis klinge, was ich ja bin. Was soll ich auch sonst machen? Meine Englischlehrer haben mir einen Rat gegeben, der Ihnen wohl auch aufgedrängt wurde: Ich solle schreiben wie ein gebildeter Engländer von vor hundert Jahren oder noch früher.
Damals sind Lehrer mir damit auf die Nerven gegangen. Doch heute begreif ich, daß alle die altväterlichen Essays und Geschichten, an denen ich meine Arbeit messen sollte, nicht wegen ihres Alters und ihrer Fremdheit großartig waren, sondern weil sie exakt das besagten, was ihre Autoren damit sagen wollten. Meine Lehrer forderten, ich solle genau schreiben, die wirkungsvollsten Wörter wählen und sie in eindeutige Beziehungen zueinander setzen, so strikt wie bei einer Maschine. Die Lehrer wollten aus mir eben doch keinen Engländer machen. Sie hofften, ich würde verständlich schreiben lernen – und verstanden werden.

Aus war der Traum, das mit Worten zu machen, was Picasso mit Farben tat und was viele meiner Jazz-Idole mit der Musik taten. Wenn ich sämtliche Kommaregeln brach, den Wörtern nach Lust und Laune Bedeutungen zuwies und sie kopfüber-kopfunter aneinanderreihte, wurde ich schlicht nicht verstanden. Also sollten auch Sie das Schreiben im Picasso- oder im Jazz-Stil meiden, wenn Sie Sagenswertes zu schreiben haben und verstanden werden wollen.

Falls nur die Lehrer insistiert hätten, daß sich auch heutige Schriftsteller an Stile der Vergangenheit anlehnen, könnten wir das vergessen. Aber unsre Leser bestehen ebenfalls darauf. Sie wollen, daß unsre Buchseiten ziemlich genau so aussehen wie die Buchseiten, die sie schon bewältigt haben.

Warum? Weil sie eine verdammt schwere Arbeit tun müssen und von uns alle Hilfe brauchen, die sie kriegen können. Sie müssen ja Tausende von kleinen Krakeln auf Papier entziffern und sofort kapieren. Sie müssen *lesen,* und das ist eine so schwierige Kunst, daß die meisten Leute sie nicht mal beherrschen, nachdem sie zwölf lange Jahre, von der Grundschule bis zu Oberschule, geübt worden ist.

Deshalb muß auch diese Erörterung des literarischen Stils am Ende zugeben, daß uns Autoren weder viele noch glanzvolle Ausdrucksmittel zur Verfügung stehen, da unsre Leser so unvollkommene Künstler sind. Unser Publikum verlangt, daß wir als mitfühlende, geduldige Lehrer immer zum Vereinfachen und Erklären bereitstehen – wo wir uns viel lieber in die Lüfte schwingen würden und singen wie die Nachtigall.

Das war die schlechte Nachricht. Die gute ist, daß wir in Amerika eine einzigartige Verfassung haben, die uns erlaubt, ohne Furcht vor Repressalien alles zu schrei-

ben, was wir nur wollen. Also sind der wichtigsten Vorbedingung jedes Stils, nämlich dem, worüber wir schreiben, keinerlei Grenzen gesetzt.
Zudem leben wir in einer Demokratie; also haben wir, falls wir keine humanistisch gebildeten Adligen sind, nicht den mindesten Grund, wie humanistisch gebildete Adlige zu schreiben.
Als Erörterung des Stils im engeren, technischen Sinne empfehl ich Ihnen das Büchlein *The Elements of Style* von William Strunk und E.B. White. Darin stehen Regeln wie diese: »Eine Partizipialkonstruktion am Anfang des Satzes muß sich auf das grammatische Subjekt beziehen«, und so fort. Und E.B. White ist einer der bewundernswertesten Stilisten, die unser Land bis heute hervorgebracht hat.
Freilich sollten Sie sich nochmal vergegenwärtigen, daß es niemanden interessieren würde, wie gut oder schlecht Mr. White schreibt, wenn er nicht faszinierende Dinge zu sagen hätte.

(1980)

Roots – meine Wurzeln

Ich stamme von Europäern ab, die seit Generationen selbstverständlich lesen und schreiben konnten, wie gleich ersichtlich wird, und die seit den frühen Gladiatorenkämpfen in Rom wahrscheinlich nie Sklaven gewesen sind. Ein penibler Historiker könnte einwenden, diese europäischen Vorfahren hätten sich nur zu oft ihren Kriegsherrn gebeugt. Wenn ich mir aber meinen Stammbaum in den letzten hundert Jahren und früher ansehe, finde ich keinen Militaristen darin.

Mein Vater und meine zwei Großväter sind nie Soldat gewesen, nur einer meiner Urgroßväter. Und zwar im amerikanischen Bürgerkrieg. Das war Peter Lieber aus Düsseldorf, Jahrgang 1832; meine Mutter war eine geborene Lieber. Dieser Peter Lieber, der für mich so wenig Realität hat wie für Sie, kam 1848 mit einer Million andrer Deutscher nach Amerika. Sein Vater hatte eine Bürstenfabrik gehabt. Peter ließ sich in New Ulm, Minnesota, nieder, wo er einen Gemischtwarenladen gründete und den Indianern Felle abkaufte. Als der Bürgerkrieg ausbrach und Abraham Lincoln um 75 000 Freiwillige warb, ging Peter Lieber zur Leichten Artillerie und diente zwei Jahre in der 22. Minnesota-Batterie, bis er verwundet und in Ehren entlassen wurde.

Sein rechtes Kniegelenk blieb auf Dauer steif, so daß er bis an sein Lebensende gehinkt hat, schreibt mein Onkel John Rauch (1890–1976). Dieser Nenn-Onkel war in Wirklichkeit ein angeheirateter Vetter, der Mann einer Kusine meines Vaters, Gertrude Schnull-Rauch. Er hatte in Harvard studiert und betrieb in Indianapolis eine angesehene Anwaltspraxis. In seinen späteren Jahren machte er sich zum Chronisten der Familie seiner Ehefrau, die teils auch meine Familie war, obwohl er mit ihr nur durch Heirat verwandt, aber nicht blutsverwandt war.

Deshalb rechnete ich kaum damit, in seiner Chronik mehr als eine Fußnote zu sein. Um so erstaunter war ich, als er mir eines Tages ein Manuskript schenkte mit dem Titel *Bericht über die Vorfahren von Kurt Vonnegut jun. – von einem alten Freund der Familie*. Es ist sorgsam recherchiert und von Onkel John besser geschrieben als viele meiner eignen Sachen, muß ich gestehen. Dieses Manuskript ist wohl das großherzigste Geschenk, das ich je bekommen habe, zumal es von einem Manne kam, der in meiner Gegenwart nie Lobendes über mein Werk sagte, außer, er sei erstaunt über die »überzeugende Autorität«, mit der ich spreche, und sei sicher, ich würde viel Geld verdienen.

Als ich in *Collier's* meine erste Kurzgeschichte veröffentlicht hatte, den *Bericht über den Barnhouse-Effekt*, wo der Held den Fall von Würfeln manipuliert, indem er konzentriert daran denkt, und schließlich in zwei Kilometern Entfernung Ziegelsteine in Kaminen lockern kann, sagte Onkel John: »Jetzt kriegst du Post von jedem Spinner im Lande. So etwas können die alle.«

Als ich den Roman *Katzenwiege* herausbrachte, schickte Onkel John mir eine Postkarte, darauf stand, »Du behauptest, das Leben sei ein Haufen Dreck, ja? Lies Thackeray!« Das meinte er wörtlich.

Denn in seinen Augen schrieb ich zu ungebildet, und als er mir meine Vorfahren schilderte, war's ihm sicher eine Genugtuung, mir zu demonstrieren, wie ein gebildeter Mensch schrieb. Ich fühle mich belehrt.

Wenn Onkel John in seiner Chronik von Kurt spricht, meint er meinen Vater, Kurt Vonnegut sen. Mich nennt er im allgemeinen K – das war mein Spitzname als Kind. Wer mich kannte, ehe ich zwölf war, redet mich noch heute so an. Ebenso meine Nachkommen.

Übrigens hab ich mich nie dem K aus Kafkas Werken verwandt gefühlt. Da ich in einer Demokratie aufgewachsen bin, hoffte ich immer zu wissen, wer das Sagen hatte und was wirklich los war. Was vielleicht ein Fehler ist.

Auf den ersten Seiten des Manuskripts gibt Onkel John einen trockenen, lexikonhaften Überblick der Besiedlung Nordamerikas durch europäische Einwanderer und die daraus erwachsende Blüte von Handel, Industrie, Landwirtschaft und so fort. Die größte Einwandererwelle kam aus Deutschland – die zweite aus Italien, die dritte aus Irland.

Onkel Johns Schluß dieses Prologs verdient hier zitiert zu werden: *Die beiden Weltkriege, in denen die USA sich mit anderen Ländern gegen Deutschland alliierten, waren eine schmerzliche Erfahrung für die Deutschamerikaner. Sie fanden es schrecklich, gegen ihre ehemaligen Landsleute Krieg zu führen, aber das taten sie, und man sollte festhalten, daß in jenen furchtbaren Jahren unter den Millionen Deutschstämmiger in den Vereinigten Staaten kein einziger Fall von Verrat zu verzeichnen war.*

Die Deutschstämmigen liebten zwar ihre alte Heimat, aber Kaiser Wilhelm II. und seine Säbelrassler billigten sie ebensowenig wie Hitler und seine brutalen Nazis. Ihre Herzen schlugen für England und blieben geprägt von ihrer Entscheidung für die englische Kulturwelt. Als England 1917 und dann wieder 1941 in Bedrängnis geriet, kamen ihm die Deutschamerikaner gegen das Land ihrer Vorväter zu Hilfe. Das findet nur selten die gebührende Beachtung.

Wie wahr.

Ich habe schon ein paarmal erwähnt, wie tief die antideutschen Ressentiments in Amerika meine Eltern im Ersten Weltkrieg beschämt und verstört hatten; so tief, daß sie mich großzogen, ohne mir Sprache oder Literatur oder Musik oder mündliche Familiengeschichte, die sie liebten, zu vermitteln. Um ihren Patriotismus zu zeigen, ließen sie mich mit vollem Bewußtsein unwissend und wurzellos.
Das taten in Indianapolis offenbar auch viele andre deutschamerikanische Familien mit verblüffendem Kleinmut. Und Onkel John scheint richtig stolz zu sein auf diese Zerschlagung und stumme Beisetzung einer Kultur, die mir heute gewiß guttäte.
Dennoch sträuben sich mir immer wieder die Haare, wenn ich einem Deutschamerikaner begegne, der ganz untypisch im Haß auf Präsident Wilson erzogen wurde. Denn Woodrow Wilson hatte ja nicht nur die Loyalität aller *Bindestrich-Amerikaner*, wie er sie nannte, in Zweifel gezogen, sondern denen den Rücken gestärkt, die angeblich die Demokratie so liebten, daß sie im ganzen Land die Wände deutscher Geselligkeits-, Sport- und Bildungsvereine beschmierten und sich weigerten, deutsche Musik zu hören oder auch nur Sauerkraut zu essen. Soweit ich weiß, haben meine Verwandten kaum mal von Wilson gesprochen, weder für noch gegen ihn.

Einer meiner deutschamerikanischen Freunde allerdings, seines Zeichens Architektur-Historiker und in meinem Alter, zieht mit Sicherheit über Woodrow Wilson her, wenn er ein paar Drinks intus hat. Er klagt dann, Wilson habe unserm Land eingeredet, es sei patriotisch, dumm zu sein und auch noch stolz darauf, nur eine Sprache zu verstehen; zu glauben, daß alle andern Kulturen minderen Werts und lächerlich seien, ein Dorn im Auge Gottes und des gesunden Men-

schenverstands; und zu meinen, Künstler und Lehrer und andre Studierte erwiesen sich immer als Schwächlinge, wenn es im Leben echte Probleme zu bewältigen gebe, und so fort.
Dieser Freund sagt, besonders fatal sei es für unser Land gewesen, daß so viele Deutschamerikaner in Kunst und Bildung führend waren, als sie der Bannstrahl von ganz oben traf. Denn da nun alles, was sie zu ihrer Zeit taten und vertraten, sogar das Turnen, als verwerflich galt, hätten sie nicht nur sich selber, sondern die gesamte amerikanische Kultur hirnamputiert. »Was bleibt, ist der amerikanische Football!« ruft mein deutschamerikanischer Freund abschließend. Und dann bietet jemand an, ihn nach Hause zu fahren.

Doch zurück zu Onkel John:
Alle acht Urgroßeltern von Kurt Vonnegut jun. gehörten zu der riesigen Einwanderungswelle von Deutschen, die in dem Halbjahrhundert zwischen 1820 und 1870 in den mittleren Westen kamen. Es waren dies: Clemens Vonnegut sen. und seine Frau Katarina, geb. Blank; Henry Schnull und seine Frau Matilda, geb. Schramm; Peter Lieber und seine Frau Sophia, geb. de St. André; Karl Barus und seine Frau Alice, geb. Möllmann. Vor ihnen ins Land gekommen waren nur vier der sechzehn Ur-Urgroßeltern, nämlich Jacob Schramm und seine Frau Julia, geb. Junghans; und Johann Blank und seine Frau Anna Maria, geb. Oger. Die übrigen zwölf und deren Vorfahren sind meist nicht einmal namentlich bekannt. Sie haben Deutschland nie verlassen und sind dort begraben und vergessen.
Alle acht Ahnen jedoch, die in die USA einwanderten, kamen mit besserer Bildung und aus höherem Stand als der Durchschnitt. Sie waren – abgesehen von Anna Ogers Eltern – Bürgerliche: Kaufleute und Stadtmenschen der oberen Mittelschicht, während das Gros der deutschen Einwanderer sonst aus Bauern oder Handwerkern bestand.

So kam zum Beispiel K's Ur-Urgroßvater Jakob Schramm aus Sachsen, wo die Familie seit Generationen mit Korn gehandelt hatte. Er brachte fünftausend Gold-Dollar mit, sechshundert Bücher und kistenweise Haushaltsgüter, darunter ein Meißner Service. Er kaufte Land in der Gegend von Cumberland, Indiana. Da er sehr sprachgewandt war, schrieb er eine Reihe von Briefen nach Hause, in denen er seine Erfahrungen schilderte und wertvolle Hinweise für künftige Einwanderer gab. Diese Briefe wurden in Deutschland als Buch veröffentlicht. Ein Exemplar befindet sich in der Bibliothek der Historischen Gesellschaft von Indiana, die 1928 eine Übersetzung davon herausgab. Jacob Schramm war weitgereist – einmal rund um die Welt. Und er wurde reich. Er kaufte weite Strecken Land, etwa an der alten Michigan Road im Nordwesten von Indianapolis ein Stück von achthundert Hektar. Er gab den später Angekommenen Kredite, falls diese durch Hypotheken gedeckt waren. Als seine einzige Tochter Matilda 1857 Henry Schnull heiratete, schoß Jacob Schramm ihm das Kapital für einen Lebensmittel-Großhandel vor – den Anfang einer erfolgreichen Kaufmannslaufbahn, die Schnull ein großes Vermögen einbrachte.

K's väterliche Vorfahren, die Vonneguts, waren ebenfalls Leute von Niveau. Sie stammten aus Münster in Westfalen, und ihr Name leitet sich von einem entfernten Vorfahren her, der an einem Flüßchen namens Funne ein Gut besaß. Der Name Funnegut wurde zum Glück in Vonnegut geändert – Funnegut hätte auf Englisch sehr komisch geklungen, es wäre wie ›funny gut‹ ausgesprochen worden.

Clemens Vonnegut sen. war 1824 in Münster zur Welt gekommen; er wanderte 1848 in die Vereinigten Staaten ein und ließ sich 1850 in Indianapolis nieder. Sein Vater war beim Herzog von Westfalen Steuerbeamter gewesen.

Clemens war gebildeter als achtundneunzig Prozent der Einwanderer aus Deutschland oder anderen Ländern. Er hatte in Hannover das Abitur gemacht, was damals bedeutete, daß er das Äquivalent einer amerikanischen College-Ausbildung besaß und berechtigt war, an einer Universität zu promovieren. Er beherrschte Latein und Griechisch und sprach Französisch so fließend wie seine Muttersprache. Er war in Geschichte und Philosophie bewandert, hatte einen reichen Wortschatz und schrieb außerordentlich klar. Zwar war er katholisch erzogen worden, aber er lehnte die Amtskirche ab und konnte Priester nicht ausstehen. Vielmehr bewunderte er Voltaire und teilte viele seiner philosophischen Ansichten. Statt auf eine Universität zu gehen, wurde er Vertreter für eine holländische Textilfirma aus Amsterdam. Mit vierundzwanzig, 1848, faßte er den Entschluß, in die USA auszuwandern, und war zunächst weiter Vertreter für die Textilfirma. Als er 1850 nach Indianapolis kam, lernte er einen Landsmann namens Vollmer kennen, der schon ein paar Jahre da war und einen Handel mit Eisenwaren und anderen Dingen aufgemacht hatte. Die zwei freundeten sich an, und Vollmer lud Vonnegut ein, in seine Firma einzutreten. Die hieß nun Vollmer & Vonnegut. Aber Vollmer beschloß schon nach kurzer Zusammenarbeit, weiter in den Westen zu ziehen, um das Neuland zu erforschen und die Goldfelder zu suchen, die gerade in Kalifornien entdeckt worden waren. Danach hörte man nie mehr von ihm, er hat wohl im »Wilden Westen« sein Leben gelassen.

So wurde Clemens Vonnegut Alleininhaber des kleinen Geschäfts, das er ab 1852 zunächst selber und später mit seinen Söhnen und Enkeln zu einem beachtlichen Unternehmen ausbaute, der Vonnegut: Eisenwaren-Comp.

Auf der anderen Straßenseite, gegenüber seinem ersten, bescheidenen Laden auf der East Washington Street, gab es in den achtzehnhundertfünfziger Jahren ein kleines deutsches Restaurant. Eine der Kellnerinnen dort war die hübsche Katarina Blank. Sie war eins von den sieben Kindern einer deutschen Bauernfamilie, die aus Urloffen in Baden stammte und westlich von Indianapolis, in der Wayne Township von Marion County, eine Farm besaß. Die Blanks hatten alle

Hände voll zu tun, die Farm einträglich zu machen, nachdem sie die Bäume gefällt und das Land trockengelegt hatten. Da so viele Kinder ernährt und gekleidet sein wollten, mußten diese nach einigen Jahren Grundschule ihren Lebensunterhalt selbst verdienen. Katarina fand Arbeit als Kellnerin und lernte in dem Restaurant Clemens Vonnegut kennen, der sich in sie verliebte. Die beiden heirateten 1852, als er achtundzwanzig und sie vierundzwanzig war. Sie kauften sich an der West Market Street ein bescheidenes Haus und zogen ihre Familie in ständig wachsendem Wohlstand auf. Katarina war wie Clemens klein von Gestalt und dunkel. Beide sprachen zu Hause deutsch, konnten aber auch gut französisch. In der Erziehung ihrer Kinder bewahrten sie getreu die Sitten und Gebräuche Deutschlands im neunzehnten Jahrhundert. Es ist aufschlußreich für die asketische, puritanische Ethik von Clemens, daß sein Lieblings-Dichter nicht etwa Goethe, das größere Genie, war, sondern Schiller. Clemens mißbilligte Goethes Moral und mochte ihn nicht lesen. Katarina entwickelte sich trotz ihrer schlichten Herkunft und Bildung zu einer hochgeachteten und würdigen Familienchefin, die von ihren Kindern und Enkeln zärtlich geliebt wurde.

Clemens erwarb sich öffentliche Achtung vor allem durch sein Eintreten für ein fortschrittliches allgemeines Bildungswesen. Er war siebenundzwanzig Jahre im Städtischen Rat der Schulbeauftragten von Indianapolis, die meiste Zeit als Vorsitzender und Geschäftsführer. Er versah dieses Amt unbestechlich und sehr effektiv. Besonders kümmerte er sich um die Oberschule und sorgte für erstklassigen Unterricht in den Fächern Latein und Griechisch, Geschichte und Gesellschaftskunde. Überdies trug er wesentlich dazu bei, daß 1894 eine zweite Oberschule eröffnet wurde, die Ober-Realschule, wo unter dem Direktor Professor Emmerich vor allem die Fächer Physik, Chemie, Mathematik und Maschinenwesen unterrichtet wurden. Die Absolventen dieser beiden Schulen waren bis etwa 1940 in Harvard oder Yale oder an anderen großen

Universitäten immer gern gesehen; seither sank jedoch das Ansehen dieser Schulen, da sie leider die Ansprüche zurückschraubten.

Über Clemens Vonnegut wurden viele Geschichten erzählt. Gleich als er in den Rat der Schulbeauftragten kam, stellte er fest, daß die Banken von Indianapolis auf die erklecklichen Summen, mit denen der Rat seine Tätigkeit finanzierte, keine Zinsen zahlten. Er forderte, die Banken müßten auch die Rats-Guthaben verzinsen. Das wurde damals als unerhörte Revolution der bis dahin behaglichen Geschäftsgebräuche angesehen. Also sprach der Bankier John P. Frenzel bei Clemens vor und verwünschte ihn in höchsten Tönen. Clemens tat, als sei er schwerhörig und hielt sich die Hände hinter die Ohren. Frenzel brüllte lauter. Clemens tat weiter, als höre er nichts. Frenzel wurde noch lauter und brach in drastische Beschimpfungen aus, aber ohne Erfolg. Clemens »hörte« ihn einfach nicht. Schließlich stürmte Frenzel aus dem Büro, immer noch nicht erhört. Doch seitdem zahlte die Bank Zinsen und tut das bis heute.

Ein anderes Mal kam ein enttäuschter Unternehmer und beschwerte sich, daß der Auftrag für einen Schulbau an einen Bewerber gegangen sei, der nicht in der »richtigen« Partei war. Auch dieses Mal tat Clemens, als sei er schwerhörig; außerdem zog er ein Federmesser hervor und begann sich die Fingernägel zu schneiden. Der Unternehmer schimpfte wie ein Rohrspatz. Clemens blieb ungerührt und stumm. Nachdem er die Fingernägel fertig hatte, zog er Schuhe und Socken aus und schnitt sich auch die Fußnägel in bedächtiger, wortloser Konzentration. Sein Besucher zog angewidert ab und verwünschte den verrückten Deutschen. Clemens blieb unerschütterlich gelassen. Von ihm wurden viele solcher Geschichten erzählt. Aber als er 1906 mit zweiundachtzig starb, war er in den geschäftlichen und politischen Kreisen der Stadt hoch angesehen – überragt eigentlich nur von Henry Schnull, der unter den deutschen Einwanderern von Indianapolis noch mehr galt.

Als die Siebzig näher rückten, übertrug Clemens die Leitung seines Geschäfts in die fähigen Hände seiner drei Söhne Clemens jun., Franklin und George. Sein Sohn Bernard hatte nur kurz im väterlichen Unternehmen gearbeitet, konnte aber am »Schraubenhandel« nichts finden, sondern wandte sich seinem Lebensziel, der Architektur und seiner Leidenschaft für die Kunst, zu. Er war nie so robust wie seine Brüder, von denen zwei erst im Alter von über neunzig starben. Ihr Vater hatte ihnen ein Beispiel gesetzt, nicht nur durch seine moralische Integrität, sondern auch durch seine physische Gesundheit, die er mit ständiger Körperertüchtigung aufrecht erhielt. Bis zum Ende seiner Tage war der alte Clemens überzeugter Anhänger von Turnvater Jahn: Ein gesunder Geist in einem gesunden Körper. Er turnte täglich bei jeder Witterung und er aß und trank sehr sparsam. Er wog nie mehr als 100 Pfund. Man sah ihn mit schnellen Schritten durch die Straßen laufen, wobei er in jeder Hand ein dickes Holzscheit trug. Wenn er an einem Baum vorbeikam, der in Reichweite einen stabilen Ast hatte, blieb er stehen, legte die Scheite ab und machte ein paar Klimmzüge an dem Ast. Eines kalten Dezembertags im Jahre 1906, nun im dreiundachtzigsten Lebensjahr, ging er auf seinen üblichen Spaziergang. Unterwegs wurde er offenbar verwirrt und verlor die Orientierung. Als er nicht zur gewohnten Stunde zurückkam, machte die Familie mit der Polizei eine Suchaktion. Man fand ihn etliche Kilometer von zu Hause entfernt an einer Landstraße liegen, tot. Das war ein Ableben, wie er es gutgeheißen hätte – aktiv bis zum Ende.

Fast alle meine Ahnen kamen aus Europa direkt nach Indianapolis, außer Peter Lieber und seiner Frau Sophie de St. André, die in New Ulm, Minnesota, den Gemischtwarenladen hatten. Als Peter mit steifem Bein aus dem Bürgerkrieg heimkehrte, hatte sich das Aufblühen von Indianapolis überall herumgesprochen. New Ulm wirkte im Vergleich damit tot.

Also bewarb sich Peter, nach Onkel Johns Bericht, um eine Beraterstelle bei Oliver P. Morton, dem Gouverneur von Indiana. Denn der brauchte einen deutschen Verbindungsmann für seine politische Arbeit. Die Stelle war gut dotiert und sicher, und Peter blieb bis zum Ende des Bürgerkriegs im Amt.

Im Jahre 1865 eröffnete sich dann eine Chance für Peter. Die führende Brauerei der Stadt hieß Gack & Biser's, und als die beiden Besitzer starben, stand sie zum Verkauf. Peter wußte nicht das mindeste über das Brauerei-Geschäft, aber er stellte einen erfahrenen Braumeister namens Geiger ein, der die Sachkenntnis mitbrachte, und so braute und verkaufte er nun Lieber's Beer. Es war von Anfang an ein erfolgreiches Unternehmen. Peter richtete sein Hauptaugenmerk auf den Verkauf und war darin sehr tüchtig. Was auch hieß, daß er in die Politik mußte, wenn er seine Gaststätten gut betreuen wollte.

Peter blieb in der Politik, allein schon, um für seine besten Kunden die Schanklizenzen zu erhalten. Und bis 1880 wählte er, wie alle Bürgerkriegsveteranen, treu republikanisch. Doch in diesem Jahr nahmen die Republikaner auf Druck der Methodisten den Beschluß, daß der Handel mit Bier und Spirituosen eingedämmt werden müsse, in ihr Wahlprogramm auf – die erste Regung der Prohibition. Peter war außer sich, das bedrohte seine Existenz. Also wechselte er die Partei und war von da an ein sehr aktiver und kämpferischer Demokrat.

Er spendete großzügig für den Prässidentschaftswahlkampf von Grover Cleveland, besonders 1892, als sich Cleveland zum zweiten Mahl zur Wahl stellte. In Anerkennung dafür ernannte er Peter 1893 zum Generalkonsul in Düsseldorf.

Peter Lieber verkaufte seine Brauerei an einen britischen Konzern, der Peters ältesten Sohn, meinen Großvater Albert, gern als Geschäftsführer übernahm. Und so kehrte Peter 1893 nach Deutschland zurück und kaufte sich in der Nähe von Düsseldorf ein Schloß am Rhein. Mitgebracht hatte er Präsident

Clevelands Akkreditierung als Generalkonsul. Onkel John schreibt: *Er hißte über seinem Schloß das Sternenbanner, ließ die geringen Pflichten seines Amts von Angestellten erledigen und lebte die letzten Jahre in Wohlstand und gesellschaftlichem Glanz.*
Sein Sohn Albert, der nie ein College besucht hatte, blieb in Indianapolis, leitete die Brauerei und fuhr einmal im Jahr nach London, um den neuen Inhabern Bericht zu erstatten.

Damit hätte nun also Onkel John jene vier von meinen Urgroßeltern vorgestellt, die den Mädchennamen meiner Mutter, Lieber, und meines Vaters Namen, Vonnegut, in dieses Land brachten, als es noch weithin Wildnis war. Vier weitere Urgroßeltern, vier Großeltern und zwei Eltern müssen noch beschrieben werden.
Lassen Sie mich hier einschalten, daß der für mich faszinierendste Ahn Clemens Vonnegut ist, der am Rande einer Landstraße starb.
Clemens Vonnegut war ein kultivierter Exzentriker, sagt Onkel John. Das hab ich auch immer sein wollen.
Er war klein von Gestalt, aber unerschütterlich in seiner Selbständigkeit und seinen Grundüberzeugungen, sagt Onkel John. *Obwohl alle seine Vorfahren katholisch gewesen waren, bekannte er sich zum Atheismus oder Freidenkertum.* Das tu ich auch. *Besser gekennzeichnet wäre er freilich als Skeptiker – als jemand, der es ablehnt, Undurchschaubares zu glauben.* Auch *Skeptiker* ist eine gute Kennzeichnung für mich.
Dabei war er ein Musterbild viktorianischer Strenge, lebte sehr bescheiden und verabscheute Exzesse jeder Art, sagt Onkel John. Darum bemüh ich mich. Ich trinke nicht mehr, rauch aber wie ein Schlot. Ich bin monogam, allerdings zum zweiten Mal verheiratet.
Besonders bewunderte er Benjamin Franklin, den er als amerikanischen Heiligen betrachtete, und nannte seinen dritten

Sohn nach ihm, nicht nach einem Heiligen des christlichen Kalenders. Ich hab meinen einzigen Sohn nach Mark Twain genannt, einem andern amerikanischen Heiligen.

In Anerkennung seiner Verdienste um das öffentliche Bildungswesen, fährt Onkel John fort, *wurde eine Schule in Indianapolis nach ihm benannt. Er wußte sich auszudrücken, war belesen und schrieb eine Reihe von Essays, in denen er seine Ansichten von Bildung, Philosophie und Religion darstellte. Außerdem schrieb er sich selbst seine Totenrede.*

Nun weiter mit der Chronik von Onkel John:

Der zweite Urgroßvater von Kurt Vonnegut jun., der in Indianapolis hohe Anerkennung genoß, war Henry Schnull. Zusammen mit seinem Bruder August war er, zehn Jahre vor dem Bürgerkrieg, aus dem westfälischen Städtchen Hausberge eingewandert. Beide hatten in Deutschland Kaufmann gelernt und verstanden sich auf Märkte und aufs Kalkulieren. Sie begannen damit, in Indiana Landprodukte zu handeln. Sie bereisten mit einem Planwagen die Farmen, kauften Getreide, Butter, Eier, Hühner, Pökelfleisch oder Schinken und verkauften diese mit Profit in der Stadt.

Als das mit hartem persönlichem Einsatz immer besser ging, erweiterten sie ihr Geschäft und transportierten die Überschüsse zum Ohio, nach Madison oder Jeffersonville, Indiana. Dort ließen sie die Waren auf Frachtschiffe laden, die den Ohio und den Mississippi hinunter nach New Orleans fuhren. Einer der Brüder begleitete jeweils die Ladung und kümmerte sich in New Orleans ums Geschäft. Der Markt dort brauchte ihre Produkte, und vom Erlös kauften sie Kaffee, Rum und Sorghum-Sirup, der damals New-Orleans-Melasse hieß. Diese Waren wiederum gingen per Schiff nach Norden und ließen sich in Cincinnati und Indianapolis gut absetzen. Die Brüder sollen eine der letzten Schiffsladungen nach Norden gebracht haben, ehe die Konföderierten bei Memphis den

Fluß sperrten. Danach stieg der Preis von Sorghum-Sirup und Kaffee in schwindelnde Höhen, und so bekamen die Brüder Schnull genug Kapital, um einen Lebensmittel-Großhandel zu gründen und sich ein Lagerhaus zu bauen, das heute noch an der südöstlichen Ecke der Washington und der Delaware Street in Indianapolis steht. Ihre Firma hieß zunächst A. & H. Schnull und später Schnull & Company. Denn am Ende des Bürgerkriegs meinte August Schnull, er habe nun Geld genug und könne nach Deutschland zurück. Also verkaufte er seinen Anteil an Henry und fuhr mit zweihunderttausend Dollar nach Hausberge, wo er sich ein Schlößchen kaufte und bis zu seinem Tode 1918 ein Herrenleben führte.
Henry Schnull entschied sich, weiter in den USA zu bleiben. Er wurde einer der führenden Kaufleute von Indiana und war ein hochangesehener Bürger der Stadt. In Erweiterung seines Lebensmittel-Großhandels gründete er die Eagle-Maschinenfabrik, die sich zu den Atlas-Maschinenwerken ausdehnte und vor allem Dampfmaschinen und Landwirtschaftsgeräte herstellte. Außerdem gründete er die erste Textilfabrik in Indiana, die American Woolen Company.
Kurz nachdem 1865 die Errichtung nationaler Banken gesetzlich geregelt war, gründete er auch die Handelsbank von Indianapolis, die alle folgenden Börsenkräche überlebte und weiter fortbesteht; er wurde ihr erster Präsident.
Henry Schnull war enorm fleißig, entschlußfreudig und unabhängig; intelligent, selbstbewußt und ideenreich; unbestechlich und ein verläßlicher Geschäftspartner; und völlig hingegeben seinem Geschäft und dessen Vergrößerung. Er wurde – selbst für seine Zeit – sehr reich, überschrieb seinen Kindern großzügige Schenkungen und hinterließ, als er 1905 starb, ein Vermögen, von dem drei Generationen seiner Nachfahren in Wohlstand leben konnten. Aber er war so sehr von seinen vielen Tätigkeiten in Anspruch genommen, daß er sich wenig um die Familie kümmerte und seine Kinder ihn nur selten sahen. Seine Frau Matilda, geb. Schramm, hatte er 1854 bei einer seiner Geschäftsreisen auf ihrer väterlichen

Farm kennengelernt; sie war ebenso unbeugsam und resolut wie Henry, hatte aber ein warmes, liebenswertes Wesen und war die wirkliche Chefin der Familie.

Onkel John hat uns nun über meine zwei Urgroßeltern-Paare väterlicherseits erzählt, Clemens Vonnegut und seine Ehefrau Katarina Blank, sowie Henry Schnull und seine Ehefrau Matilda Schramm, und von einem Urgroßeltern-Paar mütterlicherseits, dem hinkenden Bürgerkriegsveteranen Peter Lieber und seiner Ehefrau Sophia de St. André.

Damit komme ich auf das vierte Urgroßeltern-Paar, die einzigen, die mit Kunst zu tun hatten. Das waren »Professor« Karl Barus, *der erste vollausgebildete Gesang-, Violin- und Klavierlehrer der Stadt,* wie Onkel John schreibt, und seine Frau Alice Möllmann.
Professor Barus war hoch angesehen und leitete, neben seiner Tätigkeit als Privatmusiklehrer, Orchester, Chöre und andere Musikveranstaltungen. Er war vielseitig gebildet und entschieden ein Intellektueller. Er hatte nie in Handel oder Gewerbe gearbeitet, sondern verdiente gut durch seinen Unterricht, und er lebte gut. Professor Barus hatte sich in den frühen fünfziger Jahren zunächst in Cincinnati niedergelassen, wo er Musikdirektor des Gesangvereins wurde.
Im Jahre 1858 bekam Dr. Barus eine Einladung nach Indianapolis, um beim großen Musikfest einen gemischten Chor der deutschen Gesangvereine von Indianapolis, Louisville, Cincinnati und Columbus, Ohio, zu dirigieren. 1882 lud ihn das Deutsche Haus von Indianapolis ein, Musikdirektor des Männerchors zu werden, und das blieb er bis 1896.
Bei seinem letzten Konzert in jenem Jahr, im Saalbau Tomlinson, wurde ihm eine stehende Ovation bereitet und als Anerkennung für seinen großen Beitrag zum Musikleben der Stadt ein silberner Lorbeerzweig verliehen. In seinen letzten

zwölf Lebensjahren gab er ausgewählten Schülern Klavier- und Gesangunterricht und war immer sehr beliebt. Sein Einfluß auf den Musikgeschmack und das Musikverständnis der Stadt ist kaum zu überschätzen. Niemand hat ihn je wirklich ersetzen können.

Und Professor Karl Barus, der Musiker, zeugte mit Alice, seiner Ehefrau, eine weitere Alice Barus, die laut Onkel John *eine der hübschesten und künstlerisch begabtesten jungen Damen von Indianapolis war. Sie spielte Klavier und hatte eine gute Singstimme; außerdem schrieb sie selber Musik, und einige Kompositionen wurden auch gedruckt.*
Sie war die Mutter meiner Mutter.
Ja, und Peter Lieber, der hinkende Kriegsveteran, zeugte mit Sophia, seiner Ehefrau, Albert Lieber, der in Indianapolis Bierbrauer und Bonvivant wurde.
Er war der Vater meiner Mutter.

Henry Schnull, der Kaufmann und Bankier, zeugte mit Matilda, seiner Ehefrau, Nanette Schnull, die laut Onkel John *in ihrer Blüte eine sehr schöne Frau mit einer schönen Sprech- und Singstimme war. Sie konzertierte oft als Sängerin, lachte gerne, liebte Menschen und wurde von einer Schar von Freunden herzlich wiedergeliebt.*
Sie war die Mutter meines Vaters.
Und Clemens Vonnegut, der Freidenker und Begründer der Vonnegut: Eisenwaren-Comp., zeugte mit Katarina, seiner Ehefrau, Bernard Vonnegut, der laut Onkel John *seit früher Jugend zum Künstlerischen neigte. Er konnte mit Geschick zeichnen und malen. Aber Bernard war sehr still und in sich gekehrt. Er hatte keine engen Freunde und nahm kaum am geselligen Leben teil. So wirkte er nie glücklich und aufgeschlossen, sondern wortkarg, menschenscheu und als ob er verächtlich auf seine Umwelt herabsehe.*
Er war der Vater meines Vaters.

Wir kommen nun auf den Luftikus der Familie, auf Albert Lieber, dessen seelische Grausamkeit gegenüber seinen Kindern meines Erachtens viel zum Selbstmord meiner Mutter beigetragen hat. Er war, wie gesagt, der Sohn des hinkenden Bürgerkriegsveteranen. Als dieser in den Ruhestand nach Düsseldorf gezogen war, blieb Albert in Indianapolis und leitete die Brauerei, die sein Vater einem britischen Konzern verkauft hatte. Er war Jahrgang 1863.

Als ich ihn kennenlernte, imponierte er mir wenig. Er lag die ganze Zeit wegen Herzschwäche im Bett. Und hätte genausogut ein Marsmensch sein können. Was ich sonst noch weiß? Daß sein Mund mit schlaffen Lippen offenstand. Und daß es darin sehr rosa aussah.

Albert reiste, als er jünger war, oft in Geschäften nach London. *Seine Garderobe,* schreibt Onkel John, *ließ er in der Savile Row schneidern. Immer war er strikt nach der viktorianischen Herrenmode gekleidet: Prinz-Albert-Schoßröcke aus Lüster, seidene Hüte, schottischer Tweed, gestärkte Hemden mit Patentkragen, handgefertigte Schuhe. Er sah gut aus, war liebenswürdig und sehr gesellig. Er liebte Partys, die feine Küche, gute Weine. Und er stak dauernd in neuen Herzensaffären, erschien mit wechselnden Begleiterinnen und schätzte deftige Vergnügungen.*

Die Brauerei unterstand der Oberaufsicht eines früheren britischen Offiziers, des Oberst Thompson, der alle ein oder zwei Jahre Indianapolis besuchte, sich ein Bild machte und nach London Bericht gab. Er und Albert schöpften gemeinsam den Rahm der Profite ab, indem sie überhöhte Spesen, Werbekampagnen, eine PR-Abteilung, politische Schmiergelder und anderes in Rechnung stellten, um den Löwenanteil der Überschüsse für sich zu behalten. Der Konzern erwartete fünf Prozent Rendite, und die bekam er. Alles weitere steckten Albert und seine Kumpane ein.

Im Gegensatz zu seinem Vater, der konservativ, reserviert und sehr genügsam und bescheiden gewesen war, trat Albert als übermütiger, bombastischer Gesellschaftslöwe auf, der das Geld mit vollen Händen ausgab. Er lebte nur im ganz großen Stil – in wechselnden Herrschaftshäusern mit Scharen von Dienern, Pferden, Kutschen und später den elegantesten Automobilen. In seinen besten Tagen hatte er immer einen englischen Butler und einen livrierten Lakai. Für die Bewirtung seiner Freunde war ihm das Teuerste gerade gut genug: Erlesenes Fleisch, alte Weine, frische Blumen, die feinsten Tischdecken und das kostbarste Tafelgeschirr.

Er stand schnell in dem Ruf, ein Millionär zu sein, der sich alles leistete. Er wurde ein fröhlicher Spießgeselle der »Gaudi-Burschen« von Indianapolis, allesamt reicher Leute Söhne, darunter auch Booth Tarkington. Sie gaben die tollsten Feste. Einer von ihnen besaß das English Hotel am Monument Circle sowie English's Opera House, wo die wichtigsten Tourneetheater gastierten. Er hatte auf der rechten Seite des Saals eine private Loge, von der eine Tür direkt auf die Bühne führte. Das gab ihm und seinen Kumpanen bequemen Zutritt zu den Schauspielerinnen und besonders den Choristinnen der Operetten.

So manches Mal mieteten sie für eine Nacht das beste Bordell der Stadt – scherzhaft als Fakultätsclub-Anbau bezeichnet; es lag auf der Ostseite der New Jersey Street, etwa zwei Häuserblocks nördlich der Washington Street. Kein Bargeld besudelte die würdevolle Atmosphäre des Anbaus. Die Liebhaber erhielten diskrete Rechnungen für die erbrachten Dienste. Hier feierten die »Gaudi-Burschen« bacchanalische Orgien, die der gesetzteren Gesellschaft manch köstlichen, saftigen Klatsch bescherten. Aber sie begingen ihre Indiskretionen strikt nach den Regeln des viktorianischen Anstands, in kleinem Kreis und hinter verschlossenen Türen – dafür sind Türen da.

Einer ihrer putzigen Bräuche war die Initiation Gleichgesinnter in ihren sogenannten W-A-Club. Da bekam der Neuling, vor Beginn eines festlichen Essens in einem Club oder Hotel, die Augen verbunden und wurde auf ein kühles, fri-

sches Faß Lieber-Bier gesetzt, das bereits angezapft war. Wenn man nun den Hahn aufdrehte, spritzte das Bier heraus und durchnäßte den Kandidaten. Dann hatte er den nötigen »nassen Arsch« und war qualifiziert, zu ihrer Kumpanei zu gehören. Bei einem Juwelier ließen sie sogar einen goldenen Anstecker mit den Buchstaben »W-A« machen, den man am Revers trug. Außerdem waren sie sportbegeistert und mieteten sich einen eigenen Pullman-Wagen, wenn sie zu Boxmeisterschaften, Pferderennen und anderen Sportereignissen fuhren. Sie nahmen keine Drogen, redeten nie unflätig und respektierten die achtbaren Frauen. Sie waren immer gut gekleidet und allesamt manierlich und gentlemanlike.

Dieser King-Edward-Bonvivant heiratete im Jahre 1885 die schöne, musikalische Alice Barus. Sie bekamen drei Kinder. Meine Mutter war die älteste. Und dann starb Alice Barus an Lungenentzündung, als meine Mutter sechs war.

Kurz danach, sagt Onkel John, *heiratete Albert eine ebenso schöne wie schwierige Frau, die von Alberts Familie und seinen Freunden nie akzeptiert wurde, Ora. D. Lane. Sie war eine hervorragende Geigerin und stammte aus Zanesville, Ohio. In der Familie redete man sie »O.D.« an, aber die meisten nannten sie hinter ihrem Rücken »Odious«, hassenswert. Sie entpuppte sich nämlich als eine richtige Bilderbuch-Stiefmutter. Sie züchtigte und quälte Alberts Kinder auf vielfältige Weise. Sie mochte sie einfach nicht und behandelte sie so schlecht, daß alle drei ein seelisches Trauma erlitten, von dem sie nie genasen. Während sie vorher nur Liebe und zärtliche Fürsorge erfahren hatten, wurden sie jetzt jeglicher Entwürdigung, Erniedrigung und Vernachlässigung unterworfen. »O.D.« bedrohte sogar Albert, wollte ihn umbringen, schlief mit einer Pistole unterm Kopfkissen und war eine richtige Teufelin und Furie. Der freundliche, sanfte Albert ertrug sie eine Weile und ließ sich dann scheiden; freilich, er mußte ihr beachtliche Alimente zahlen, die sein Kapital, das nie groß war, erheblich angriffen. Er hatte kaum Geld zurückgelegt, sondern es mit vollen Händen ausgegeben; er rechnete fest darauf, von der Brauerei weiterhin hohe jährliche Einkünfte zu haben.*

Aber abschrecken ließ er sich auch nicht, Albert heiratete zum dritten Mal – eine kaum bemerkenswerte Witwe aus Kanada namens Meda Langtry, deren mitgebrachte Tochter er adoptierte und in Alberta umbenannte.

Meda war sehr viel jünger als Albert. Sie war etwa im selben Alter wie seine erste Tochter Edith.

Kurz nach Alberts dritter und letzter Eheschließung brach 1921 die Prohibition herein, schreibt Onkel John, *und die Brauerei wurde geschlossen. Albert verlor seine Stellung, und seitdem ging es bergab mit ihm. Bei seinem Tode war er, jedenfalls nach seinen Begriffen, relativ verarmt. Seine letzten Lebensjahre finanzierte er durch den Verkauf verschiedener Immobilien, auch seiner früheren Residenz, eines Herrschaftshauses auf einem Grundstück von vierzig Hektar, das auf den White River hinausging und sich nach Norden bis zum Kessler Boulevard und der West Fifty-sixth Street von Indianapolis erstreckte. Dieser Boden wäre heute mindestens eine Million Dollar oder mehr wert.*

Er besaß, wie alle reichen Leute, eine bunte Sammlung von Wertsachen, die er nicht als Investition erworben, sondern als Beigabe seiner vielfachen Privilegien bekommen hatte – allerlei Pfandbriefe, Gemälde, Porzellan, Möbel und andere Kunstgegenstände. Vieles davon mußte er verkaufen, aber ein Bündel Wertpapiere hatte er zurückbehalten, sein Nachlaß belief sich auf 311 607,65 Dollar. Seine Kinder bekamen von Peter Liebers Vermögen nur noch diesen Rest aus Alberts Nachlaß und dazu einige Treuhandgelder, die schon Peter in Aktien der Handelsbank angelegt hatte. Und so schloß sich der sprichwörtliche Kreis vom Ärmelaufkrempeln zurück

zum Ärmelaufkrempeln in nur drei Generationen – durch die Prohibition und Alberts Extravaganz und mangelnde Vorsorge.
Doch als Albert noch obenauf war und im Wohlleben schwelgte, heiratete seine Tochter Edith – K's Mutter – am 22. November 1913 Kurt Vonnegut. Die beiden waren ein charmantes und wirklich schönes Paar.

Wie schon gesagt war Nanette, die Mutter meines Vaters, eine fröhliche, gesellige Frau, interessiert an Musik, aber keinen andern Künsten, und Bernard, der Vater meines Vaters, war in der Familie der Wechselbalg, weil er schon in jungen Jahren gut zeichnen und malen konnte. Aber er war auch ungesellig und offensichtlich in Indianapolis die meiste Zeit unglücklich.
Onkel John sagte mal in einem Gespräch, mein Großvater Bernard sei sicher erleichtert gewesen, als er jung starb, weil er's damit »hinter sich hatte«. Er starb mit dreiundfünfzig an Darmkrebs – fünf Jahre jünger, als ich heute bin. Das war 1908, also hat er nie eins seiner Enkelkinder gesehen. Er sah nicht mal seine eignen Kinder heiraten.

Wie seine Brüder, sagt Onkel John, *ging auch er auf die Grundschule, die Deutsch-Englische Schule und dann die Oberschule von Indianapolis, die damals an der Pennsylvania und der Michigan Street lag. Alexander Metzger, ein Freund seines Vaters, erkannte Bernards künstlerische Begabung und meinte, die solle man weiter ausbilden. Also kam Bernard nach Boston ans Massachusetts Institute of Technology und studierte Architektur. Danach studierte er in Deutschland, in Hannover, weiter und arbeitete dann ein paar Jahre bei einer angesehenen New Yorker Firma als Zeichner.*
1883 kehrte er nach Indianapolis zurück und ließ sich als Architekt nieder, zunächst allein, und später mit seinem Part-

ner Arthur Bohn unter dem Namen Vonnegut & Bohn. Das wurde eine bekannte Firma, deren Nachfolger das Geschäft bis heute weiterführen. Die Firma plante und baute viele elegante Wohnhäuser und öffentliche Gebäude in Indianapolis, darunter die erste Handelskammer, das Athenaeum, das John Herron Museum, das Kaufhaus L. S. Ayres, das Gebäude des Fletcher Trust und so fort.

Bernard las mit großem Vergnügen die Gedichte von Heine. Er war hochgebildet in den Künsten, aber seine Sympathien und Neigungen blieben sehr deutsch geprägt. Er fuhr oft mit seiner Familie ins Ausland und schickte seine zwei Söhne, als sie noch recht jung waren, nach Straßburg zur Schule. Er hatte drei Kinder: Kurt, geboren 1884; Alex, geboren 1888; und Irma, geboren 1890.

Bernard ging mit Leidenschaft in seinem Beruf auf, nahm aber wenig Anteil am geselligen oder politischen Leben der Stadt. Er beschränkte sich ganz und gar auf die Kunst. Seine liebsten Clubs waren das Portfolio und das Lyra Casino. Das Portfolio bestand aus Malern, Bildhauern, Architekten und Autoren. Sie trafen sich monatlich zum Essen und Diskutieren und verstanden sich als das künstlerische Gewissen von Indianapolis. Das Lyra Casino hingegen war ein Musiker-Club und gab private Konzerte mit klassischer Musik. Bernard war in beiden Clubs aktiv, und sein Sohn Kurt trat ihnen bei, als er volljährig war. Bernards Frau Nanette hatte eine gründliche Ausbildung in Musik genossen und kannte die gesamte Musikliteratur, doch an den anderen Interessen ihres Mannes nahm sie keinen Anteil.

Als die drei Kinder der beiden alt genug waren, um selber nachdenken und urteilen zu können, kamen sie überein, daß die Ehe ihrer Eltern nicht gerade kongenial wirkte. Kurt und Irma standen entschieden auf Seiten des Vaters, Alex eher auf der seiner Mutter. Bernard selbst war, im Gegensatz zu seinen Brüdern, körperlich nie robust. Er litt unter Verdauungsbeschwerden und häufigen Kopfschmerzen.

Ich selbst fühle mich eher zu dem unglücklichen Bernard hingezogen, obwohl ich recht robust bin und behaupten darf (auf Holz klopfen!), daß ich selten krank werde. Ich schlafe immer gut. Und meine Verdauung ist auch gut.

Die Familienlegende berichtet, daß Bernard Vonnegut, wie seine Brüder, als Junge in Vaters Eisenwarengeschäft arbeiten mußte und plötzlich in Tränen ausbrach. Man fragte, was denn so schlimm sei, und er antwortete, er wolle nicht in einem Laden arbeiten. Er sagte, er wolle viel lieber Künstler werden.

Wenn in solch einer Stadt ein Kind aus solch einer Familie einen solchen Wunsch äußerte, war das höchst besorgniserregend.

Die Familienlegende berichtet weiter, Bernard habe sich fürs Theater begeistert und Bühnenbildner werden wollen, aber dann hörte er, daß davon praktisch niemand leben könne, und so wurde er statt dessen Architekt.

Die Legende weiß schließlich, daß er hier in New York als junger Architekt glücklich und produktiv und sogar gesellig war. Aber dann erklärte ihm die Familie, es sei an der Zeit, nach Indianapolis zurückzukehren und eine Frau aus guter deutscher Familie zu heiraten. Er mußte einfach der Schwerkraft jener enormen Reputation gehorchen, die seine Eltern sich in der amerikanischen Wildnis innerhalb von wenig mehr als dreißig Jahren erkämpft hatten.

Er hätte nein sagen sollen, um nicht ständig unter Kopfschmerzen und Verdauungsstörungen zu leiden.

Er hätte in New York bleiben sollen.

Er hätte in genau das Haus ziehen können, wo ich jetzt lebe. Es stand damals schon.

In einer so riesigen, reichen und quirligen und vielsprachigen Weltstadt wie New York hatte er natürlich viele Freunde gefunden, die ebenso begabt waren. Also

dürfte er über die künstlerische Begabung gespöttelt und über die Qual, neue Kunstwerke in die Welt zu setzen, romantische Reden gehalten haben und so fort. Hier gab es aufgeschlossene Zuhörer für so etwas.
Doch als er nach Indianapolis zurückkam, wo jede Kunstausübung als Ausweichmanöver vor dem wirklichen Leben, als Taschenspielerei angesehen wurde, war alles, was ihn fröhlich oder traurig machte, für seine Verwandten und Nachbarn ohne Bedeutung. So wurde er, jawohl, stumm wie eine Auster. Und starb.
Aber war denn nicht seine Frau ebenfalls begabt? Sie sang doch schön. Gewiß, aber sie hatte keinen Sinn dafür, neue Musik zu schaffen. Sie war so etwas wie ein Wild-West-Phonograph – sie reproduzierte Melodien aus der Alten Welt, wo schöpferische Künstler hingehörten, wo man sie brauchte und wo sie von Rechts wegen zu bleiben hatten.

Er könnte ein Genie gewesen sein, solche Mutationen gibt es manchmal.

Allerdings spielen, selbst wenn sie so entrückt und wunderlich und wenig lebensfroh wie mein Großvater Bernard waren, immer nur Männer die Hauptrollen in dieser Chronik meiner Vorfahren. Und es gibt Gründe dafür: *Es ist zu bedauern, daß wir von K's zwei Großmüttern und vier Urgroßmüttern so wenig wissen,* sagt Onkel John. *Fast jeder, der eine von ihnen näher gekannt hat, ist inzwischen tot. Das Viktorianische Zeitalter, in dem sie lebten, war eine Männerwelt. Die Frauen hatten ihren Platz nur im Hause, öffentlich wurden sie nicht zur Kenntnis genommen. Sie hinterließen keine eigenen Aufzeichnungen, sondern man erwartete, daß sie im Hintergrund standen, bestenfalls im Widerschein des Ruhms und der Leistung ihrer Männer, bei denen die Anhäufung von Geld als höchstes galt.*

Aber sie gebaren die Kinder; das war etwas, das die Männer nicht konnten. Sie hielten den Haushalt in Gang und gaben an ihre Kinder jene Moralbegriffe und Manieren weiter, die man sie selber gelehrt hatte.

Die Männer gingen derartig auf in ihrer Jagd nach dem materiellen Erfolg, daß sie sich nur gelegentlich um die Familie kümmerten. Wann sie die Zeit fanden, ihre Kinder zu zeugen, ist ohnehin fast ein Rätsel. Doch sollte man zu ihrer Entschuldigung anführen, daß sie mit Herz und Verstand darauf aus waren, sich in dieser neuen Umwelt als Individuen durchzusetzen – ihren Wert als Einzelne erstens zu erringen und zweitens zu zeigen. Erfolg war prinzipiell gleich Geld. Wer reich war, war angesehen.

Die Einwanderer aus Westeuropa waren im neunzehnten Jahrhundert ganz buchstäblich ausgehungert, materiell und gesellschaftlich. Und als sie hier an den reichgedeckten Tisch des Mittelwestens kamen, stopften sie sich voll. Wer könnte ihnen das verdenken? Immerhin schufen sie dabei eine Weltmacht – durch schwerste Arbeit und den Einsatz all ihrer angeborenen und sehr unterschiedlichen Talente. Die Männer heimsten den Ruhm ein, doch die Frauen im Hintergrund halfen die Fundamente dafür legen.

Von nun an soll Onkel John meine Familiengeschichte ohne Unterbrechung allein erzählen. Er muß ja nur noch einen Vater und eine Mutter beschreiben.

K‹s Vater Kurt, der älteste Sohn von Bernard und Nanette, schlug in Weltanschauung und Auftreten ganz nach dem Vater, aber überhaupt nicht im Äußeren. Bernard war dunkel gewesen, trug einen Bart und bekam früh eine Glatze. Kurt hatte blaue Augen, einen hellen Teint, feingeschnittene Gesichtszüge, lange, schmale Finger und blonde Locken. Er war ein Adonis – sehr gutaussehend, ohne im mindesten weibisch zu wirken. Und er war Künstler wie sein Vater. Er konnte ma-

len und zeichnen. Er arbeitete in Ton und modellierte ein paar sehr schöne Objekte. Und natürlich war er ein guter, feinsinniger Architekt.

Kurt Vonnegut besuchte von 1890 bis 1898 die Schule 10, eine Hauptschule. Danach ein Jahr lang die Shortridge-Oberschule von Indianapolis. Und dann wurde er für drei Jahre aufs American College nach Straßburg geschickt. Dies war eine kleine Privatschule, deren Direktor, Professor Goss, die Jungen aus Amerika nach den Grundsätzen der deutschen Gymnasien unterrichtete – gut, anspruchsvoll und in strenger Disziplin. Auf dieser Schule tauchte Kurt völlig in die deutsche Sprache und Kultur ein. Straßburg hatte eine eigene Oper und ein Symphonieorchester. So lernte Kurt in seinen aufnahmefähigen Schülerjahren das ganze klassische Repertoire kennen und blieb sein Leben lang musikbegeistert.

Mit neunzehn Jahren besaß er eine solide Bildungsgrundlage und wurde ins Massachusetts Institute of Technology aufgenommen, wo er Architektur studierte und 1908, in dem Jahr, als sein Vater starb, mit dem Bachelor of Science abschloß. Danach reiste er mit seiner Mutter und seiner Schwester Irma nach Berlin und studierte dort weiter bei den besten Lehrmeistern. 1910 kehrte er nach Indianapolis zurück und wurde von Arthur Bohn, dem Partner seines Vaters, ins weiterbestehende und gut eingeführte Büro Vonnegut & Bohn aufgenommen. Das war, schien es, der Beginn einer geradlinigen und erfolgreichen Karriere. Seine Familie nahm eine geachtete Stellung in der Gesellschaft ein. Und sie besaß viel Geld.

Kurt sah sehr gut aus, hatte bezaubernde Manieren und gewann sich, obwohl er würdig und zurückhaltend blieb, bald viele Freunde, die ihm treu blieben. Er trat dem University Club bei, der damals an der Meridian und der Michigan Street sein Haus hatte und der exklusivste Herrenclub der Stadt war. Er ging bei den besten Familien ein und aus und galt als einer der begehrenswertesten Junggesellen. Treusorgende Mütter, die für ihre Töchter passende Männer suchten, schätzten ihn sehr, und er hatte die große Auswahl unter den Debütantinnen. So lebte Kurt ein paar Jahre glücklich und sorglos in den Tag hinein, und dann begann er sich um Edith Lieber zu bemühen, die vier Jahre jünger und wie er ins gesellschaftliche Leben zurückgekehrt war, nachdem sie Miss Shipley's School in Bryn Mawr besucht und große Reisen durch Europa gemacht hatte. Ihr Vater, Albert Lieber, stand zu der Zeit im Zenit seines Erfolgs als einer der Reichsten der Stadt. Er wohnte im Nordwesten auf einem herrlichen Besitztum von vierzig Hektar in einem riesigen Herrschaftshaus, das er gerade hatte bauen lassen.

Edith war eine sehr schöne Frau, hochgewachsen und stattlich. Kurt bewunderte sein Leben lang ihre Schönheit und war sehr stolz auf sie. Die beiden verliebten sich ineinander, verlobten sich und heirateten am 22.November 1913. Sie blieben ein treues Paar bis zu Ediths Tod, einunddreißig Jahre später. Die Ehe wurde von beiden Familien gutgeheißen, wenn auch von den Schnull-Vonneguts eher herablassend. In der Hackordnung der Gesellschaft von Indianapolis, und speziell ihrem deutschen Teil, war man der Ansicht, die Schnull-Vonnegut-Sippe rangiere höher als die Lieber-Barus-Sippe.

Edith war groß für ihre Zeit, einen Meter fünfundsiebzig, und hatte eine schöne, graziöse Figur. Ihr Haar war kastanienbraun, nicht wirklich rot, und ihr Teint sehr hell und klar; sie hatte feingeschnittene Gesichtszüge und blau-grüne Augen. Ihr Auftreten war sicher und würdig. Sie hatte einen wachen Humor und lachte gern. Ihre Jugend unter der Fuchtel der Stiefmutter war schwer gewesen, aber sie hatte genug Seelenstärke und Mut aufgebracht, diese Prüfung durchzustehen, obwohl Narben geblieben waren.

Vor ihrer Verlobung und Heirat mit Kurt war Edith mit anderen Männern verlobt gewesen, hatte aber jedes Mal die Verlobung gelöst. Diese Verehrer waren allesamt Europäer, denn in den Jahren von 1907 bis 1913 weilte Edith

meistens im Ausland. Als sehr schöne Frau und überdies Tochter eines amerikanischen Millionärs wurde sie viel umworben.
Zum ersten Mal verlobte sie sich mit Kenneth Doulton, einem Enkel Sir Henry Doultons und Sproß jener Familie, die in Lambeth seit Generationen die weltberühmten Royal Doulton Porcelain Works besaß. Sie lernte ihn, als sie die Thompsons zur Ballsaison besuchte, 1908 in London kennen, im Abenddämmer der King-Edwardschen Eleganz und Verfeinerung, wo die Reichen sich noch aller Privilegien erfreuten. Doulton war ein gutaussehender Mann aus der oberen Mittelklasse mit manchen Verbindungen zum Adel. Er war ein charmanter Müßiggänger und erwartete selbstverständlich, daß ihm Albert für seine liebliche Tochter eine standesgemäße Apanage aussetzte. Albert hatte zwar damals hohe jährliche Einkünfte, aber keine Lust, sich von seinem bescheidenen Kapital zu trennen. Und Doulton war nicht willens, ins Brauerei Geschäft nach Indianapolis zu gehen. Er wollte Edith heiraten, sich von ihrem Vater ein hübsches Landhaus sowie eine Stadtwohnung in Mayfair schenken lassen und in Old England bleiben. Edith bekam auch ihre Bedenken, und die Verlobung wurde gelöst.
Im Ersten Weltkrieg diente Doulton als Leutnant beim Garderegiment und fiel bereits in den ersten Kriegsmonaten beim Einsatz des ersten Britischen Expeditionskorps.
Edith ließ Old England hinter sich und verlegte ihr europäisches Standquartier nach Düsseldorf. Von 1909 bis 1913 verbrachte sie einen Großteil des Jahres bei ihrem Großvater Peter, der über achtzig war, und ihrer unverheirateten Tante Laura in jenem Schloß am Rhein, das dem alten Herrn gehörte. Er war kein Generalkonsul mehr, ließ aber das Sternenbanner weiter täglich hissen und blieb bis zum Tod Amerikaner. Seine anderen drei Kinder, Laura, Emily und Rudolph, waren allerdings Deutsche geworden. Rudolph hatte die Militärlaufbahn gewählt, war in der Kadettenanstalt gewesen und inzwischen zum Oberstleutnant eines Kavallerieregi-

ments, der Ulanen, avanciert, deren Kaserne in der Gegend von Düsseldorf lag. Emily war mit einem deutschen Heeresoffizier verheiratet. Und so geriet Edith im berühmten Regiment ihres Onkels in die Offizierskreise. Zu jener Zeit waren die kaiserlichen Offiziere gesellschaftlich eine Elite mit vielen Privilegien und von hohem Ansehen. Aber der Sold und das Unterhaltsgeld des Kaisers waren sehr kärglich. Falls ein Offizier nicht selbst erhebliche Mittel hatte, um seinen Sold aufzubessern und so standesgemäß zu leben, wie man es von ihm erwartete, mußte er eine reiche Frau heiraten. Allerdings durfte er das erst, wenn sein Oberst dazu die Zustimmung gab; und die wurde verweigert, bis gesellschaftliche Stellung, Leumund und Aussteuer der Braut offiziell gut befunden waren.
Der erste ernsthafte Bewerber um Edith war ein Leutnant der Ulanen namens Paul Genth. Sie gab ihm nach kurzer Werbung den Laufpaß. Bald danach bat Hauptmann Otto Voigt vom selben Regiment um ihre Hand, und nach einer stürmischen Werbung wurde er, mit Zustimmung ihrer Familie und seines Kommandeurs, ihr Verlobter. Der Hauptmann machte in seiner farbenfrohen Paradeuniform mit Tschako und »Lustige-Witwe«-Lametta eine richtig gute Figur.
Aber auch hier lief die wahre Liebe wieder nicht glatt und reibungslos. Es gab Probleme mit der Apanage, und wenn Edith sich ein Leben als Offiziersfrau vorstellte, in der künstlichen und rigide geregelten Welt des kaiserlichen Militärs, wurde ihr ganz anders zumute. Hauptmann Voigt war ein hackenknallender, sehr preußischer Offizier, der in Uniform und an der Spitze seiner Schwadron phantastisch aussah, sich aber um Welten von den formlosen, nachgiebigen und höflichen Ehemännern unterschied, wie Edith sie aus Amerika kannte. Sie schwankte. Doch Albert hatte ihr freie Hand gegeben, eine Aussteuer anzuschaffen, und das tat sie. Alle Leinenwaren wurden standesgemäß mit dem Monogramm »L.-V.« bestickt. Die Liebers des deutschen Familienzweigs fanden, es sei eine großartige Verbindung.‹

Doch Edith fühlte sich immer unbehaglicher. Und Albert auch, der ohnehin nichts von Aussteuer und Apanage hielt. Vor allem wollte Edith nicht auf Dauer in Deutschland leben. Und der Hauptmann war überhaupt nicht darauf versessen, in einer Brauerei zu arbeiten. Also wurde die Verlobung in beiderseitigem Einvernehmen gelöst, und Edith kehrte nach Indianapolis zurück, wo ihr Vater auf seinem Grundstück für sie ein Häuschen bauen ließ, das auf einer Klippe über dem White River sehr hübsch gelegen war. Es wurde ganz nach ihrem Geschmack eingerichtet – mit einem Flügel im Salon, offenem Kamin, bequemen Sesseln und Couchen. Das war ihre persönliche Zuflucht, wenn sie allein sein wollte, was die meiste Zeit stimmte. Aber sie vertrug sich gut mit ihrem Vater, seiner dritten Frau Meda und deren zwei kleinen Kindern. Allmählich nahm sie wieder Kontakt zu alten Freunden auf, wagte sich ins Gesellschaftsleben der Stadt und war sofort von Verehrern umschwärmt. Kurt Vonnegut sen. verliebte sich unsterblich in sie, und sie erwiderte seine Zuneigung. Diese Verbindung wurde allgemein gutgeheißen.

Ediths und Kurts Hochzeitsfeier war ein Ereignis für Indianapolis, das lange in aller Munde blieb. Es war wohl die größte und teuerste Party, die diese Stadt je gesehen hat oder wieder sehen wird. Pfarrer Frank S. C. Wicks, ein unitarischer Geistlicher, traute das Paar in einem Abendgottesdienst der First Unitarian Church, an dem alle Mitglieder der Familien Lieber und Vonnegut und ein Strauß hübscher Brautjungfern und schmucker Brautführer teilnahmen. Diese Familien waren in drei Generationen sehr zahlreich geworden, und beide brachten viele Freunde mit. Die Liebers und Vonneguts gehörten, mit den Hollwegs, Mayers, Severeins, Schnulls, Rauchs, Frenzels, Pantzers, Haueisens, Kipps, Kuhns, Metzgers und Kothes zu den tonangebenden deutschen Familien der Stadt. Sie waren alle sehr gesellig, gefühlvoll und leicht gerührt. Und sie liebten Hochzeiten, besonders zwischen ebenbürtigen Sippen mit gemeinsamen Sitten und Gebräuchen. Die Hochzeitsfeier mußte nach bester deutscher Tradition be-

gangen werden – mit Essen, Trinken, Tanz, Musik, Gesang. Und Albert beschloß, eine Party zu geben, die keiner je überbieten würde.
Das Claypool-Hotel, im Herzen von Indianapolis an der Nordwestecke der Washington und der Illinois Street gelegen, galt 1913 als eins der besten im Mittelwesten. Es war erst zehn Jahre vorher eröffnet worden und noch in erstklassigem Zustand. Seine acht Stockwerke enthielten fünfhundert Gästezimmer. Die Eingangshalle, nach der Mode der Zeit aufs reichste geschmückt, maß 25 Meter im Geviert und war 18 Meter hoch. Im Zwischengeschoß gab es einen Ballsaal von 40 mal 25 Metern; er wurde später nach dem Sänger von Indiana, James Whitcomb Riley, der Riley-Saal genannt. Auf die Illinois Street hinaus gingen im Zwischengeschoß mehrere Speisesäle, die in Rot und Gold als Rokoko-Räume im Louis-XV-Stil eingerichtet waren. Der Besitzer dieser protzigen Karawanserei hieß Henry Lawrence. Er und Albert Lieber waren alte Freunde. Und so entschied Albert, die Hochzeitsparty für Edith und Kurt müsse im Claypool stattfinden. Und Henry Lawrence war bereit, sein Bestes zu geben, und das tat er.
Abgesehen von der zahlreichen Verwandtschaft der Lieber-Vonnegut-Sippe hatte auch Albert eine Menge Freunde, von denen eine streng gesiebte Auswahl eingeladen werden mußte. So kamen etwa sechshundert Gäste, darunter auch Oberst Thompson, der als Vertreter des Konzerns aus London angereist war. Die Männer trugen weiße Krawatten zum Frack, die Frauen festliche Abendroben. Die Köche des Hotels hatten tagelang vorweg gearbeitet und servierten ein riesiges Büfett mit feinsten Gerichten. Champagner vom Besten floß in Strömen. Dann wurde die Tanzfläche frei gemacht, und eine Kapelle spielte im Ballsaal zum Tanze.
Im Claypool war eigens eine Bar von 20 Metern Länge aufgebaut worden. Hier gab es jede Art von Getränken. Die Party ging bis sechs Uhr morgens. Nie zuvor und niemals wieder sind so viele sonst respektable und stockkonservative Bürger

einer langweiligen Stadt in so kurzer Zeit betrunken gewesen. Die schärferen Getränke nach den vorangehenden Strömen von Champagner wirkten, als hätte man Benzin ins Feuer geschüttet. Später war zu hören, etwa fünfundsiebzig Männer und zehn oder fünfzehn Frauen seien schlicht umgekippt. Doch dafür hatte Henry Lawrence vorgesorgt. Er hatte in den Oberstockwerken genug Zimmer freigehalten, und sobald die Gäste torkelten und das zur Fortbewegung notwendige Gleichgewicht verloren, standen Kellner und Pagen bereit, um sie behutsam in bequeme Betten und Morpheus Arme zu geleiten, wo manche noch nach drei Tagen ruhten.
Es war ein Riesen-Ereignis, aber die Vonneguts und Schnulls fanden es recht vulgär und sprachen das unverhohlen aus. Spötter aus der Stadt, die Alberts Lebensweise kannten, sagten über die enormen Kosten dieses Fests: »Was soll's! Albert hat das wahrscheinlich der Brauerei auf die Rechnung gesetzt, und der Konzern hat die Zeche zahlen müssen.« Das Ganze war pures Fin-de-siècle.
Im Jahr darauf brach der Erste Weltkrieg aus, und danach die Prohibition. So fiel der Vorhang über einer grandiosen Szene, die sich nie wiederholen würde.

Kurt und Edith führten eine glückliche Ehe – wie eben Ehen so sind. Zunächst lebten sie ziemlich wohlhabend mit Dienerschaft und Gouvernanten für die Kinder. Aber beide hatten einen Hang zur Verschwendung. Sie reisten viel und bewirteten oft Gäste. Wenn sie Bargeld brauchten, verkauften sie Wertpapiere oder nahmen Kredit auf. Doch nach der Prohibition 1921 konnte ihnen Albert nicht mehr unter die Arme greifen. Trotzdem war ihr Finanzpolster noch groß genug, daß sie mit Kurts zusätzlichen Architekten-Einkünften gut durch die zwanziger Jahre kamen. Kurts Mutter, Nanette Schnull Vonnegut, starb 1929 und hinterließ ihm einen Anteil ihres bescheidenen Vermögens, das ihr von ihrem Vater Henry Schnull verblieben war. Der war aber bald verbraucht. Kurt hatte schon vorher ein Grundstück an der North Illinois Street erworben, in Höhe der Forty-fifth Street. Hier erbaute er sich, nach eigenen Plänen, einen großen und sehr schönen Stammsitz. Sie schickten ihre älteren Kinder in den zwanziger und dreißiger Jahren auf Privatschulen, Bernard auf die Park School und Alice auf die Tudor-Hall-Mädchenschule. Bernard kam danach aufs Massachusetts Institute of Technology, wo er den Bachelor of Science machte und seinen Doktor in Chemie. Er wurde und ist ein berühmter Forscher. Alice verheiratete sich mit James Adams. Doch um die Zeit, als K zur Schule ging, war die Familie bereits in Geldnöten. K lernte nur noch die schweren Zeiten der dreißiger Jahre kennen. Nach dem dritten Schuljahr wurde er aus der Privatschule genommen und auf die Grundschule 43 und dann auf die Shortridge-Oberschule geschickt. Danach kam er auf die Cornell-Universität, und zwar mit der strikten Weisung, auf »überflüssige« Kurse keine Zeit und kein Geld zu verschwenden, sondern sich in ein handfestes Studium zu stürzen – Physik und Chemie und Mathematik.

Seine Eltern lebten finanziell sehr angespannt. In den Krisenjahren gab es so gut wie keine Bautätigkeit, und Kurts Architekten-Einkünfte versiegten. Die Vonneguts zehrten vom Kapital, und das ist für einen braven Bourgeois eine Erz-Ketzerei, der gewöhnlich die Katastrophe folgt.

Es lag auf der Hand, daß sie ihren großen Stammsitz nicht mehr halten konnten. Das Wohnhaus, längst schwer mit Hypotheken belastet, wurde verkauft. Es steht bis heute und gehört nun dem Abkömmling einer bekannten Familie, Evans Woollen III, der selbst ein angesehener Architekt ist. Mit dem Erlös aus dieser Immobilie und ein paar restlichen Wertpapieren kauften Kurt und Edith ein hübsches Stück Land in William's Creek, einem Vorort etwa 15 Kilometer nördlich des Monument Circle; dorthin wichen viele der führenden Familien aus, um dem Verfall der Innenstadt zu entrinnen. Hier plante und baute Kurt 1941 ein etwas kleineres und anspruchsloseres Haus, aber immer noch solide aus Ziegelsteinen und schön gelegen zwischen hohen, alten Wald-

bäumen – Eichen, Ahorn und Ulmen. Es war ein hübsches Haus, gut eingerichtet, und ein Zeugnis für Kurts Kunstverstand als Architekt. Im Keller hatte er eine kleine Werkstatt, wo er sich einen Brennofen aufstellte und wieder Keramiken machte – ein paar wirklich schöne Stücke. Hier lebte die Familie ruhig und bescheiden, ohne viele Gäste einzuladen oder zu verreisen.

Doch sie mußten weiterhin ihr schwindendes Kapital angreifen. Schließlich besaß Kurt nur noch zwei Tausend-Dollar-Pfandbriefe aus der Erbschaft seiner Mutter. Edith blieb ihrem Lebensstil treu und sagte: »Laß uns nochmal ins Ausland fahren.« Also verkauften sie beide Pfandbriefe, fuhren drei Wochen nach Paris und kamen pleite zurück. Welch ein seltenes Beispiel von esprit *– was man auch* panache *nennt. Untergehen mit Stil – mit fliegenden Fahnen.*

Inzwischen begann, im Dezember 1941, auch für Amerika der Zweite Weltkrieg, und wieder gegen Deutschland. Bernard war vierundzwanzig und wurde nicht mehr eingezogen, aber Kurt jun. im Alter von neunzehn Jahren erwischte es. Er wurde zum Heer einberufen und in die Grundausbildung geschickt. Das war ein Schock für Edith und schmerzte sie tief. Angesichts ihrer Geldprobleme ließ die Aussicht, im bevorstehenden Feuersturm einen Sohn zu verlieren, den Kelch ihrer Sorgen überfließen. Sie verlor den Mut und wurde depressiv. Da sie dringend Bargeld brauchte, versuchte sie verkäufliche Kurzgeschichten zu schreiben, aber das war vergebliche Liebesmüh, eine tragische Selbsttäuschung. Es gab einfach keinen Hoffnungsschimmer mehr für sie. Kurt jun. bekam im Mai 1944 Urlaub von seinem Regiment, um den Muttertag bei der Familie zu sein. In der Nacht davor, am 14. Mai 1944, starb Edith im Schlaf, sechsundfünfzig Jahre alt. Todesursache war eine Überdosis Schlaftabletten, die sie vielleicht aus Versehen eingenommen hatte. Ihr Nachlaß belief sich auf 10815,50 Dollar. Das war alles, was ihr vom Vermögen ihres Großvaters und der Hinterlassenschaft ihres Vaters geblieben war.

Sie starb zwei Monate ehe ihr erster Enkel, der Sohn ihrer Tochter Alice, geboren wurde. Auch die weiteren elf Enkel erlebte sie nicht mehr. Sie verpaßte um sieben Monate die Gefangennahme ihres Sohns K durch deutsche Truppen in der Ardennenschlacht und seine Kriegsgefangenschaft in Dresden bis zum Kriegsende.

Nach Ediths Tod lebte Kurt fast zehn Jahre lang wie ein Einsiedler. Danach kam seine Schwester, Irma Vonnegut Lindener, die in Deutschland lebte, ihn regelmäßig und für längere Zeit aus Hamburg besuchen – manchmal für Monate. Die beiden verstanden sich gut miteinander und mochten sich sehr. Sie hatte Verständnis für seine Sprunghaftigkeiten, respektierte seine Selbst-Isolation und streitbare Unabhängigkeit und leistete ihm genau so viel Gesellschaft, wie er ertragen konnte. Die zwei ähnelten sich in vielfacher Weise und konnten sich sehr ineinander einfühlen. Beide waren blond und hatten blaue Augen. Sie sprachen deutsch miteinander und waren völlig geprägt von ihrer gemeinsamen deutschen Tradition der Musik und Literatur. Kurt hatte eine skeptische, fatalistische Lebensverachtung entwickelt – was man auf deutsch Weltschmerz nennt.

Doch mit dem Alter und angesichts schwindender Finanzen konnte Kurt auch dieses letzte Haus von bescheidener Eleganz nicht mehr halten. Er verkaufte es, und mit dem Trinkgeld, das er dafür bekam, einigen zehntausend Dollar, kaufte er sich ein Häuschen auf dem Lande, auf einem kleinen Hügel und an verschlungenen Sträßchen nördlich von Nashville in Brown County, 40 Kilometer südlich von Indianapolis. Brown County ist heute noch Landgemeinde und besitzt einige der höchsten Berge und schönsten Aussichtspunkte im Mittelwesten. Es ist ein beliebter Wohnort von Künstlern. Hierhin zog sich Kurt zurück und lebte völlig abgeschlossen. Er hatte seine Bücher und das Grammophon, das von seiner Schwester war und auf dem er seine Lieblingsplatten mit klassischer Musik spielte, vor allem Mozart, Beethoven, Wagner, Brahms und ganz besonders Richard Strauss. Die vier letzten Lieder von Strauss hörte er am allerliebsten. Er spielte sie immer und immer wieder. Sie drückten am besten seine Stimmung aus.

Obwohl er ein Lungenemphysem hatte, blieb Kurt weiter ein starker Zigarettenraucher und trank auch Whisky, aber maßvoll. Seine Gesundheit ließ immer mehr nach, bis man feststellte, daß er in einem Lungenflügel Krebs hatte. Die Ärzte rieten zur Operation, aber er lehnte klugerweise ab. Als der Krebs weiter streute, wurde er sehr schwach und kurzatmig, er kriegte nie genug Sauerstoff. Aber er weigerte sich, ins Krankenhaus zu gehen oder zu Hause im Bett zu bleiben. Er stand morgens auf, zog sich an, aß ein winziges bißchen und legte sich dann auf die Couch vors Kaminfeuer und las oder hörte Platten, immer ganz allein. Er hatte keine Pflegerin, sorgte selbst für sich, klagte nie und fürchtete sich nicht vor dem Sterben. Als es dem Ende zuging, kam eine treue alte Dienerin, Nelly, aufs Land hinaus und sah nach ihm. Erst kurz vor seinem Tod, als er völlig ans Bett gefesselt war, ließ er eine Krankenschwester um sich sein. Er starb am 1. Oktober 1957 im Schlaf – und allein. Zwei Tage später wurde er im Familiengrab der Vonneguts auf dem Crown-Hill-Friedhof begraben, neben seiner Frau Edith und seinen Eltern Bernard und Nanette.

Damit endet die Chronik meines Onkels John – bis auf einen vollmundigen Abgesang, der nicht mehr ganz der Wahrheit entspricht. Ich habe auch sonst einiges weggelassen, aber nichts von direktem Einfluß auf meinen Werdegang. Und die Chronik ist urheberrechtlich geschützt.

Inhaber des Urheberrechts ist Onkel Johns Enkel, mein Großneffe zweiten Grades William Rauch. Er arbeitet hier in New York für Bürgermeister Edward Koch. Da sehen Sie, wie wir uns zerstreuen und immer weiter zerstreuen.

War ich als Kind traurig, daß meine Familie einmal reich war? Überhaupt nicht. Wir lebten mindestens so gut wie die meisten Leute, mit deren Kindern ich zur Schule ging, und ich wäre sofort all meine Freunde losgewesen, wenn wir plötzlich wieder Diener gehabt und teure Kleidung getragen, Transatlantikreisen gemacht und Verwandte in einem richtigen Schloß besucht hätten. Mutter, die schon halb hinüber war, träumte immer mal laut von der Zeit, da ich meinen wahren Platz in der Gesellschaft wieder einnehmen würde, sobald die Wirtschaftskrise vorbei sei, und daß ich dann mit Leuten aus andern führenden Familien im Athletic Club von Indianapolis schwimmen gehen und mit ihnen im Woodstock Golf and Country Club Golf oder Tennis spielen würde. Sie konnte nicht begreifen, daß ich alles hätte aufgeben müssen, wenn ich meine Freunde von der Grundschule 43, übrigens der *James-Whitcomb-Riley*-Schule, aufgegeben hätte.
Ich fühle mich deshalb heute noch unwohl angesichts von Reichtum und in Gesellschaft von Mitgliedern der Klasse meiner Eltern.
Henry David Thoreau sagte einmal: »Ich bin weit und breit in Concord herumgereist.« Dieses Zitat hörte ich zum ersten Mal in der Oberschule. Heute habe ich das Gefühl, daß Thoreau mit einer Kinderstimme schrieb, wie ich. Und was er über Concord sagte, empfindet jedes Kind genauso; das muß jedes Kind so empfinden über den Ort, wo es heranwuchs. Da gibt's wahrhaftig ein Leben lang mehr als genug zu bestaunen, egal, wo das Kind geboren wurde.
Schlösser? Indianapolis war voll davon.

Eine der Lieblingsgeschichten meines Bruders Bernard handelt von einem Farmer, der eines Tages losfährt, um sich St. Louis, die größte Stadt in der Nähe, anzusehen. Das war, sagen wir, um 1900. Als er nach einer Woche auf die Farm zurückkommt, ist er ganz aus dem Häuschen über den Menschen-Trubel und die Maschinen, die er gesehen hat.
Als man ihn aber nach der einen oder andern Sehenswürdigkeit von St. Louis fragt, stellt sich heraus, er weiß davon nichts. Und da gesteht er ein: »Ich bin gar nicht über den Bahnhof hinausgekommen.«

Mein Vater hatte nicht viel Talent dazu, mit mir gut auszukommen. So ist das Leben. Wir waren nicht oft zusammen, und unsre Gespräche verliefen steif und distanziert. Aber Vaters jüngerer Bruder, Onkel Alex, der in Harvard studiert hatte und Versicherungskaufmann war, ging auf mich ein und war amüsant und nachsichtig mit mir, er war mein idealer erwachsener Freund.
Außerdem war er damals Sozialist, und zu den Büchern, die er mir vor meinem Oberschulabschluß schenkte, gehörte auch Thorstein Veblens *Theorie der feinen Leute*. Ich verstand es auf Anhieb und mochte es gleich, weil Veblen sich so verschmitzt lustig machte über die leere Grazie und jene trutzignutzlosen Besitztümer, die meine Eltern, besonders meine Mutter, sich eines Tages wiedererringen wollten.

Unterstreichen sollte ich noch, daß meine Mutter genau das werden wollte, was ich geworden bin – hauptberuflicher Autor.
Früher war es ein ziemlich eherner Grundsatz der amerikanischen Mittelschichten, daß ein Sohn hart und bis

zum Einsatz seines Lebens dafür kämpfte, die Träume seiner enttäuschten Mutter Wirklichkeit werden zu lassen.
Das ist offenbar nicht mehr der Fall. So ändern sich die Zeiten.

Hier Onkel Johns Schlußwort zur Geschichte meiner Familie:

Wenn man die vier Generationen von K's Vorfahren Revue passieren läßt, fällt ins Auge, daß unter ihnen kein einziger schwächlich und keiner auch nur andeutungsweise psychotisch oder neurotisch war. Zusammengenommen vererbten sie K einen reichen Gen-Bestand, von dem er zehren konnte. Inwieweit dieses Erbgut durch die Lebensumstände in K's Jugendjahren beeinflußt wurde, muß er selber sagen. Doch in Achtung vor den Ahnen, die aus ihrer Heimat nach Amerika einwanderten, möge er den Rat des Dichters Goethe beherzigen:

Was du ererbt von deinen Vätern hast,
Erwirb es, um es zu besitzen!

Lassen wir ihn seine eigene Geschichte erzählen.

ANMERKUNGEN UND NACHWEISE

Der Auswahl liegt die deutschsprachige Originalausgabe *Kurt Vonnegut: Das Nudelwerk. Reden, Reportagen, kurze Texte 1965–1980,* © 1992 Straelener Manuskripte Verlag, Straelen, zugrunde.
Die ersten acht Beiträge (S. 8–80) sind aus *Wampeters, Foma & Granfalloons. Opinions* – im folgenden kurz WAMPETERS -, die zweiten acht (S. 81–208) aus *Palm Sunday. An Autobiographical Collage* – kurz PALM SUNDAY.

Science Fiction

Original: SCIENCE FICTION. *New York Times Book Review,* 5. September 1965, S. 2; mit deren frdl. Genehmigung in WAMPETERS.

S. 8 *Schenectady* – Industriestadt im Staat New York; für Amerikaner gleichbedeutend mit dem Elektrokonzern General Electric Corporation; Vonnegut arbeitete von 1947 bis 1951 als PR-Mann für das Entwicklungslabor, vgl. S.134.
Das höllische System, übers. von Wulf Bergner (Heyne 1964); Originaltitel: PLAYER PIANO (wörtlich: Elektrisches Klavier), 1952 zuerst bei Scribner's erschienen. Kam schon 1953 im Science Fiction Book Club (von Doubleday) heraus und war vollends als SF abgestempelt, als es 1954 in einer Taschenbuchausgabe den neuen Titel UTOPIA-14 bekam. (Erst 1970 konnte Vonnegut anläßlich einer Paperbackausgabe seiner sämtlichen Werke durchsetzen, daß seine Bücher nicht mehr als Sciencefiction vermarktet wurden.)
College-Erziehung – Eingangsstufe zu den amerikanischen Universitäten, umfaßt etwa unsere Gymnasial-Oberstufe (Sekundarstufe II) und das Universitäts-Grundstudium; Abschluß mit dem *Bachelor of Arts* (B.A.) oder dem *Bachelor of Science* (B.S.); vgl. S.175 für einen Vergleich mit dem deutschen Abitur.

S. 10 *Popular Mechanics* – sehr verbreitete Zeitschrift für technisch Interessierte und Bastler.
Information Please Almanac – Jahrbuch zur Aktualisierung

der politischen und sportlichen Fakten in den Standard-Lexika.

Maggie und Jiggs, ein Ehepaar der Arbeiterklasse – aus der seit 1913 in amerikanischen Zeitungen abgedruckten Comic-Serie BRINGING UP FATHER.

Mäßig untypische Schule – Vonnegut unterrichtete 1954 bis 1956 Englisch an einer Schule für verhaltensgestörte Kinder.

Raumfahrtprogramm, vgl. S.44.

Oberschule – »High School«; deren Abschluß entspricht etwa dem unserer Gymnasial-Mittelstufe (Sekundarstufe I); vgl. dazu S. 177.

S. 11 *Unsichtbar* von Ralph Ellison, übers. von Georg Goyert (Fischer 1954); Originaltitel: INVISIBLE MAN, 1952.

Delta Ypsilon – die Namen der Studentenverbindungen an den Traditions-Universitäten sind zumeist griechische Buchstaben.

Die zwei Kulturen. Literarische und naturwissenschaftliche Intelligenz von Charles Percy Snow, übers. von Grete und Karl Felten (Klett 1967); Originaltitel: THE TWO CULTURES AND A SECOND LOOK. AN EXPANDED VERSION OF THE TWO CULTURES AND THE SCIENTIFIC REVOLUTION, 1964.

Kurze Begegnungen auf der Binnenschiffahrtsstraße

Original: BRIEF ENCOUNTERS ON THE INLAND WATERWAY. *Venture – Traveler's World 3,* Oct./Nov. 1966, S. 135–138, 140, 142; Copyright 1966 by Cowles Communications, Inc.; mit deren frdl. Genehmigung in WAMPETERS.

S. 13 *Edsel Ford* (1893–1943) – Auto-Industrieller, Sohn von Henry Ford.

Stutz Bearcat – bis heute legendärer Sportwagen (1914–1929), von Harry C. Stutz (Indianapolis) entwickelt für seine Ideal Motor Car Company.

Jimmy Walker, Texas Guinan – zwei »rumrunners«, die während der Prohibition Alkohol per Schiff ins Land schmuggelten.

Joseph P. Kennedy – Familienpatriarch und Vater von *John F. Kennedy* (1917–1963), US-Präsident 1961–1963, und *Robert F. Kennedy,* Justizminister 1961–1964.

Hyannis Port liegt im Süden der Landzunge Cape Cod, Massachusetts; auch in Amerika erst bekannt geworden als Familiensitz der Kennedys; vgl. S.56.

S. 14 *Molly Bloom* – Frau von Leopold Bloom, dem Helden des ULYSSES von James Joyce; *Ismael* – Ich-Erzähler des MOBY DICK von Herman Melville.

Clifford Odets (1906–1963) – amerikanischer Bühnen- und Drehbuchautor, dessen Stücke meist im proletarischen Milieu spielten.

S. 15 *Lower East Side* – Armeleute-Viertel von New York.

S. 17 *Gallon* – 4,55 Liter.

S. 19 *Copra* – getrocknete Kokosnußkerne, Rohstoff zur Ölgewinnung.

Reno, Nevada – seit 1931 Glücksspielstadt, und seit 1950 Heirats- und Scheidungs-Paradies.

S. 21 *Chris Craft* – eine kraftvolle, luxuriöse Motorjacht.

S. 22 *Huckleberry Finn* – Titelheld von Mark Twains Roman ABENTEUER UND FAHRTEN DES HUCKLEBERRY FINN (1844); ist die Traumgestalt amerikanischer Jungen.

S. 24 *Barry Goldwater* (*1909) – erzkonservativer republikanischer Präsidentschaftskandidat 1964, unterlag Lyndon B. Johnson.

Das Lehren des Nicht-Lehrbaren

Original: TEACHING THE UNTEACHABLE. *New York Times Book Review,* 6. August 1967, S. 1, 20; mit dessen frdl. Genehmigung in WAMPETERS.

S. 26 *The Writer* – Zeitschrift für Möchtegern-Schriftsteller.

Isaac Asimov (1920–1992) – Biochemiker und Schriftsteller, der z.B. in seinen Science-Fiction-Romanen die »Gesetze« der Roboter verbindlich festgeschrieben hat.

S. 28 *TraveLodge* – Motel-Kette der mittleren Kategorie.

Rootbeer – alkoholfreie braune Limonade mit einem typischen Kaugummigeschmack.

Writer's Digest – Zeitschrift für Möchtegern-Schriftsteller.

Dragster-Rennen, Drag-Rennen – ein Sprintrennen (Beschleunigungsrennen) über 500 m zwischen jeweils zwei Wagen, deshalb mit sehr vielen Starts bis zur Endrunde.

S. 30 *Universität Iowa* – Vonnegut unterrichtete hier von 1965 bis 1967; vgl. S.142.

Ausgerechnet Nirwana

Original: YES, WE HAVE NO NIRWANAS. *Esquire*, 69 (Juni 1968), S. 78-79, 176, 178-179, 182; mit dessen frdl. Genehmigung in WAMPETERS.

[Der Originaltitel umspielt den Schlager »Yes, we have no bananas«, der auf deutsch »Ausgerechnet Bananen« heißt.]

S. 32 *Unitarier* sehen Gottvater (seit dem 16. Jahrhundert) als den einzig wahren Gott an, sind somit Gegner des Trinitätsdogmas und vertreten ein freieres, rationalistisches Christentum.

S. 34 *Sergeant Friday* – Hauptfigur der populären Radio- und Fernsehserie »Dragnet« (deutscher Titel: »Polizeistation«).

S. 35 *George Wallace* (*1919) – republikanischer Gouverneur von Alabama (1963–1967 und 1971–1972) und fanatischer Verfechter der Rassentrennung; unterstützte 1964 die Kandidatur von Barry Goldwater, vgl. Anm. S. 211.

S. 36 *Pueblo* – amerikanisches Spionageschiff, das am 23.1.1968 von Nordkorea vor der nordkoreanischen Küste aufgebracht wurde.

Today – morgendliches Fernseh-Nachrichtenmagazin, lange Jahre moderiert von Barbara Walters.

Tonight Show – Fernseh-Talkshow, von 1962 bis zum Juni 1992 moderiert von Johnny Carson.

S. 39 *Schenectady, General Electric* – vgl. Anm. S. 209.

Frohlocket! Wir fahren zum Mond! Frohlocket!

Original: EXCELSIOR! WE'RE GOING TO THE MOON! EXCELSIOR! *New York Times Magazine*, 13. Juli 1969, S. 9–11; mit dessen frdl. Genehmigung in WAMPETERS.

[Dieser Aufsatz erschien eine Woche *vor* der ersten Landung von Menschen auf dem Mond.]

S. 44 *Cape Kennedy* an der Ostküste Floridas – hieß bis 1964 (und heißt seit 1973 wieder) *Cape Canaveral*.

S. 45 *Erdling* – eingebürgerte Verdeutschung für *earthling*, einen Neologismus aus der Science-fiction.

S. 46 *Arthur C. Clarke* (*1917) – englischer »Klassiker« der Science-fiction, auch Sachbuchautor; er konzipierte z. B. die Idee einer geostationären Umlaufbahn; vgl. S. 88.

S. 47 *Delta Ypsilon* – vgl. Anm. S. 210.

S. 48 *Harry Houdini* (1874–1926) – Entfesselungskünstler.
S. 49 *Wolkenphysik* – vgl. S. 132.
S. 52 *Isaac Asimov* – vgl. Anm. S. 211.
S. 54 *Liberty-Schiffe* – Frachtschiff-Typ des Zweiten Weltkriegs.
Taconite – Eisenquarzit.

Da draußen läuft ein Irrer frei herum

Original: THERE'S A MANIAC LOOSE OUT THERE. *Life*, 67 (25. Juli 1969), S. 53–56; mit deren frdl. Genehmigung in WAMPETERS.

S. 56 *Jack the Ripper* wurde nach seinen sechs Frauenmorden in London nie gefaßt; vielleicht war er ein russischer »Feldscher«.

S. 59 *Speed* – damals: Amphetamine, heute oft auch »Designer-Drogen«.

S. 60 *Ranger* – uniformierte Förster (besonders in den Nationalparks) mit polizeilichen Befugnissen; in einigen US-Bundesstaaten (z. B. Texas) auch Angehöriger einer Polizeitruppe.

S. 61 *Labor Day* – gesetzlicher Feiertag (»Tag der Arbeit«), meist am ersten Montag im September.

S. 62 *Würger von Boston* – dem schizophrenen Täter wurden 13 Frauenmorde (zwischen 1962 und 1964) zur Last gelegt; er erhielt 1967 lebenslänglich und tötete sich 1973 in seiner Zelle mit 16 Messerstichen.

S. 63 *Salem, Massachusetts* – nordöstlich von Boston, berüchtigt für exzessive Hexenverfolgungen im 17. Jahrhundert.

S. 66 *Neuenglandstaaten* – Nordostregion der USA: Massachusetts, Connecticut, Rhode Island, New Hampshire, Maine und Vermont.

Warum sie Hesse lesen

Original: WHY THEY READ HESSE. *Horizon*, 12 (Frühjahr 1970), S. 28–31; mit deren frdl. Genehmigung in WAMPETERS.

S. 68 *Perceval le Gallois* – das Urbild des Parzival von Wolfram von Eschenbach.

S. 69 *Hesse-Textproben* – zitiert nach den deutschen Ausgaben. [Hier, zum Vergleich, die von Vonnegut zitierten und gelobten Passagen der amerikanischen Übersetzungen:]

PETER CAMENZIND: Perhaps... I will turn out to be a poet after all. This would mean much, or perhaps more, to me than being a village councilor – or the builder of the stone dams. Yet it could never mean as much to me... as the memory of all those beloved people, from slender Rösi Girtanner to poor Boppi.

SIDDHARTA: Govinda bowed low. Incontrollable tears trickled down his old face. He was overwhelmed by a feeling of great love, of the most humble veneration. He bowed low, right down to the ground, in front of the man sitting there motionless, whose smile reminded him of everything that he had ever loved in his life, of everything that had ever been of value and holy in his life.

STEPPENWOLF: I understood it all. I understood Pablo. I understood Mozart, and somewhere behind me I heard his ghastly laughter. I knew that all the hundred thousand pieces of life's game were in my pocket. A glimpse of its meaning had stirred my reason, and I was determined to begin the game afresh... One day I would be a better hand at the game. One day I would learn how to laugh. Pablo was waiting for me, and Mozart, too.

S. 70 DEMIAN: Dressing the wound hurt. Everything that has happened to me since has hurt. But sometimes when I find the key and climb deep into myself where the images of fate lie aslumber in the dark mirror, I need only bend over that dark mirror to behold my own image, now completely resembling him, my brother, my master.

S. 74 *Erie, Pennsylvania* gibt es; aber der Name »spricht« auch – *eerie* bedeutet *gruselig, grauslich.*

Ansprache beim P.E.N.-Kongreß 1973 in Stockholm

Original: ADDRESS TO P.E.N. CONFERENCE IN STOCKHOLM, 1973; nicht vorher veröffentlicht.

Unflätige Sprache

Original: OBSCENITY, vollständiges Kapitel aus PALM SUNDAY. Die darin enthaltene Geschichte *The Big Space Fuck* erschien 1972 in der von Harlan Ellison herausgegebenen Anthologie AGAIN,

DANGEROUS VISIONS und wurde in PALM SUNDAY mit dessen frdl. Genehmigung nachgedruckt.

S. 81 *Swarthmore* – angesehenes College in Swarthmore, Pennsylvania (seit 1864), von Quäkern gegründet.
Phi Beta Kappa – Ehren-Studentenverbindung (seit 1776), in die man wegen hervorragender Studienleistungen gewählt wird; Abzeichen: der Phi-Beta-Kappa-Schlüssel.
John Dillinger (1903–1934) – Bankräuber und Mörder.

S. 82 *James Whitcomb Riley* (1849–1916) – auch »Dichter der einfachen Leute«, Verfasser von nostalgischer Dialekt-Poesie aus Indiana.
Das höllische System, vgl. Anm. S. 209.
Die Sirenen des Titan, übers. von Harry Rowohlt (Piper 1979); Originaltitel: THE SIRENS OF TITAN, 1959.
Mutter Nacht, übers. von Klaus Hoffer (Piper 1988); Originaltitel: MOTHER NIGHT, 1962.
Frühstück für starke Männer, übers. von Kurt Heinrich Hansen (Hoffmann & Campe 1974); Originaltitel: BREAKFAST OF CHAMPIONS, 1973.

S. 83 *Wirtschaftskrise, vgl. Selbst-Interwiew,* S.129.

S. 84 *Marmon* – ein legendärer Sechzehn-Zylinder-Luxuswagen, von dem zwischen 1931 und 1933 nur 390 Stück verkauft wurden; dann war die Marmon Motor Car Company in Indianapolis bankrott.

S. 87 *Meine letzte Geschichte,* vgl. S.149.

S. 91 *Zeit-Verwerfung* – Original: *time warp* [auf deutsch zumeist unübersetzt zitierter Neologismus aus der Science-fiction].

S. 94 *Konföderation* der Südstaaten im amerikanischen Bürgerkrieg 1861-1865.

Mühsame Verteidigung eines Nazi-Anhängers

Original: A NAZI SYMPATHIZER DEFENDED AT SOME COST, Einleitung zu den amerikanischen Penguin-Taschenbuchausgaben (1975) der drei letzten Romane von Céline; in PALM SUNDAY abgedruckt mit frdl. Genehmigung von Viking Penguin Inc.

S. 97 *Diese Romane* sind: D'UN CHÂTEAU L'AUTRE, 1957 *(Von einem Schloß zum andern,* 1960), NORD 1960 (Norden, 1969) und RIGODON, 1969 (*Rigodon,* 1974); auf deutsch erschienen sie in der Übersetzung von Werner Bökenkamp bei Rowohlt.
Reise ans Ende der Nacht – Originaltitel: VOYAGE AU BOUT

DE LA NUIT erschien bereits 1933 in einer anonymen deutschen Übersetzung bei Knittl in Leipzig.

S. 99 *Iowa* – vgl. Anm. S. 211.
Schlachthof 5, vgl. Anm. S. 217.

S.100 *Doppelleben* – [es wäre nicht unangebracht, etwa an Gottfried Benns Autobiographie »Doppelleben« von 1950 zu denken].

S.101 *Pléiade* – der französische Dichterhimmel, nach der Dichterschule des 16. Jahrhunderts.

Der mißverstandene Swift

S.103 Original: JONATHAN SWIFT MISPERCEIVED, vollständiges Kapitel aus PALM SUNDAY und dort erstmals gedruckt.

S.107 *Yahoos* nennen die weisen Pferde in GULLIVERS REISEN die Menschen; umgangssprachlich als abschätziger Ausdruck benutzt.

Das Nudelwerk

Original: THE NOODLE FACTORY. Rede zur Einweihung einer neuen Bibliothek des Connecticut College, New London, am 1. Oktober 1976; veröffentlicht im *Connecticut College Alumni Magazine* 54 (Herbst 1976), S. 3–5, 42–43; mit dessen frdl. Genehmigung in PALM SUNDAY.

S.109 *Irving Langmuir* – vgl. S.135.

S.110 *Maharishi Mahesh Yogi* – vgl. S.32ff.

S.111 *Die rote Tapferkeitsmedaille* von Stephen Crane, übers. von E. Klein und K. Marschke (Diogenes 1985); Originaltitel: THE RED BADGE OF COURAGE. AN EPISODE FROM THE AMERICAN CIVIL WAR, 1895.

S.112 *Das blaue Hotel*, übers. v. Walter E. Richartz (Diogenes 1981); Originaltitel: THE BLUE HOTEL, 1899.

S.115 *Unitarier* – vgl. Anm. S. 211/212.

Selbst-Interview

Original: SELF-INTERVIEW. Copyright *The Paris Review 69* (Frühjahr 1977), S. 55–103; in PALM SUNDAY mit frdl. Genehmigung der Viking Press.

Ursprünglich eine Serie von vier Interviews (zwischen 1966 und

1976). Da Vonnegut sich als Schriftsteller nur ungern auf spontane Rede festlegen läßt und eher dem wohlabgewogenen, geschriebenen Wort vertraut, hat er sie völlig überarbeitet; in dieser Form sei »kein Wort des Interviews laut gesprochen worden«.

S.120 *George S. Patton* (1885–1945) – Panzer-General, mit seiner 3. Armee an der Spitze der amerikanischen Invasionstruppen.
Alles was deutsch war – vgl. S.173.

S.124 *Cornell Sun* – zum Studium in Cornell vgl. S.132.

S.125 *Schlachthof 5 oder Der Kinderkreuzzug,* übers. von Kurt Wagenseil (Hoffmann & Campe 1970); Originaltitel: SLAUGHTERHOUSE-FIVE OR THE CHILDREN'S CRUSADE, 1969.

S.126 *Nicht schuldig* von Marcel Ophüls, Originaltitel: A MEMORY OF JUSTICE (1975) – zweiteiliger Dokumentarfilm über die Kriegsverbrechen Deutschlands und anderer Länder (deutsche Fassung 1978).

S.130 *Ladies' Home Journal,* vgl. S.130.
Der schweizerische Robinson, oder Der schiffbrüchige Schweizerprediger und seine Familie, 1812/13; immer wieder aufgelegtes, zweibändiges Jugendbuch des Schweizer Theologen und Schriftstellers Johann David Wyss (1743–1818), das Spannung mit Belehrung verbindet.

S.134 *Katzenwiege,* übers. von Michael Schulte (Piper 1985); Originaltitel: CAT'S CRADLE, 1963.

S.136 *Der Regenkönig* von Saul Bellow, übers. von H. A. Frenzel (Kiepenheuer & Witsch 1960); Originaltitel: HENDERSON THE RAIN KING, 1959.

S.137 *Slapstick oder Nie wieder einsam,* übers. von Michael Schulte (Piper 1977); Originaltitel: SLAPSTICK OR LONESOME NO MORE, 1976.

S.140 *Schulbibliotheken,* vgl. S.153ff.
Deep Throat – berühmter Pornofilm von 1974 (Linda Lovelace).
H.L. Mencken (1880–1956) – Schriftsteller; prangerte die Spießermoral der amerikanischen Öffentlichkeit an und schrieb (seit 1919) ein Standardwerk über die amerikanische Sprache.

S.141 *Henry David Thoreau* (1817–1862) – idealistischer Individualist und Sozialkritiker; berühmt durch sein Tagebuch WALDEN (deutsch seit 1854).

S.143 *Iowa,* vgl. S.30.

S.145 *Saab-Händler* war Vonnegut Mitte der fünfziger Jahre, übrigens der erste in Amerika.

S.146 *Bericht über den Barnhouse-Effekt,* übers. von Kurt Wagenseil, Originaltitel: REPORT ON THE BARNHOUSE EFFECT, Collier's Nr.125 (11.2.1950). Deutsch in dem Sammelband *Geh zurück zu deiner lieben Frau und deinem Sohn* (Hoffmann & Campe 1971), Originaltitel: WELCOME TO THE MONKEY HOUSE, 1968.

S.150 *Architekt in Indianapolis,* vgl. S.202.

S.151 *Samuel Johnson* (1709–1784) – Essayist der englischen Aufklärungszeit, später Lexikograph; seine (mehrbändige) Biographie schrieb James Boswell.

Die Freiheit des Wortes

Original: THE FIRST AMENDMENT, vollständiges Kapitel aus PALM SUNDAY. Der Essay UN-AMERICAN NONSENSE aus der *New York Times* erschien dort mit deren frdl. Genehmigung.
[Die *American Civil Liberties Union* ist im folgenden immer als »Bürgerrechts-Union« übersetzt, das *First Amendment* immer als »erster Bürgerrechtsartikel«.]

S.155 *Schlachthof 5,* vgl. Anm. S.217.

S.157 *Iowa, Harvard, City College,* vgl. S.142.

Das Handwerk des Schreibens

Original: HOW TO WRITE WITH STYLE. 1980 verfaßt für die Kampagne *Power of the Printed Word* (zur Förderung der Schreibkultur) der »International Paper Company«; Nachdruck in PALM SUNDAY mit deren frdl. Genehmigung.

S.169 *The Elements of Style* von William Strunck und E.B.White ist in neuerer Zeit *die* maßgebende Stilistik in den USA.

Roots – meine Wurzeln

Original: ROOTS, mit Auszügen aus *An Account of the Ancestry of Kurt Vonnegut, Jr, by an Ancient Friend of His Family – formal essay by the late John G Rauch of Indianapolis,* zuerst erschienen in einer Vonnegut-Sondernummer der Zeitschrift *Summary* 1, Nr.2 (1971), S.76–118; mit frdl. Genehmigung von William Rauch zitiert in PALM SUNDAY.

[Der Titel spielt auf WURZELN »ROOTS« von Alex Haley an.]

S.171 *Bericht über den Barnhouse-Effekt,* vgl. Anm. S.218.
Katzenwiege, vgl. Anm. S.217.
William Makepeace Thackeray (1811–1863) – englischer Schriftsteller satirisch-kritischer Romane (deutsch z.B. JAHRMARKT DER EITELKEITEN).

S.175 *Münster* – Vonnegut ist seit über zweihundert Jahren ein bekannter Münsteraner Name; der erste nachweisbare Ahn, Johann Heinrich Vonnegut, kam aus Ascheberg; Clemens Felix, der 1824 als Sohn von Bernhard und Maria Magdalena Vonnegut geboren wurde und 1848 nach Amerika auswanderte, war sein Enkel.
funny gut – auf deutsch etwa »seltsames Gedärm«.

S.182 *Sorghum-Sirup* – aus den Stengeln der Sorghumhirse, eines Süßgrases, gewonnen, das in Mittelmeerländern und im Süden der USA wächst.

S.186 *Savile Row* – Straße der feinen Herrenschneider in London.

S.187 *Booth Tarkington* (1869–1946) – Schriftsteller von Gesellschaftsromanen (deutsch z.B. DIE STOLZEN AMBERSONS).

S.188 *Pullman-Wagen* – luxuriöser Reisezugwagen (seit 1858).

S.190 *Massachusetts Institute of Technology* – berühmteste Technische Universität der USA in Cambridge, Massachusetts; kurz MIT.

S.193 *Das Viktorianische Zeitalter,* vgl. S. 86.

S.195 *Bachelor of Science,* vgl. Anm. zu *College,* S.209.

S.196 *Bryn Mawr* bei Philadelphia, Pennsylvania – angesehenes Frauen-College (seit 1885), seit 1937 auch für Männer.

S.197 *Mayfair* – feines Londoner Stadtviertel östlich des Hyde Park.

S.199 *unitarisch,* vgl. Anm.S.212.

S.200 *James Whitcomb Riley,* vgl. Anm. S.215.

S.202 *Stammsitz,* vgl. S. 150.

S.205 *Crown-Hill-Friedhof,* – vgl. S. 8.

S.206 *Henry David Thoreau,* vgl. Anm. S. 217.

S.207 *Theorie der feinen Leute* von Thorstein Veblen (1857–1929), übers. von Susanne Heintz und Peter v. Haselberg (DTV 1981); Originaltitel: THEORY OF THE LEISURE CLASS, 1899.

RECLAM-BIBLIOTHEK

Falsche Dokumente
Postmoderne Texte aus den USA

Herausgegeben von Utz Riese.
512 Seiten. RBL 1445. 28,– DM
ISBN 3-379-01445-1

Reclam Leipzig hat zum Stichwort Postmoderne ein vorzügliches Buch gemacht, das dazu vieles bereithält: indem es Texte versammelt, die literarische Entwicklungen und ästhetische Diskussionen in den USA der letzten dreißig Jahre dokumentieren, auch wenn das Buch nicht ohne Hintersinn »Falsche Dokumente« getitelt ist. Die spielerische Offenheit der Formen dieser Auseinandersetzung, die Vielfalt im Nebeneinander der Meinungen, Stimmen und – das Wort muß fallen – Diskurse in diesem kenntnisreich zusammengestellten Reader, das ist der Vorzug des Buches, der zugleich schon ein Merkmal dessen ist, was es als Ganzes zu vermitteln sucht – weil es eben mit einem einzelnen Text nie zu erreichen wäre. Der Berliner Amerikanist Utz Riese versteht in seinem Vorwort literaturwissenschaftliches Kongreßidiom mit lockerem Plauderton zu vermengen, um »lustiges Nachgrübeln« anzuregen. Come on!

Thomas R. Irmer in: Kreuzer

RECLAM-BIBLIOTHEK

Joy Kogawa
Obasan

Roman

Aus dem Englischen übersetzt von Michael Mundhenk.
Mit einem Nachwort von Michael Mundhenk und Jerald Zaslove.
296 Seiten. 1 Abbildung. RBL 1477. 23,– DM
ISBN 3-379-01477-X

»Als der Roman ›Obasan‹ im Jahr 1981 in Kanada erschien, wurde er zu einem literarischen, aber auch zu einem politischen Ereignis. Er handelt von der Verfolgung und Vertreibung einer japanisch-kanadischen Familie während des Zweiten Weltkrieges und von der Wirkung dieser traumatischen Erfahrung auf drei Einwanderergenerationen …
Die aktuelle Wirkung des Romans geht über dessen nationale Bedeutung hinaus. Offenbar reichen selbst eine demokratische Verfassung und die Staatsbürgerschaft der Betroffenen unter bestimmten Bedingungen nicht aus, um Bürger vor den Folgen des Rassismus zu schützen.«

Margret Iversen (Frankfurter Allgemeine Zeitung)

RECLAM-BIBLIOTHEK

John Cheever
Falconer
Roman

Aus dem Englischen übersetzt von Dieter Dörr.
Mit einem Nachwort von Utz Riese.
187 Seiten. 1 Abbildung. RBL 1272. 16,– DM
ISBN 3-379-00400-6

John Cheever erzählt die Geschichte des Universitätsprofessors Ezekiel Farragut, der wegen Brudermordes im Staatsgefängnis »Falconer« einsitzt.
Der Roman ist »einfach großartig. Er ist ungestüm, er ist elegant, er ist gediegen. Er ist unentbehrlich, wenn man den ernsthaften Wunsch hegt, in Erfahrung zu bringen, was mit der menschlichen Seele in den USA wirklich geschieht.«

Saul Bellow

»Gewandt, schmerzerfüllt, hellseherisch. Cheever setzt fort, was beste Erzählkunst immer getan hat: uns unsere Humanität zurückzugeben, zu verstärken.«

John Updike